谋天子

谋天子
MOU TIANZI

林千羽／著

长江出版社

谋天下

CONTENTS

目录

/ 第一章 /

以身做子，入局观棋

1

江京城，齐国帝都。

三月是最好的时节，柳如烟，花似锦，莺声燕语，满城春色。而春色最浓的地方，自然是没有夜晚的流光巷。日落之后，这里就会张灯结彩，流光漓漓，甚是热闹。再晚一点，各路贵人便会陆续拥入，他们的目的虽然多种多样，但归根结底也就是两个字——寻欢。

流光巷是有名的烟花之地，而它之所以有名，完全是因为一个人——二十年前，这里开了一家妓院，名叫风月院，而院里的头牌，是一个叫萧倾城的女子。她人如其名，一笑倾城，不仅貌若天仙，才艺更是惊艳，所以很快就被冠以“天下第一美人”的称号。

不过，让她真正声名远播的，其实是另外一些事。

她曾与最负才名的慧亲王有过一段爱情佳话，可是不知道为什么，后来却嫁给了当时的太子，也就是当今的皇帝，并且还为其诞下一个皇子。有传言说，她的真实身份是前楚的公主，这么做，完全是为了行复国不轨之事。

正所谓红颜多薄命，她的结局，无疑是个悲剧。

今天的流光巷格外热闹，来的贵人也格外多，他们都聚集在一栋楼前，望着紧闭的大门，以及门上遮着红布的牌匾，满是激动和渴望。因为这里就是风月院，只不过萧倾城死后，它就一直关闭着，到现在，已经整整十年了。

这时，走过来一个白衣少年，他的左眼角处，有一个非常明显的十字疤痕，虽然破坏了他原来俊秀的样貌，却一点都不显得难看，反而还增添了一丝邪魅。他缓缓地走到门前，停了一会儿，然后伸出手，再轻轻一推——门开了。

顿时，无数人兴奋地欢叫！

这个白衣少年名叫白隐衣，是被称为“天下商主”的第一楼的少楼主。他待众人安静下来之后，开口说道：“各位，我正式宣布，今天第一楼重开风月院。”又是一阵欢叫，一个红衣少女飞身而起，揭开红布，只见牌匾上显露出“風月院”三个字。

“不过，为了避开忌讳，以及表示尊重，我要把名字改一下。”白隐衣的话刚说完，就遭到了很多人的质疑，甚至反对，他对这种情况也是早有预料，微微一笑，“我能理解大家的心情，但大家是否能在我改了名字之后，再做评断呢？”

之前的那个红衣少女，抽出佩剑，再次飞身而起，她的动作就像是蜻蜓点水一般，异常轻盈。她挥着剑，在牌匾上轻轻划了两圈，就落回原地。在场的几个江湖人看到后，不禁脱口叫道：“好身手！”紧接着，又听到有人称赞：“好名字！”

原来，红衣少女用剑将“風月”的边给削掉了，变成了“虫二”。

“風月无边，虫二院出于風月，却又胜于風月，这名字改得妙啊。”说话的是一个锦衣少年，一身富贵，风度翩翩。他叫云飞，在这江京城里，是有名的风流之人，当然，也是有名的才子。但是最让他出名的，却是他的身份——壮亲王世子。

“能得到小王爷的称赞，真是荣幸之至啊。”白隐衣拱手行礼道。

“白少楼主过谦了，你的才名，可是众人皆知的。”云飞拱手还礼，然后又道，“不过，要想重开这风月院，只是推开门，或是改个名字，那还远远不够。”

“小王爷说得极是。”白隐衣表示认同，微笑道，“大家都知道，风月院有双绝，是才艺和美貌。所以，我虫二院也不能逊色，给大家准备了三绝，分别是文才、武略和知心解语。”

此言一出，众人似乎都有了兴趣，纷纷小声议论。

云飞轻轻摇着折扇，道：“白少楼主，你要清楚，风月院的双绝，那可是来自天下第一美人萧倾城。所以，你这虫二院的三绝，也一定要有些讲究才行。”

“那是自然。”白隐衣请出两个少女，一个身穿红衣，正是之前飞身挥剑的那个；另一个身穿蓝衣，一直在给他剥橘子吃。这二人样貌秀丽，都是二八年华，甚是可人。“听说过第一楼的人，就一定听说过我白隐衣，而听说过我白隐衣的人，就一定听说过我身边有两个形影不离的侍女。”他一边说一边指向蓝衣少女，“清风擅文，诗词歌赋琴棋书画无一不精，从今以后，她就在这虫二院内，恭迎天下的文人雅士。”他又指向红衣少女，“明月擅武，拳脚兵器内功点穴无一不通，所以，也欢迎各路的江湖豪客入院切磋。”

其实，清风和明月之所以能被众人听知，更多的还是因为她们侍女之外的另一个身份。清风的太爷爷是前楚时的文学大家子曰书，如今已是八十多岁的高龄，虽然齐国重武，但也绝不轻文，子曰书老先生被奉为圣贤，是天下读书人的老师，地位更胜从前。而明月的师父，是一位早就归隐山林的江湖高人，虽然没有人知道他的姓名，但是所有人都知道他的绰号——七步剑君。传说他独创了一套非常诡异的剑法，每一剑都需要走九步，九剑共八十一步，走得越多，威力越大。

不过，这只是剑招，而非剑意。

这套剑法的剑意是乾坤逆转，步步凝练。也就是说，走得越少，威力越大。但是，他每走一步，都挥出了九剑，只是从第二步开始，他就一直在重复之前九剑的某种变化。至于他的绰号，很明显，他已经走到了七步——七步之内，必败对手。

不管怎么说，这两个少女无疑都是天之骄子般的人物。可是不知道为什么，却都心甘情愿地给白隐衣做侍女。虽然第一楼有钱，并且有很多钱，甚至多到富可敌国，也虽然在这个世界上的很多事，都是可以用钱来解决的，但是这件事，绝对除外。

云飞很是吃惊，他没有想到，白隐衣竟然能割舍这样的两个侍女。

当然，让他更没有想到的，是清风和明月竟然没有拒绝。毕竟她们出身高贵，而虫二院再怎么说，也只不过是一家妓院而已。他百思不解地看着白隐衣，仿佛是在看一个谜，就像他的名字一样，似乎一个“隐”字，就注定了神秘。他慢慢回过神，不动声色道：“这文绝和武绝倒是够了，不知你的心绝又是什么？”

“缥缈山横跨齐、魏两国，山中共有一千三百六十八峰，峰峰云雾萦绕，犹如仙境。各峰的露水和雨水流往低处，汇聚成了一个湖，湖本无名，却被人叫成知心湖。而在湖边，盛开着一种花，这花也是无名，却被人称作解语花。”白隐衣说到这，有意停下，不再言语。

众人听了他的话，有的满脸疑惑，似乎没有明白，有的满脸惊讶，似乎已经理解。但不管是没有明白的，还是已经理解的，都没有开口说话。就这样，短暂的沉默过后，白隐衣又接着说道：“它们之所以会有这样的名字，完全是因为湖中玲珑小筑的主人。”

“你不会……把从不踏出玲珑小筑的玲珑心请来了吧？”云飞道。

“能配得上我虫二院心绝的，自然非她莫属。”白隐衣道。

这时，虫二院最高层的窗户被推开，大家看到了一个身穿水绿色衣裙的女子，那模样也就是二十岁左右的年纪，但却满是高冷和孤傲，仿佛不食人间烟火一般，给人一种望尘莫及的距离感，让人觉得自己和她根本就是两个不同世界的人。

“玲珑心——只是你们一厢情愿的叫法，我名叫苏迎迎。”她的声音听不出丝毫情感，有一种拒人千里之外的冷漠，但同时，又有一种洞悉人心的智慧和敏锐。

"真的是她！"在场的贵人中，有一个曾经有幸去过她的玲珑小筑。

"我虽然踏出了玲珑小筑，但玲珑小筑的规矩不变。"苏迎迎的话说得又轻又缓，不过，却让每个人都听得清清楚楚，她的语气中似乎带着一种不容拒绝的命令感，"一天只有一个客人能登上这虫二院的三楼。并且，要由我亲自选。"

"苏姑娘，那今天来了这么多客人，你准备选谁呢？"白隐衣问。

"我选你如何？"苏迎迎道。

"我？"白隐衣有些意外，"我是你的老板，不是你的客人。"

"所以，你可以省下玲珑解的钱了。"苏迎迎认真道。

白隐衣见她不像是开玩笑——事实上，也没有人见过她开玩笑，便也认真道："既然苏姑娘坚持，那我就做一次亏本生意，少赚一笔钱。"

他说完，就走上楼梯，准备登上三楼。

苏迎迎阻止道："你不是客人，就不用上来了。"

白隐衣一听，怔在楼梯中间，上也不是，下也不是，非常尴尬。

苏迎迎完全不理会他的尴尬，自顾自地说道："三个月前，江湖中出现了一个人，名叫冷剑秋。他从外境五族的边塞城开始，一路南下，先入魏国，再进齐国。他在路上一共挑战了一百名江湖高手，并且未尝一败。"

这件事，虽然在江湖上传得沸沸扬扬，但在朝堂上，却是很少有人听说。所以，在场众多贵人的脸上，表情各不相同。

"百战百胜之后，他不再挑战任何人，也不接受任何人的挑战，除了……第一楼。"苏迎迎有意停顿了一下，望着白隐衣，接着说道，"虽然外人并不知道他走进第一楼后发生了什么，但是却知道他走出第一楼后发生了什么。那就是——他成为第一楼的人。很多人都猜测，一定是第一楼给他开了一个无法拒绝的价钱。白少楼主，他们猜测得对吗？"

"为什么一定是我用钱收买了他，而不是我用剑打败了他？"白隐衣反问。

"你会用剑吗？"苏迎迎也反问。

白隐衣神色一滞，面露窘色，连忙呵呵干笑了几声，用来掩饰。他随后说道："有明月在我身边，哪里还需要我用剑？"他转而又道，"不过，话说回来，苏姑娘的问题，已经涉及我第一楼的商业机密，所以，实在是不方便透露。"

"三天前，在大理寺的杜大人家中，神不知鬼不觉地出现了一封检举信。"苏迎迎并不纠缠，似乎对此一点兴趣都没有，她话锋一转，让人完全听不明白她到底想说什么，"信里的内容是说第一楼偷税漏税，金额巨大。于是，杜大人便派人到苏州去调查。"

众人都露出惊讶之色，纷纷望向白隐衣。

他强作镇定，看似不动声色，其实是不知该如何动。

“可是，第一楼的老楼主白王孙是一个极其神秘的人物，只是听说，从未见过。”苏迎迎的声音继续传来，“所以，杜大人只能找你这个少楼主来协助调查了。”她说着，眉眼一瞥，望向人群中一个颇显英姿的少年，“小杜大人，我说得对吗？”

这个“小杜大人”名叫杜平，是大理寺少卿，也是大理寺卿杜腾的亲生儿子。这种关系的存在，让他们父子都很尴尬，并且备受质疑。所以，他为了平息那些风言风语，只能付出远远超乎常人的努力，来证明自己的能力。

“苏姑娘这颗玲珑心，果然是名不虚传。”杜平掏出大理寺腰牌，表明身份，然后向白隐衣轻轻抱拳道，“白少楼主，看来要麻烦你跟我们走一趟了。”他见白隐衣面露迟疑，又道，“如果你还有客人要招待，我可以继续等。”

白隐衣心想自己是躲不过去了，索性潇洒一些，干脆道：“那倒不必。来我虫二院的客人，自然是有姑娘们招待。”他走下楼梯，又回望楼上的苏迎迎，“苏姑娘，你既然早就知道，为什么不提醒我？难道你就是这样还我人情的吗？”

“白少楼主，你想多了。我还你的人情，只是答应你来这虫二院。”苏迎迎道。

白隐衣露出一丝苦笑，深深叹息了一声，无奈地摇了摇头。这时清风和明月跟上来，满是担心地叫道：“少爷！”

“没事的。我走后，你们去找七叔，他会知道怎么做。”白隐衣安慰道。

2

云飞站在原地，望着白隐衣和杜平渐渐远去的背影，面色深沉，似乎在思考什么。他唤来身边的随从，吩咐道：“你跟在他们后面，不要被发现。”

“是。”随从应了一声，便消失在人群中。

“表哥。”一个身穿男装的少女跑了过来，她叫岳一诺，父亲是兵部尚书岳风，母亲是长公主云渺，而她自己，也被封为了郡主。

“一诺？你怎么来了？”云飞有些意外。

“我和表姐一起来的。”岳一诺道。

在她身后，还有两个人，一男一女。女的叫云未央，和她一样，都穿着男装，是当今皇后的独生女儿，也是当今皇帝最宠爱的公主。男的叫刘锦瑞，父亲是户部尚书刘承志，与皇后是亲兄妹的关系。可能是受父亲影响的缘故，他从小就对钱感兴趣，对赚钱更有天赋。这才不到二十岁的年纪，就已经开了十几家商铺。

“哥，我有事要与你商量。”云未央道。

“这里人多嘴杂，我们换个地方。”云飞道。

“要不……去我店里？”刘锦瑞提议道。

“哪个店？”云飞问。

“就是对面的怡红院，我几天前刚开的。”刘锦瑞伸出手，不自觉地挠了挠头，他微胖的脸上泛起了一丝红润，似乎有些不好意思，他说这话的时候还偷偷瞄了一眼旁边的云未央，仿佛很怕她生气。可是见她并无反应，倒是有些失落了。

“锦瑞，你可以啊，竟然把生意都做到流光巷来了。”云飞打趣道。

横穿过一条二十米的大街，就到了怡红院。刘锦瑞直接把大家请进三楼的雅间，并吩咐人上了一些酒菜，待酒菜上来之后，又吩咐人不准打扰。他说话的语气和做事的样子，都很像一个成熟的老板，和平时与云飞、云未央在一起时，完全判若两人。

“哥，关于第一楼偷税漏税的事，你听说了没有？”云未央问。

“刚刚听说了，杜平已经把白隐衣带回了大理寺。”云飞道。

“我在宫中得到消息，好像太子两天前就知道了，并且要借机拉拢。”

云飞沉思着，大理寺如此重要，里面一定有太子的人，不然以杜腾缜密的心思，是绝不会让这个消息泄漏出去的。他开口道：“以太子的手段，就算人被关在大理寺，他也完全可以大事化小，甚至小事化了。但对第一楼来说，却是一份人情，而白隐衣这个人，尤其看重人情，不管是别人欠他的，还是他欠别人的。”

“这件事并不难办，如果由我或是你来亲自出面，或许还能抢在太子的前面。”云未央有些着急，她犹豫了一下，又补充道，“至少，不会让第一楼把这份人情全都记在他一个人的身上。”

云飞眯起眼睛，微微皱着眉头，意味深长地说道：“这件事，恐怕不是看到的那么简单。”他顿了顿，加重语气，又道，“刚刚在虫二院，我听见玲珑心提到了冷剑秋，虽然她没有说明他和这件事的关系，但既然提到了他，就一定有关系。所以，我怀疑，把检举信神不知鬼不觉送到杜府的人，就是他。并且，还会有一些证据。”

“冷剑秋？我听说过这个人。”云未央疑惑道，“难道……他是大理寺的人？”

“从江湖切入，历经数月，途经三国，先是打败一百名高手，再是引起第一楼的关注，进入第一楼。这种做法，可不是大理寺的风格。”云飞道。

云未央点了点头，迟疑道：“听起来……倒是像天机院的风格。”

“不错。我也是这么想的。”云飞语气肯定，“而事关天机院，那就一定事关陛下。而事关陛下，那我们就不能轻举妄动了。”

“你怀疑……是父皇要查第一楼？”云未央问。

“这几年，江北十四州，连续遭受洪灾，想必国库里的银子已经不多了吧。”云飞道。

“我听父亲提起过，他为这件事，很是忧心。”刘锦瑞在旁边插话道。

“国库空虚无银，我们的陛下，肯定也是非常忧心。而天机院的莫院长，作为陛下的绝对亲信，是一定会想办法为陛下分忧的。”云飞道。

“被天机院盯上，可要比被父皇盯上更加麻烦。”云未央道。

“是啊，天机院行事诡秘，实在是让人难以捉摸。”云飞道。

“那我们现在该怎么办？”云未央问。

“先静观其变，若是有时机，或许还可以后发先至。”云飞沉思着，又道，“退一步来讲，就算让太子得了这一手，他恐怕也得付出一些代价。甚至，还有可能得不偿失。要知道，白隐衣可不好糊弄，而莫院长更不可能，何况在莫院长的背后，还有陛下呢。”他想了想，接着说道，“对了，有一个人，可能需要去拜访一下。”

“什么人？”

“第一楼的七掌柜——金满堂。”

3

白隐衣跟着杜平来到大理寺，这一路上并肩而行，有说有笑，杜平对他还算恭敬，至少没有把他当成犯人。可是，刚走进大理寺的大门，这种恭敬就荡然无存了，连询问都没有，直接就把他关进了牢房。他不解地问道：“小杜大人，你这是什么意思？”

“天色已晚，明日再审。”杜平道。

“那你为何今夜就把我请来？”白隐衣问。

“白少楼主，实话跟你说了吧，和检举信一同出现的，还有一个账本，上面详细记载了第一楼这些年偷税漏税的凭证，我父亲正在派人连夜核实。”杜平解释道，“所以，就先委屈白少楼主在这过一夜了，稍后儿我会命人送来被褥和酒菜。”

杜平走后不久，就有人送来了被褥和酒菜。

白隐衣看了一眼，发现被褥是崭新的，酒菜是上好的。心中的郁闷顿时散了一大半，深呼吸道：“既来之，则安之。”说着，他就泰然而坐，潇洒地吃喝起来。

“一个人喝酒，岂不寂寞？”牢房外，不知何时出现了一个人。

“是你！”白隐衣认出了他，正是冷剑秋，“果然是你！”

“看来，我并没有让白少楼主失望啊。”冷剑秋面无表情，语气冷淡，拿出钥匙，打开门锁，走进来，坐在他对面。

“你为什么要出卖我？”白隐衣问。

“出卖？”冷剑秋端起一杯酒，一饮而尽，说道，“不不不，我本就是朝廷的人，所以根本就谈不上什么出卖。”

“原来如此。”白隐衣彻底明白了，“这么说，你们是有意针对我第一楼了。”

“可以这么理解，但也没有你想象得那么针对。”冷剑秋道。

“说吧，你们到底想从我第一楼得到什么？”白隐衣问。

“白少楼主，此言差矣。”冷剑秋并不赞同他的说法，“你和我都清楚，我拿回来的那个账本，里面关于偷税漏税的记载，桩桩件件都是事实，无一伪造。虽然有一些，因为时间久远，或是事过境迁、物是人非的关系，很难查证，成了糊涂账。但更多的，还是清清楚楚，证据确凿。所以，不是我们想从第一楼得到什么，而是第一楼应该还给我们什么。”

“你们想要钱？”白隐衣有些意外，甚至有些不敢相信，他再次问道，“你们费了这么大的周折，真的只是为了钱？”

“账上的记载，第一楼这些年偷税漏税的金额至少有一千万两白银，而我们现在可以给你打一个对折，也就是五百万两。”冷剑秋提出了自己的条件，“我们保证你没有案底，没有污名，就像什么事都没有发生过一样，第一楼仍然还是天下商主。”

“你们……代表的是个人？还是朝廷？”白隐衣问。

“我既然是朝廷的人，那个人和朝廷又有什么区别？”冷剑秋反问。

白隐衣一怔，沉思片刻后，忽然哈哈大笑道：“原来是皇帝的国库，想从我第一楼的银库里化缘，分杯羹啊。看来，这些年，陛下的日子并不好过呀。”

“白少楼主，你要明白，是我们放了你第一楼一马。”冷剑秋的语气变得凌厉起来，“你们可以不感恩戴德，但是却不可以颠倒黑白，扰乱是非。”

“哼！谁放谁的话，现在说还太早了。”白隐衣抬眼一笑，那笑容和他左脸眼角处的十字疤痕相映，显得异常邪魅。他语气生硬道：“你凭什么料定，我就一定会答应呢？”

冷剑秋一滞，“你……难道还会不答应？”

白隐衣嘿嘿笑着，“我需要时间考虑。”

“一晚，你只有一晚的时间。”

“一晚，也差不多够了。”

白隐衣望着冷剑秋离开的背影，不禁有些疑惑，为什么朝廷不光明正大地走司法程序，而是偷偷摸摸地暗地里交易？其实，对于这件事，朝廷也是很无奈。若走司法程序，就算有证据，但涉及第一楼，就一定会引起天下商人注目。那样一点一点地核实证据，再到最后判决补罚税款，少说也得一年之后，可是朝廷，现在却是急需用钱。

再就是，第一楼的商铺虽然遍及魏国和外境五族，但它的根基却是在齐国。所以，若是它的声誉受损，影响了生意，那连带受影响和损失的就是朝廷，毕竟在商人赋税这块，第一楼占了七成之多。还有，在几年前，齐国与外境五族和魏国发生战争时，第一楼曾无条件地捐助了很多兵马和粮草。这个人情，就算是为国效力，人人有责，也是不能不还的。

“白少楼主，在思考什么呢？这么入神。”一个少年走过来问道。

白隐衣回过神，看着他，笑道：“原来是卫公子，我今晚的客人，还真是多呀。”

这个卫公子名叫卫一鸣，他的太爷爷是卫国公，爷爷是丞相，父亲是翰林院大学士，姑姑是最得宠的卫贵妃，而卫贵妃的儿子云恪——也就是他的表哥，正是当朝的太子。就算在权利最集中的江京城，他的家族，也绝对称得上显赫。

“怎么？除了我之外，还有别的客人？”卫一鸣问。

“刚刚就送走了一个。”白隐衣道。

“是谁？”

“和你一样，都是有朝廷背景的人。”

卫一鸣见他不想说，便也不再追问，开门见山道：“我这次来，是想帮助白少楼主，摆脱眼下的牢狱之灾。”

“哦？卫公子，我们虽有相识，但却未有深交，你为什么要帮我？”白隐衣问。

“白少楼主，你的事，虽然只是偷税漏税，看起来并不严重，但因为涉及金额巨大，太过惹人瞩目，又是大理寺的杜大人亲自查办，所以，以我的能力，还帮不了你。”卫一鸣停顿了一下，语气一转，又缓缓说道，“能帮你的，是另有其人。”

“是谁？”白隐衣问。

“当朝太子。”卫一鸣回答。

“太子？”白隐衣非常意外，满是疑惑，“我与太子毫不相识，他为什么要帮我？”

“白少楼主，你是聪明人，我就对你开诚布公了。”卫一鸣脸色郑重，认真道，“陛下虽正值壮年，但却有顽疾缠身。而关于皇位之争，太子虽是正统，却也不能有丝毫大意。当今朝中的权势格局，主要分成两派。一派是太子，另一派是武王。武王的母亲出身卑贱，是外境五族的牧民，并且早就死了。而他自己本身，虽有战功，却并无多少势力。可是壮亲王和刘皇后却全力支持他，进而吏部、户部和兵部也都倒向了他。”

“这么说来，他的确有和太子分庭抗礼的资格。”白隐衣道。

“是啊。皇位之争，历朝历代都是充满了变数。”卫一鸣推心置腹地说，“朝中剩下的一些人，大多都是陛下的忠臣，不会轻易参与党争。所以，要想增加胜算，就只能向朝外扩张势力。而朝外，就是江湖。第一楼虽然只是经商，并非江湖中人，但自从冷剑秋归附后，第一楼也在江湖中有了极高的地位。”

“卫公子，你不够坦诚。其实太子看重的，不过是我第一楼的钱而已。”白隐衣道。

卫一鸣并不否认，开口说道：“但更看重的，还是你的人。因为不管是钱，还是江湖地位，归根究底，都属于你这个人。并且，只属于你这个人。”

白隐衣略有沉思，道：“党派相争是一把双刃剑，我为什么要参与？”

“作为商人，你可以锦衣玉食，荣华富贵，过着最舒适的生活。但是，却不可以改变你的商人地位。”卫一鸣的话直中要害，“不然，你也不会被关在这里而无能为力了。别说是从三品的大理寺卿要关你，就是九品的县令要关你，你同样都是无能为力。”

白隐衣被他的话刺痛，道：“太子肯让我做官？”

“四品以下，任你挑选。”卫一鸣道。

“那四品以上呢？”白隐衣问。

“四品以上，不能直接上任，所以，需要一些过渡。”卫一鸣回答。

白隐衣沉默着，似乎是在心里权衡利弊，好一会儿才开口道：“那太子想怎么帮我？”

“如果放任大理寺继续这么调查下去，那第一楼不仅要被罚交税款，你这个少楼主恐怕有一年半载的牢狱之灾。”卫一鸣语气沉重，忽然又一转，轻松道，“不过，你不用担心，太子会动用一些关系和手段，让你免除牢狱之灾，只要补交税款就行了。并且，不会有案底，不会有污名，就像以前一样，什么都不会有，清清白白。”

白隐衣心想，这条件可比冷剑秋给的差远了，不禁笑道：“卫公子，你太危言耸听了。而且，也太小看我白隐衣了。你若是想吓住我，那就真的是打错算盘了。”

卫一鸣一怔，道：“你这是什么意思？”

白隐衣一副悠闲的样子，道：“如果你没来，别说是一千万两，就是再多一千万两，我也可以拿。但是你来了，那我就一两都不会拿。”

卫一鸣满脸惊讶，道：“这是为什么？”

“太子帮我，无非就是想让我欠他一个人情，也借此向我表示一下诚意。这样，才有我日后还人情时的归附，和参与党争。所以，这个人情，我怎么能自己来买单？”

卫一鸣很是苦恼，他本来以为，既然第一楼很有钱，就应该不在乎钱，借钱消灾才对。可是万万没有想到，却变得一毛不拔起来。他有些无计可施，但一想起出来前与太子的保证，和太子要拉拢的决心，还是为难：“一千万两，可不是一个小数目……”

“那就是太子的事了。”白隐衣有意停顿，又道，“又或者，是武王的事。”说完，便事不关己地转过身，显然是要送客。

卫一鸣听到“武王”二字，不禁有些心慌，心想他也一定派人过来了，失声道：“白少楼主……”他的语气里，已经没有了一丝强硬。

“一千万两，只不过是账面上的数字而已。”白隐衣又转回身，走上前道，“其实，太子只需要找一个高明一点的账房先生，针对性地做一个以假乱真的账本即可，这样就可以把偷漏掉的税款抹去十之七八。只是这种手段，大家都心知肚明，不能查得太深。所以，还需要太子动用一些关系，让大家能心照不宣才行。这样，一切就变得简单多了。”

卫一鸣眼睛一亮，道：“白少楼主，不知哪里能请到这么高明的账房先生？”

白隐衣道：“在我第一楼里，随便拉出来一个掌柜，都可以。”

“那还请白少楼主推荐一位。”卫一鸣道。

“好吧，你可以去找我的七叔，金满堂。”白隐衣摘下自己的玉扳指，递过去道，“你把这个给他，就说是我让你去找他的，那他自然会全力帮你。”

卫一鸣接过扳指，喜道：“那就多谢白少楼主了。”

4

第一楼有二十七个大掌柜，七十二个小掌柜，共九十九个管事人，分布在三个国家的各个地方。而少楼主白隐衣，就是第一百个管事人。至于老楼主白王孙，早在几年前，就很少过问楼里的生意了，一直是醉心于山水，神龙见首不见尾。

金满堂在大掌柜中，排行第七，负责打理第一楼在京城里的所有生意。

他是一个走起路来一颤一颤的胖子，就像是一个扭动的大肉球，很是滑稽。他的手指上、手腕上、脖子上和腰上，都戴满了金光灿灿的饰品，随随便便的一件，就够普通人家吃喝一辈子了。而他所住的私宅金园，更是和他的名字一样，真的是金满堂，非常奢华，几乎到处都能看到闪闪的金子。

金满堂有一个嗜好，就是爱吃。此时已经是深夜了，他的面前，还是一桌子的酒菜。

不过，他却只是坐在那里，并没有动筷子。因为在桌子旁边，站着两个秀美少女，正是清风和明月。他很清楚她们的身份，所以不敢有丝毫怠慢。

“两位少奶奶，少楼主的事，我心里有数，你们就放心吧。”金满堂安慰道。

清风和明月一听到“少奶奶”三个字，顿时就羞红了脸，支支吾吾地说道：“七叔，那……少爷什么时候能回来？”

“不会太久的。”金满堂眯着眼睛，笑起来就像是一尊弥勒佛。

清风和明月向金满堂告别，然后被仆人送出金园，在门口处遇到了迎面走来的云飞，主动上前施礼道：“小王爷。”

云飞大方还礼，道：“两位姑娘，这么晚了，可需要我送你们回去？”

“不敢劳烦小王爷，我们姐妹自己回去就可以。”清风道。

云飞本来是想再多寒暄几句，毕竟和她们亲近了，就等于和白隐衣亲近了，可是话已经到了嘴边，却没有说出来。因为他看到不远处走过来一个人，正是卫一鸣。心想他一定也是来找金满堂的，不管怎么样，绝不能让他再占先机了。

“那两位姑娘慢走，我还有些事情要去办。”云飞道。

“恭送小王爷。”清风道。

卫一鸣看到了他，立即加快脚步，一路小跑过来，叫道：“小王爷，你等等我。”

云飞假装没听见，敲响了金园的大门，可是等到仆人来开门时，卫一鸣也赶到了。两个人彼此心照不宣地笑着，相互打招呼，很是客气。

金满堂对他们的到来，其实并不感到意外，但还是表现出很意外的样子，道：“小王爷，卫公子，真是有失远迎，有失远迎啊。”

云飞拱手道：“金掌柜，是我们深夜打扰，冒昧了。”

金满堂笑道：“这是哪里的话，来，请坐。”

还没坐下，卫一鸣就特意上前走了一步，道：“金掌柜，实不相瞒，我是刚从大理寺出来，受白少楼主所托，把这个交给你。”说着，他便把扳指递过去。同时，又一脸得意地望了身边的云飞一眼。而云飞看着扳指，心里虽有震惊，但脸上却不露声色。

金满堂接过扳指，郑重道：“卫公子，我家少楼主可好？”

“金掌柜放心，白少楼主一切安好。只是，他有些话，让我带给你。”

“是什么话？”

卫一鸣左右看了一眼，犹豫道：“金掌柜，我们可否换内堂说话？”

金满堂脸上露出为难之色，目光转望向云飞，毕竟他是壮亲王世子，身份高贵，不好就这样晾在一边，迟疑道：“那小王爷……”

云飞很是洒脱，丝毫不在意，摆摆手：“金掌柜，你不必招呼我，我本就是陪卫公子来的。他的事，就是我的事，我在这里等你们就好。”

“小王爷，真是怠慢了。”金满堂连连道歉。

“金掌柜，你太客气了，我们来日方长。”云飞道。

/ 第二章 /

深藏不露的露

1

三日后，白隐衣走出大理寺的牢房。

代价是一百万两白银，当然，是由太子代替支付的。

对于这个结果，太子很满意，虽然一百万两对他来说并不是一个小数目，足以让他肉疼了，但是能得到第一楼这座金山，那挖出银子是早晚的事。白隐衣也很满意，毕竟自由了，还没有任何损失。虽然欠了一个人情，但怎么还，什么时候还，那都是后话，并且由他自己说了算——他喜欢，也习惯掌握着主动权——对所有的事。

白隐衣在虫二院设宴，答谢太子。

当然，太子并没有亲自来，来的人是卫一鸣。

白隐衣站起身，双手举起酒杯，郑重道：“卫公子，这次真的是多亏了你和太子。所谓大恩不言谢，这杯酒，我敬你。”说完，他一仰头，就将杯中的酒饮尽。

卫一鸣也站起身，很爽快地喝了一杯，道：“白兄言重了，以后我们可就是不分彼此的一家人了。”他很自然地改了称呼，随后又给自己倒了一杯，说道，“太子本来是想亲自过来的，但你也知道，只要他一走动，就必定会引起外人的注目，恐怕会给白兄增添不必要的麻烦。所以，太子就特意叮嘱我，一定要替他好好地敬白兄一杯。”

白隐衣受宠若惊道：“太子真是厚爱啊。改日有机会，一定亲自登门答谢。”

金满堂坐在旁边，一直在不停地吃菜喝酒。虽然他的脸上始终挂着轻松的笑容，但是他的心里却越来越沉重，甚至有些不安。因为以他对白隐衣的了解，以及对这件事的判断，他总感觉，这里面透露着诡异。

全天下的人都知道，第一楼的少楼主并不是老楼主的亲生儿子，只是他的义子而已。虽然他们都是经商奇才，但是风格却完全不同。老楼主很低调，也很神秘，就算是在他亲自打理生意的那些年，也没有人见过他的真实面目——因为他每次出现，都戴着面具。

而少楼主则恰恰相反，他行事高调，做人张扬。所以，大家才会对他知之甚多，非常了解。但是，金满堂却有不同的看法，他认为，他这么做是扮猪吃虎，故意而为，用人人都能看得到、听得到的高调和张扬来掩饰他内心里真正想隐藏和达到的目的。

金满堂心想，这次第一楼偷税漏税查办，绝不是表面上看到的那么简单。不然，他完全没有必要卖给太子人情，更没有必要表现出如此强烈的感谢。他到底在预谋着什么？而自己又在他的预谋里扮演着什么样的角色？

对面的怡红院里，云飞、云未央和刘锦瑞正聚在二楼，房间里的窗户只打开了一小半，因为角度的关系，刚好能单向地看到虫二院里的情景。云飞似乎是看够了，随手关上窗户，笑道："看来，他们对这个结果，都很满意啊。"

"那你呢？"云未央问。

"我也很满意。"云飞回答着，又道，"只不过，莫院长和陛下，恐怕会很不满意。"

"哥，我还是有些担心。"

"你担心什么？"

"既然白隐衣已经投靠了太子，那第一楼这座金山，就一定会给他提供帮助。"

"白隐衣是一个精明的生意人，他知道什么情况下的帮助才会更有价值。所以，如果不是太子遇到了大麻烦，那他的那座金山，就是一座只能看不能花的摆设而已。"云飞心思深沉，语气一转，又道，"而大麻烦，一般就不是银子能够帮得了的。"

云未央回味着他的话，觉得有些道理，道："那苏迎迎呢？那个玲珑小筑的主人。她可是被传得神乎其神。如果她真的像传说中的那么厉害，而她对白隐衣的帮助，最终都会转变成对太子的帮助，那太子就算遇到再大的麻烦，恐怕也会安然度过了。"

云飞神色一滞，紧皱眉头，沉思道："苏迎迎的确不简单，而且还无法捉摸。但是，以我的观察，她和白隐衣的关系，并没有大家想象得那么好。"

"你是说，她不会帮他？"云未央问。

"不。她会。"云飞肯定道，"只不过，她帮的，是倒忙。"

"什么意思？"云未央不解。

"看来，我要找一个机会，去一趟虫二院的三楼了。"云飞的脸上，露出了一丝笑意。

2

天机院是由当今的皇帝云挚亲手创建的，而院长莫缺是从小跟他一起长大的侍从，彼此之间不仅有默契，还有绝对的信任。当时齐国与魏国和外境五族都多有战争，而天机院就是负责深入敌后，进行刺杀、潜伏、平衡和情报收集的秘密势力。

虽然近些年三国和平，敌后的工作少了许多，但是天机院却更加忙碌了。因为云挚让莫缺监察百官，同时还会执行一些见不得光的神秘任务。天机院行事神出鬼没、无孔不入，莫缺为人心思深沉、手段毒辣，所以某些人，在某些事上，对他的忌惮，远远超出了皇帝。

深夜，皇宫的御书房内，云挚正在批阅奏折。他虽然只有四十多岁，但是两鬓已经有了白发，如霜雪一般，似乎在表明身在高处的寒冷。他时不时地咳嗽着，脸上有着疲惫和病态的神色，可是仍然无法遮掩他那帝王的尊贵和霸气。

莫缺恭敬地站在对面，不说话，也不动，非常安静。他穿着深灰色的长袍，身子单薄，脸色苍白，看上去就像是一个散发着阴森之气的鬼魂。一直等到云挚批阅完奏折，放下笔后，他才开口道："陛下，他出狱了。"

云挚咳嗽了两声，问道："他出了多少银子？"

"一两未出。"莫缺回答着，又道，"但臣收到了一百万两。"

"是谁出的？"

"太子。"

云挚的神情变得复杂起来，眼角边的肌肉跳了跳，似乎夹杂着某种不忍和痛苦，他剧烈地咳嗽着，待平复下来后，又满是决绝，问道："那闯儿呢？"

"武王并没有动。"莫缺回答。

"没有动？是什么意思？"

"他们可能是在冷剑秋的身上，猜测出了什么。"

"闯儿应该没有这样的心思。"

"是壮亲王世子，武王很相信他。"

"老四的儿子？"云挚的脸上，流露出一丝赞赏，点了点头，"不错，有智慧，也有胆气。竟然都算计到了你和朕的头上。"他语气一转，又满眼是肃杀，"不过，他帮闯儿，恐怕是别有用心，目的不纯。"

"陛下圣明。"莫缺表示赞同，"据臣的调查，他绝不是大家看到的那个样子，但具体是什么样子，臣还没有查明。”

“连你都没有查明，可见他的隐忍程度。这一点，倒是和老三很像。”云挚有些沉重，叹息道，“看来，他们父子，还在为老二的事，对朕耿耿于怀呀。”

莫缺没有接话。

云挚又问：“老三呢？”

莫缺回答：“慧亲王和往常一样，一直称病在府，很少出门。”

“他这病，已经称了十几年，恐怕随时都有可能痊愈。”云挚又在咳嗽，心有不甘和不安，“可是，朕的病，却越来越严重了。”

“陛下，这是你给齐国的江山社稷铺好的路，接下来，就要看太子和武王怎么走了。”

“这不是路，这是磨刀石。”云挚有些不忍，“若是一把好刀，的确很可能会被磨得更加锋利，但若不是，那就更可能会被磨成一块废铁。”

“陛下，齐国需要的，就是一把锋利的好刀。”

“可是剩下的那块废铁，也是朕的儿子啊。而且，还是被朕，亲手磨废的。”云挚很是激动，许久才渐渐平复，“莫缺，你说朕，是不是太残忍了？”

“为国为公，不是残忍，是牺牲，更是天道。”莫缺道。

云挚眼睛一亮，瞬间就恢复了帝王之相，他哈哈大笑道：“你说得对，是朕老了，糊涂了。”他语气一转，又道，“那赈灾的银子呢？这一百万两，可远远不够。”

“陛下放心，臣已安排，银子明日就会进入我齐国。”

3

莫缺离开御书房后，并没有出宫，而是去了东华殿，因为云挚让他去传一道口谕——太子禁足一个月。他心里清楚，陛下之所以让他去，就是要给太子提个醒，进而也给武王提个醒，然后再看他们会做出怎样的反应和选择——这是在火上浇油。

莫缺没有做多余的停留，也没有说任何多余的话，他传完旨后，就转身离开了。而太子云恪望着他的背影，虽有惊讶，也有不解，但只能藏在心里，不能表露出来，更不能问。因为他是太子，对权力的暗涌有着与生俱来的敏感，所以，他很清楚，面对眼下这种情况，最正确的做法，就是接受和沉默。不然，不仅会让自己显得很愚蠢，还会让别人对他很失望。

云恪连夜叫卫一鸣进宫，将禁足口谕的事告诉了他。他听完后，非常吃惊，还很莫名其妙，满是疑惑地问：“这是为什么？”

关于这个问题，云恪已经在心里想了无数遍，并且也有了一些自己的猜测，道：“我思来想去，很可能是和第一楼偷税漏税有关。”

“难道陛下知道了？”卫一鸣担心道。

“知道是肯定的。”云恪点了点头，又迟疑道，“只是不清楚，父皇是如何知道的，还有他和这件事到底有着怎样的关系。”

“既然陛下只是罚你禁足，那应该就不是什么大事。”卫一鸣道。

“不，若不是大事，父皇是不会轻易罚我的。”云恪想了想，又道，“父皇罚我，一定是有原因的，而这个原因，我一定要弄明白。”

“那让姑姑去向陛下打听打听？”卫一鸣建议。

“不可。这件事，不能涉及母亲，一定要靠我们自己。”

卫一鸣低着头，把事情仔细地回想了一遍，并没有发现任何纰漏，道：“这件事，从头到尾都是我亲自去办的，应该不会出什么差错呀。”

“出差错的，可能不是过程，而是根源。”云恪想到了传旨来的莫缺，心里一惊，“恐怕这件事，还和天机院有关。”

一提到天机院，一向不可一世的卫一鸣，脸上也露出了一丝惧意。

云恪又接着说道：“父皇之所以让莫缺来传旨，我想一是告诫，二是不想让更多的人知道，好给我这个东宫太子留着脸面。所以，我们自己可不能不要脸面。这件事不能张扬，你还是去找一下白隐衣，我总感觉，他对我们有所隐瞒。至少，他要比我们知道得多。”

4

虽然虫二院刚开不久，但是借着重开风月院的噱头，生意倒是极好。一楼是大厅，客人最多，非常热闹。二楼是雅间，也几乎满了，剩下几个空房是白隐衣留给自己私用的，并不对外待客。三楼是苏迎迎的住所，清雅安静，任何人都不能打扰。

白隐衣之前一直在二楼和卫一鸣喝酒，可是酒刚喝到一半，酒意正浓时，卫一鸣就被太子的人给叫走了，他未能尽兴，便让清风和明月陪自己继续喝，结果这一喝，就喝得有点多了。他醉眼蒙眬地看着去而复返的卫一鸣，高兴道：“卫公子，来来来，我们接着喝。”

卫一鸣见他满脸醉态，心里暗暗着急，道：“白兄啊，先别喝了，我有事情要与你商量。”

白隐衣仿佛没有听到一般，手一抬，头一仰，又一杯酒下了肚。他打了一个酒嗝，支支吾吾的口齿不清，含含糊糊的也不知道是在说什么。这时，忽然有一阵吵闹声从一楼传上来。他脸色一变，满是怒容，似乎是清醒了许多，大声问道：“楼下是怎么回事？”

“少爷，是一位客人，在闹事。”明月回答。

“闹事？好大的胆子，我要去看看。”白隐衣说着，就一步一摇地走下了楼。

闹事的客人二十多岁，衣着华贵，长相粗犷，举止言谈中都颇有醉意，看样子是喝了不少酒。他大声嚷嚷着：“我都说很多遍了，我要的是苏姑娘，她怎么还不来？”

老鸨一脸赔笑，“这位公子，我也已经回答你很多遍了，苏姑娘是从不接客的。”

“从不接客？那你刚才说她有客人？难道你是在诓骗我？”

“公子误会了，苏姑娘现在的确有客人，但她的客人，并不是她接的，而是她选的。”

“她选的？那正好，让她下楼来选我。”

“她从不下楼。”

“那我上去。”

“只有她选的客人才能上去，而你并不是。”

“屁话，连选都没选，你怎么知道我不是？”

“苏姑娘若选了你，会让我知道的。”

“哼！连面都不让见，她怎么选？”

“苏姑娘选客人，是从来都不需要见面的。”

“不见面怎么选？”

“想见她的人，需要先递上名帖，然后再由她挑选出来。”

“又在诓骗我？”

“公子，我说的句句都是实话，来虫二院的客人，都知道这个规矩。”老鸨的脸上，一直都是笑容，她拿出一名帖，打开道，“这就是她今晚选的客人。”

闹事的客人一手抢过名帖，看着上面的字，道：“云飞？哪个云飞？”

老鸨恭敬地回答：“是壮亲王世子。”

“哼！原来是那个书呆子。他从小就跟我抢东西，现在又跟我抢女人，他真以为他爹还是以前的壮亲王吗？”客人怒不可遏，大步走向楼梯，可是刚走了两步，就被拦了下来。他抬起头，向上大声叫骂道，“云飞，你这个小白脸，有种就给我滚下来。小时候你就找云君临帮你，长大了又要找一个女人帮你吗？”

“你是什么人，凭什么说我表……说云公子？”岳一诺一身男装打扮，她本是和云飞一起来的，可是云飞上了三楼，她就只能在下面等，结果听到有人辱骂她表哥，她自然不能让。

“哟，你这黄毛小子，才几岁呀，就逛妓院。”那客人讥讽道。

“云公子是江京城里有名的才子，他父亲壮亲王更是战功赫赫，你这样诋毁他们，我可以报官抓你，判你个大不敬之罪。”因为出身的缘故，岳一诺对官场上的一些事情也算是从小就耳濡目染，所以这一套官腔打得是有模有样。

“呵，呵呵，你吓唬谁呢？”那客人嘲笑着，扬起手一把就推了过来。

岳一诺心里一惊，下意识地抬起手臂，横在胸前阻挡。可是那客人的力气太大，竟把她推得往后连连退了好几步。若不是正好被刚走下楼的白隐衣拦腰抱住，恐怕就摔倒了。她虽然是男儿装，但毕竟是女儿身，被陌生男子这样抱着，还是头一次。她只感觉全身酥麻，一点力气都没有，僵了一会儿，她勉强站直，脸上羞红一片，低声道：“多谢公子。”

“在这里，要叫我老板。”白隐衣笑着。

“老板？”岳一诺满是诧异。

白隐衣先把她扶到一边，然后又走到那客人的面前，道：“我既然开门做生意，而你是客，我是主，那对你的无礼和无知我都可以不计较。但是，这位姑娘也是我的客人，而你刚才又推了她，所以，我就不能不计较了。”

“姑娘？”那客人疑惑地望着岳一诺，只见她虽穿着男装，但身材小巧，唇红齿白，脸蛋粉嫩细腻，顿时明白过来，哈哈大笑，“姑娘也来逛妓院？是来抢男人的吧？”

“掌嘴。”白隐衣轻轻地吐出两个字，随后就听到“啪”的一声重响。

“谁打我？”那客人捂着脸，大叫道，“是谁在打我？”

“啪”的又一声重响，明月出手极快，“是我在打你。”

“你……”那客人望着明月，抬起手想打回去，但考虑到她只是一个少女，抬起的手始终没有落下。他转眼又望着白隐衣，“你敢打我，你知道我是谁吗？”

“就是因为不知道，所以我才敢打你。”白隐衣道。

“那我就告诉你，我是……”

“啪”的第三声重响，把他要说的话给打了回去。

他捂着脸，怒视着白隐衣和明月，道：“好大的胆子，连我都敢打，我是……”

“啪啪啪……”接连好几声重响，三番五次地把他要说的话都给打回到了肚子里。明月这巴掌打得很刁钻，因为只打了他一边的脸，另一边的脸却是连碰都没有碰。就这样，他一边的脸肿得老高，捂也不是，不捂也不是，样子非常滑稽，疼得他什么话都说不出来了。

白隐衣走过去，贴近他的耳朵问道："我为什么不敢打你？你到底是谁啊？"

那客人摇着头，不敢再试图说话了。

这个闹事的客人名叫余威，是禁军统领余正的独子，他灰溜溜地跑开之后，卫一鸣才迟迟现身出来，因为他认识余威。他先前之所以没有露面阻止，就是想看他和岳一诺还有云飞掐架，可是没想到，白隐衣的手段竟然如此强硬，简直是不讲道理。

经过这么一折腾，白隐衣也醒了酒，他看着卫一鸣，道："卫公子，你不是走了吗？"

"我又回来了。"卫一鸣把他拉回二楼的雅间，"白兄啊，太子遇到麻烦了。"接着就把太子被禁足的事都说了出来。

其实，关于这件事，白隐衣的心里是早就有数的，但他还是假装思索了一番，道："听你这么一说，倒是提醒了我。我认为，这件事很可能和冷剑秋有关。"

"冷剑秋是谁？"卫一鸣问。

"据我猜测，他很可能是天机院的人。"接下来，白隐衣便把冷剑秋的来龙去脉说了一遍，还特意加了一些自己的"分析"。不过，在牢中与他相见的事却一字未提。

卫一鸣听完后，恍然大悟，道："一定是这样，怪不得陛下会让莫院长去传旨。"

5

虫二院的三楼，完全是另一个世界。它没有一楼和二楼的胭脂味，也没有流光巷的红尘气，更没有江京城的繁华喧嚣，有的只是自然天成和巧夺天工。房间里处处翠竹新生，绿柳摇曳，花香四溢，山水萦绕。虽然有人工雕琢，但却又看不出有一丝雕琢的痕迹。

苏迎迎如仙子般坐在竹椅上，而在她的面前，正是风度翩翩的云飞。

"云公子，你今天想问何事？"苏迎迎道。

"苏姑娘，既然是你选的我，那就应该知道我想问何事？"云飞道。

"在我看来，你想问的事是两件。"苏迎迎淡淡一笑，"一件是想问也能问的，但另一件却是想问而不能问的。"

"哦？"云飞很有兴趣地说道，"那说来听听。"

"既然是能问的，那云公子为何不自己开口？"苏迎迎道。

"也好。"云飞不再推辞，语气一沉，直接开门见山，"敢问苏姑娘，武王该如何做，才能从太子的手上夺得皇位？"

这句话，无异于晴天惊雷，可苏迎迎听了却只是一笑置之，道：“皇位继承，那是指点江山，你虽然能问，但我却不能回答。云公子，你还是换一种方式再问一遍吧。”

云飞注意到，她说的是换一种方式，而不是换一个问题。于是整理了一下思路，再次问道：“一直以来，武王和太子都是明争暗斗，彼此有输有赢，不分伯仲。那是因为他们的实力相当，谁也奈何不了谁。但是，现在第一楼的白少楼主投靠了太子，打破了这个平衡。所以，我想请教苏姑娘，如何做才能重新恢复这个平衡。”

“若只是恢复这个平衡，那你根本就不必来。因为太子虽然得了第一楼这一手，但也失了陛下那一手，所以这一得一失，平衡仍在。”苏迎迎道。

“苏姑娘真是洞若观火，佩服。”云飞行了一礼，心里对这个传说中的玲珑心也多了一分敬畏，“既然不用恢复平衡，那该如何打破平衡？”

“终于问到了正题。”苏迎迎笑了笑。

这时，楼下传来一阵辱骂声。

“是余威！”云飞惊讶道。

苏迎迎并不理会，自顾自地说道：“其实，若要打破这个平衡，非常简单。”

“简单？”

“不错，只需要做到四个字即可。”

“哪四个字？”

“袖手旁观。”

“什么意思？”

“就是字面上的意思，什么都不用做，平衡自破。”

“请苏姑娘拆解。”

“余威在虫二院如此放肆，以白隐衣的禀性，是绝不会轻易放过他的。”苏迎迎胸有成竹地说道，“而以余威的性子，吃了苦头，自然也不会善罢甘休。所以，若是这样闹下去，就只会愈演愈烈，最后惊动官府。而一旦惊动了官府，就会惊动余正，到了那个时候，就不是余威和白隐衣的矛盾了，而是禁军统领和太子党的矛盾了。”

云飞越听眼睛越亮，似乎看到了对岸的火光。

“余正是陛下的纯臣，禁军统领的位置也是非常重要。因此，太子一定会想尽办法借此机会除掉余正，至少不能让他再继续做禁军统领了。这样，才能安排自己的人上位。”苏迎迎的声音如清风拂面，可是云飞听得却是惊涛骇浪。

苏迎迎接着说：“在这个过程中，太子为了达到目的，一定会用尽手段，这里面有合法的，也有非法的。而武王要做的，就是袖手旁观。袖手是不帮余正对付太子，旁观是看清太子如何对付余正。这样，在陛下任命新的禁军统领的时候，武王只需要站出来，如实表明白隐衣和太子的关系，再如实呈上旁观的证据，那禁军统领一职，就非武王的人莫属了。”

“此消彼长，平衡自破。”云飞惊叹道，“苏姑娘大才，云飞佩服。”

“既然已经说完了你能问的，那我们再说说你不能问的吧。”苏迎迎道。

“洗耳恭听。”云飞明显比之前多了一分恭敬。

“十年前，西郊的青鸾别院内，主仆侍卫共一百三十八人，全部被屠杀，无一活口。这里面包括陛下的宠妃萧倾城，以及他们的儿子云君临。天机院奉命彻查此事，很快就找到了证据，与宣亲王有关。陛下一怒之下，收其兵权，以谋反之罪，将其一家全部赐死。”

“苏姑娘，你说的这些，并不是什么秘密。”

“虽然在这之前，宣亲王曾多次带领朝中大臣一起上奏陛下请杀萧倾城母子，但是青鸾别院的惨案，还是有很多人认为，并非宣亲王所为，而他自己也没有承认。”苏迎迎说的虽然不是什么秘密，但却是禁忌。可是，在这虫二院的三楼，无所禁忌，“坊间流传，陛下是因为惧怕兵权在握、功高震主的宣亲王，怕他怀疑先皇的死和陛下都有着脱不了的关系。所以陛下怕事情败露，就杀了自己的妻儿，嫁祸给宣亲王，好彻底除之，以绝后患。”

云飞听着，没有再插话。

“你父亲壮亲王与宣亲王的兄弟情谊最重，那是在战场上共同经历了无数次出生入死厮杀出来的。所以，他也受到了牵连。虽然还是亲王之尊，但却备受冷漠，不受重用，无权无势。而你，也因此心生怨恨。”苏迎迎看着他，又缓缓说道，“你看似在帮武王对付太子，其实是在报复，你要的，是他们为皇位之争两败俱伤，对吗？”

云飞内心已是翻江倒海，但还是强行压制，沉默不语。

苏迎迎又道：“又或者，你是想自己当皇帝？”

云飞的眉宇间，显露出了一丝杀意，道：“苏姑娘，你到底想怎么样？”

“云公子，我言尽于此，你好自为之。”苏迎迎的语气并无变化，也无畏惧，“关于这件事，从今以后，无论在何时、在何地、在何种人面前，我都不会再提起。而到底是选择悬崖勒马，还是选择万劫不复，也只有你自己心里最清楚。”

云飞渐渐平复后，道：“多谢苏姑娘告诫。”

6

云飞离开虫二院后不久，三楼的门便被敲响了。苏迎迎一改往常的冷漠，脸上显露出了一丝亲切和欢喜，她亲自去开门，看到了站在门外的白隐衣。她把他请进房间，两个人如亲人般相视微笑，这和他们之前的相处完全不同。

苏迎迎烧了热水，泡了新茶，给白隐衣倒了一杯。

白隐衣细细品着，道："茶虽然是缥缈山的，但水不是，所以这味道，还是差了许多。"

苏迎迎笑着，又给他倒了一杯，道："那下次，我再带些缥缈山的水来。"

"你呀，这样会把我宠坏的。"白隐衣笑着。

"你现在可是我的老板，哪敢不宠你。"苏迎迎笑道。

"刚才在楼下，听到余威提到了我以前的名字，真是恍如隔世啊。"白隐衣感慨着，"我见到小诺了，她长大了，也长漂亮了。只可惜，她穿的是男儿装。"

"估计过不了多久，你就能看到她穿女儿装的样子了。"苏迎迎调侃道。

白隐衣似心有不忍，岔开话题，问："你和我那堂哥谈得怎么样？"

苏迎迎回答："和我们计划的一样。"

白隐衣沉默着，表露出一丝挣扎和痛苦，道："我不仅不能与他们相认，还要对他们隐瞒、欺骗、甚至是利用，每每想起这些，就很难受。"

"你不能这么想，其实你心里最清楚，你这么做，是在救他们。"苏迎迎安慰道。

"我也只能这样说服自己了。"白隐衣笑了笑，一扫阴霾，道："他们的变化真大，尤其是大飞，但还是能看到一些往日的痕迹。"

"你不也一样？"苏迎迎打趣道，"若不是有二哥的毁容术，恐怕你早就被认出来了。"

两个人说说笑笑，非常有默契，你来我往地聊了很久，彼此都没有睡意，因为他们在等一个人。一直到了凌晨的时候，整条流光巷的灯火都暗了，所有店面的门都关了，他们等的那个人，才在清风和明月的陪同下，缓缓地走上了虫二院的三楼。

苏迎迎起身去开门，请进来一个六十多岁的老婆婆，而清风和明月就留在门外守着。

苏迎迎恭敬又亲切地喊道："孟婆婆。"

老婆婆点了点头，走到白隐衣面前，从上到下在他身上仔细打量着，然后跪地行主仆大礼，泪眼婆娑道："少爷。真没想到，在我有生之年，还能亲眼见到你。"

白隐衣小心地扶起她，道："孟婆婆，你是我母亲的奶娘，又照顾她多年，我应该以亲人待之，以长辈敬之。所以，你千万不可再对我行如此大礼了。”说着，他就跪下去，朝她一拜，“这十年来，我们虽然从未正式见过面，但你却一直在暗中帮我，辛苦了。”

孟婆婆连忙扶起他，道：“少爷，使不得，使不得。”

白隐衣站起身，反手扶她坐下，又给她倒了一杯热茶。因为见面而产生的激动渐渐平复后，孟婆婆也恢复了一如往常的沉稳，她虽然平民打扮，但却有着一身贵气，这或许是跟她一手带大了公主有关。她正色道：“少爷，你在信中并未说明，为什么会提前来了？”

“因为我知道了一些事情。”白隐衣道。

“什么事情？”孟婆婆问。

“你还记得当年，我让你帮我调查，代替我死的那个小男孩儿吗？”

“记得。”孟婆婆回忆着，“但是好像并没有调查出什么结果，只知道他是一个从外地逃亡过来的普通灾民，甚至连姓名都不知道。”

“功夫不负有心人，后来我不仅知道了他的姓名，还找到了他的哥哥。”白隐衣语气一沉，接着说道，“几个月前，他哥哥跟我说，一直都没有找到自己的母亲。”

孟婆婆神色一变，思索道：“你怀疑……公主还活着？”

“有这个可能。”白隐衣点了点头，“小男孩是代替了我而死，那小男孩的母亲……”他没有说下去，因为他也不能肯定。过了一会儿，他又说道，“如果我母亲真的还活着，那以她的性格，就一定会报仇，至少要查明真相。”

“原来你是担心公主……”孟婆婆明白过来，他是不想让他有可能还活着的母亲以身犯险，“可是，这么多年过去了，公主若是真的还活着，那她应该早就动手了才对啊。”

“或许母亲和我一样，都在暗中筹划。”白隐衣停顿了一下，眼睛一亮，“又或许，她对救她的人，也不敢完全相信，甚至怀疑。”

孟婆婆沉思着，知道他有所指，便问：“关于白王孙，你还是什么都查不到吗？”

白隐衣摇了摇头，略显无奈：“他是一个谜，很神秘，本来就很少现身，还一直戴着面具，从不以真面目示人。”当提起白王孙时，他的语气中，流露出一些无法遮掩的复杂，“我问过他，当初为什么要救我。他说是受人所托，但是受什么人所托，却闭口不言。”

“那……慧亲王那边呢？”孟婆婆又问。

“还是老样子，一直称病，深居简出，已经很久没有人见到他了。”白隐衣回答。

“少爷，你这次叫我过来，是想让我去找公主吗？”

“确切地说，应该是想让我母亲来找你。”白隐衣解释道，“如今风月院重开，再加上你这个曾经带过天下第一美人的孟婆婆又回归，那必定会引起众人的关注，被四处宣扬。而母亲若是知道了，心中就难免会有疑惑。所以，她一定会过来看个究竟。”

“以公主的才智，一定能猜出，能让我回归的，就只有你了。”孟婆婆道。

“是啊。你和我母亲真正的关系，外人并不知道。”白隐衣说得很有把握，又道，“但是，为了安全起见，母亲肯定会乔装打扮，甚至和我一样，本身就改变了容貌。到时候，我怕我会认不出她，所以，若她真的来了，希望孟婆婆能帮我认出她。”

/ 第三章 /

作茧自缚

1

孟婆婆的回归，对于生意而言，绝对有着非常大的商业价值。

可是，虫二院不仅没有利用它高调宣扬，反而还有意的低调避之。这种做法，让很多人都感到奇怪，同时也引来了诸多猜测。有流言说，虽然孟婆婆曾经带出过天下第一美人，但是在萧倾城死后，她就退隐青楼，再无涉及。这次能重返烟花，一定是又寻到了像萧倾城那样的女子，准备在合适的时机，再惊世人。

每当夜幕降临之后，虫二院的客人就会络绎不绝。这其中，就包括前些天被打跑的余威。不过，与上次不同，他这次是带着十几个身材魁梧的壮汉一起来的，虽然个个都穿着便装，但是从他们的步伐气质上看，应该是训练有素的军人。

白隐衣连忙跑过来，热情地招呼道："余公子，真是大驾光临，有失远迎啊。"

余威见他如此态度，心里不禁一愣，有些莫名其妙，问道："你这是什么意思？"

白隐衣即尴尬又歉意地笑了笑，道："前些日子，我因酒后失德，和余公子发生了误会，起了冲突，还叫人打伤了余公子。酒醒后，我懊悔不已，一直想找机会向余公子赔罪。"

余威心想，既然他叫我"余公子"，那他就一定是知道了我的身份，不然就不会如此卑躬屈膝、低三下四。于是，便底气十足地说道："哦？那你想怎么向我赔罪？"

"我是个生意人，只会赚银子。所以，余公子若是不嫌弃，就开个价吧。"白隐衣一提到银子，就充满了优越感，而这种优越感，很自然的就在他的言谈举止中表现了出来，"只要你开得出，我就给得出，绝不还价。希望余公子大人有大量，不要与我计较。”

“哼！你以为，这是生意吗？”余威听着他的话，看着他的样子，是又怒又气，“今天我要让你明白，在这江京城里，银子的作用，远远没有你想象的那么大。”他说着，就端起桌子上的一杯酒，一饮而尽，又道：“你刚才说，你是酒后失德，那我也酒后失德一回。”

余威把酒杯往地上一摔，叫道：“给我砸。”

那十几个壮汉蜂拥而上，白隐衣连忙叫停：“等一下，等一下，有事好商量。”

“这事没得商量。”余威语气坚决。

“余公子，虽然你的父亲是禁军统领，是陛下身边的近臣，但你也不能如此仗势欺人啊。”白隐衣故意把这话说得很大声，让周围旁观的客人都听得清清楚楚，“我做生意一向安分守己、规规矩矩，从来都是恪守齐国的律法，你凭什么说砸就砸？”

余威本来是不想暴露身份的，但事已至此，他也顾不上太多，嚣张道：“我就是仗势欺人，我就是欺负你，怎么样？不服啊？那你来打我啊？当日你对我说打就打，今日我为何不能对你说砸就砸？我要让你清楚，就算你有再多的银子，也只是一个商人，一个贱民。”

十几个壮汉一起动手，那破坏力还是非常惊人的。转眼间，很多桌椅摆设就被砸成了碎片，客人也都跑光了。余威非常得意地望着白隐衣，道：“这就是你得罪本公子的下场。”

白隐衣见屋子里已经没有了外人，便云淡风轻地笑了笑，完全不像之前的那种谦卑和紧张，他毫不在意地说道：“就算你今天把整幢楼都给拆了，也没什么。因为不出三天，我就会让人再建个一模一样的出来。”他语气一转，又讥讽道，“我别的没有，就是有银子，而只要有了银子，我就有了一切。你叫人砸的这些，在我眼里，根本就不值几个钱。”

余威的怒火再次被点燃，道：“把他一起给我砸了，砸碎了。”

那十几个壮汉略有犹豫，但见余威非常坚持，最终还是动了手。可是，他们的手，完全近不了白隐衣的身。因为明月出手了，她给每人一脚，就轻松地都给踹了回来。他们看着眼前这个靓丽的姑娘，就像看着怪物一样，眼睛里充满了不敢相信。

余威一惊，骂道：“废物，废物，给我起来，再上。”

那十几个壮汉似乎也有不服，或者本身就有怀疑，便起身又冲了上去，可是结果一样。

白隐衣慢慢地走过来，步步紧逼，无论是在气势上，还是在局势上，他都完全压制住了对方，他看着余威，满眼皆是轻蔑和不屑，“我给你留了脸面，但是你不要，你这是在自取其辱。”他转过身，懒得再多看他一眼，轻描淡写道，“明月，给他点颜色。”

“是。少爷。”明月走过来，一巴掌打过去。

“啊……”余威发出一声被无限拉长的惨叫，鼻骨碎了一节，牙碎了两颗，疼痛难忍。

虫二院里发生的事情，都被对面怡红院里的人看得清清楚楚，其中看得最有滋味的，自然是壮亲王的世子云飞。他一边看，一边想着苏迎迎说的话，很是回味。他喝了一杯茶，品了品，自语道：“好茶。”他又对身边的刘锦瑞说道，“锦瑞啊，我给你一桩生意如何？”

“什么生意？”刘锦瑞问。

2

余威被他带来的壮汉搀扶着离开了虫二院，口鼻的疼痛狠狠地刺进了内心深处，他感到后悔，也感到耻辱，但更多的，是不甘。他很愤怒，他想报仇，可是，他又对报仇的对象充满了畏惧。他不知道这仇该怎么报，他不敢再上门，他害怕会再被打出来。

走出灯火通明的流光巷后，他就拐进了一条僻静幽暗的小街，因为他不想被别人看到自己的狼狈。可是，就在这时，突然听到身后有人叫道：“余兄，请留步。”

他假装没听到，继续走，并且还特意加快了脚步。

但是身后的那个人却紧追不舍：“余兄，等我一下。”

他很不情愿地停下来，回过头，看到了一个胖子，正匆匆忙忙地跑过来，等近了看清来人的模样后，非常诧异：“刘锦瑞？你追我干什么？看我笑话吗？”

刘锦瑞喘着粗气，一脸和善道：“余兄啊，你误会了，我是来帮你的。”

“帮我什么？”余威问。

“刚才余兄在虫二院里的境遇我都看得一清二楚，白隐衣真是欺人太甚了。”刘锦瑞道。

“是我技不如人，怨不得别人。”

“余兄此言差矣。那白隐衣若不是有身边的侍女出手，哪里会是余兄的对手？”刘锦瑞缓了两口气，接着说道，“据我了解，那侍女的身份可不一般，听说她的师父是一个早就归隐山林的江湖高人，厉害得很，世上鲜有敌手。”

“怪不得。”余威暗自郁闷，心想真应该先调查清楚了再说。他低头思索着，忽然眉毛一挑，似乎有了主意，“既然他能找江湖高手帮忙，那我也能找。”

“那余兄可认得什么江湖高手？”刘锦瑞问。

“我虽然不认得他们，但他们一定认得银子。”余威一副自信满满的样子，“我就不信，我出重金悬赏，他们会不来。”

“余兄啊，如果只是出银子，那白隐衣也会出啊。他可是天下商主第一楼的少楼主，在这个世界上，恐怕没有谁会比他的银子更多。”

“比银子不行，比人还不行，那怎么办？”余威觉得无计可施，很是烦躁，他瞟了一眼刘锦瑞，又正色起来，“你刚才说你是来帮我的？怎么帮？”

“余兄，这里人多嘴杂，还是去我店里细说吧。”

“怡红院？”余威有些抵触。

“不是，这附近有一家茶楼，也是我开的。”刘锦瑞道。

刘锦瑞的茶楼名叫“一品居”，在一条背街里，是一个非常雅静的地方。他把余威直接带上了二楼，并吩咐下人守在外面，不准任何人打扰。入座后，他又亲自泡了一壶上好的铁观音，给余威倒满，然后一边品着茶一边说道：“余兄，如今天下，无论是在齐国，还是在魏国，又或是在外境五族，虽然银子的地位一向很高，但是赚银子的商人的地位却是正好相反。而在这江京城里，就算银子的地位再高，也高不过‘权力’二字。”

余威听着觉得很有道理，便示意他继续说下去。

“余兄可以去江京府报官，让府尹钱智忠来对付他。俗话说，官大一级压死人啊。”

“报官？也是一个办法。”余威点了点头，但还是有些犹豫，“不过，钱智忠他能尽心尽力吗？还有，那个白隐衣，他能乖乖就范吗？”

“余兄有所不知，前些日子，白隐衣因偷税漏税，被大理寺抓了进去。据说账面上有白银一千万两的税银要补，可是最后却只出了一百万两就给放了出来。”

“这是为什么？”

“其实，他一共出的是三百万两。其中，有一百万两在明抵税，另外一百万两在暗上下打点，最后一百万两在私进了杜腾的个人腰包。”

“你是说，他贿赂大理寺卿？”余威恍然道。

“这可不是什么秘密，很多官员都知道，甚至参与，只是都拿到了好处，不会开口罢了。”

“如果是这样，那你怎么知道他不会贿赂钱智忠？”

“他一定会，只是，钱智忠却一定不会收他的贿赂。”

“这又是为什么？”

“原因有二。”刘锦瑞解释着，“一，你父亲是禁军的统领，而白隐衣只是一个有钱的商人。钱智忠久居官场，深知规则。所以，他是绝不会为了钱财去得罪权势；二，他一直都对杜腾耿耿于怀，总觉得大理寺抢了江京府的风头。而眼下，正是以公谋私的好时机。”

余威想了想，左右衡量着，过了一会儿，终于下了决心：“就这么办。”

刘锦瑞端起茶杯，敬道：“那就预祝余兄一雪前耻，马到功成。”

余威一脸得意，也端起茶杯，刚要喝，似乎想起了什么，问道：“刘锦瑞，你和我虽然从小相识，但却非亲非故，无情无分，你为什么要帮我？”

“实不相瞒，我帮余兄，也是有私心的。”刘锦瑞一副坦白的样子，“白隐衣那虫二院虽然是刚开不久，但是却借着重开风月院的噱头，生意倒是极好，我怡红院的好多客人，都被抢了去。所以，我也想借此机会，毁了他的生意。”

余威在心里盘算着，觉得这话像是真的，便放下了最后一丝戒备，道：“刘老弟，不管怎么样，这件事若是成了，我定会重谢。”

3

余威趁着自己口鼻的伤势明显，连夜敲响了江京府衙外的鸣冤鼓。

钱智忠在睡梦中被惊醒，他虽然很不情愿，但还是从小妾的床上爬了起来。他这个府尹看似风光，其实不然。因为这里是天子脚下，不仅龙蛇混杂，还关系复杂。一不小心，就会惹到惹不起的麻烦。所以，他从来都不敢轻易怠慢任何人和任何事。

公堂内，虽然已经点亮了灯火，但是仍显昏暗，也更显威严。十六个衙役拿着棍棒，左右站成两排，师爷则坐在案边，手执笔墨准备记录，而钱智忠就坐在高位上，一副不苟言笑的模样，他一拍惊堂木，问道：“堂下所跪是什么人？先报上姓名。”

余威依报官礼法，跪地恭敬地回应：“回大人，在下姓余名威，是禁军统领余正的儿子。”

钱智忠心里一惊，暗声叫苦，但却面不改色，只是沉声道：“起来说话。”

“谢大人。”余威起身。

“你半夜击鼓，所为何事？”钱智忠问。

“我要控告虫二院的老板白隐衣，他无视齐国律法，竟然在天子脚下、大人的管辖之地随意殴打我。”余威抬起头，正面望向钱智忠，道，“我脸上的伤就是证据。”

钱智忠眯起眼睛看着他，道：“那白隐衣为何要殴打你？”

“因为我无意间听到了一个秘密，他怕我泄露，就殴打威胁我。”余威道。

“既然是秘密，那本官就不多问了。”钱智忠可不想自找麻烦，他的为官之道就是多一事不如少一事，少一事不如没有事。

“大人……”余威心里一急，连忙叫道，“这个秘密，你不能不问啊。就算你不问，那我也不能不说呀。因为这是大人的职责所在，也是小人的职责所在。”

“你这话是什么意思？”

“大人，你可听说了第一楼偷税漏税一案？”

“听说了一点。”

“那大人可知道这案中的内情？”

“什么内情？”

“有人重金行贿，有人贪赃枉法，让原本账面上的一千万两税银变成了一百万两草草结案的内情。”

钱智忠眼睛一亮，道：“你把话说清楚了，到底是谁在重金行贿？又是谁在贪赃枉法？”

余威郑重回应：“回大人，我亲耳听白隐衣说的，重金行贿的是第一楼，贪赃枉法的是大理寺，但具体到什么人，还需要大人明察。”

钱智忠沉默不语，对于这件事，其实他早就有所耳闻，也颇感奇怪，只是无凭无据，权当风言风语的猜测罢了。可是现在不一样了，有人报官，而且这个人还是禁军统领的儿子。他心想，就算是空穴来风，那自己也可以借此机会名正言顺地折腾一下大理寺。

不过，大理寺卿杜腾和他的官阶一样，都是从三品。按齐国律法，如果案涉同级，需请报上级，不能直接审问。他可不想把这个机会拱手相让，于是说道：“据本官所知，当时请白隐衣去大理寺调查的人是少卿杜平吧。”

“呃……”余威并不清楚，不敢肯定。

这时，在案边执笔记录的师爷站起身，师爷跟随钱智忠多年，一知他心意顾虑，二知他对大理寺的不满，便伺机插嘴道：“回大人，确是少卿杜平。”

“既然如此，那本官就先从他们俩身上查起。”钱智忠打着如意算盘，心想虽然不能直接折腾老子，但却能折腾儿子，而只要折腾了儿子，那老子也就一定会跟着一起受折腾。他唤来衙差，一口正气道：“你们拿我的传召令，去把白隐衣和杜平请来。”

“是。”衙差应声退去。

虽然钱智忠的为官之道一向是多一事不如少一事，少一事不如没有事。但是凡事都有例外，比如涉及大理寺的事。在官场，往往左右逢源才是升迁发财之道，可是却偏偏不适合他。他坐在这个位置上，若要想谁都不得罪，那就会把谁都得罪了。若要想两边装好人，那只会里外不是人。所以，唯一适合他的道只有一条，就是秉公执法。

这样，无论惹到了什么人、什么事，到最后都有齐国的律法撑腰。

这本是不得已而为之的无奈之举，却无心插柳地给他得了一个铁面无私的好名声。

大约过了一个时辰，白隐衣和杜平同时被请来，在门口相遇时，两个人都很意外，可是还没有来得及说上话，就被衙役一起推进了公堂。到了里面，他们最先看到的是鼻青脸肿的余威，因此，一人的眉头是皱了起来，而另一人的眉头则是舒展开。

“大人，不知叫我来，所为何事？”杜平率先开口问。

“本官有个案子，需要你配合调查。”钱智忠道。

“敢问大人，是什么案子？”杜平又问。

“先不急，杜少卿可否稍等片刻？”钱智忠道。

杜平没有说话，算是默认。

白隐衣趁机插话道：“大人，你叫我来，也是有案子需要我配合调查吧。”

“不错。”钱智忠一副不急不缓的样子。

“那让我先猜一猜，”白隐衣走到余威身边，仔细地看了看，道，“大人，需要我配合调查的案子，应该是和这个禁军统领的儿子有关吧。”

“正是。”

“大人，你果真是铁面无私，不畏权贵。”白隐衣一脸的感激和敬仰，“我还没有来报官，大人就已经先为草民做主了，真是明察秋毫的青天大老爷啊。”

钱智忠听他这么一说，只感觉眼前一阵晕眩，但还是镇定地回答：“白老板，本官没有理解你的意思，还希望你能说得再明白一些。”

“就在之前不久，这位余公子，带着十几个壮汉来到我虫二院，不由分说见东西就砸，见人就打，很多客人都可以作证。”白隐衣道。

钱智忠略带疑惑地瞥了一眼余威，见他神情不自然，又似要开口辩解，连忙挥手打断，问道：“白老板，既然如此，那你为何不来报官？”

“大人，我是一个生意人，习惯性地要先清点损失。”白隐衣道。

“那你清点好了吗？”钱智忠问。

“清点好了。”白隐衣回答，“桌椅六套，挂画八幅，餐具二十套，还有破坏了门窗墙壁等，一共折银一百三十万两。”

“大人，他这是敲诈啊。”余威在旁边叫道。

“白老板，本官虽然不懂生意，但你这个价格，似乎太高了一些。”钱智忠道。

“大人有所不知，在我虫二院内，所有的一切都是极品、珍品。”白隐衣解释道，

“桌椅不仅是名工巧匠用上好的紫檀木打制，更是古董，有千年之久。而那挂画，也都是名家的绝笔真迹，千金难买。一百三十万的价格，若放在市场上，那可是争抢之价。”

“大人，千万别听他胡说，他是一个商人，最能算计。”余威插嘴道。

“是真是假，本官自会查证。”钱智忠始终是一副刚正不阿的态度。

“望大人明察。”白隐衣高声道。

“此案复杂，需仔细调查，今天就到此为止吧。”钱智忠道。

余威和白隐衣都没有说话，算是默认。

杜平趁机开口道：“大人，轮到我了吧。”

“杜少卿，久等了。”钱智忠道。

“大人，既然你有案要审，那我就先行告辞了。”白隐衣道。

“白老板，先不要急着走。”钱智忠叫住他，“需要杜少卿配合调查的案子，也同样需要你的配合调查。”

白隐衣和杜平相视一望，面露疑惑。

余威则在旁边暗自得意，露出笑意。

“余公子举报，前些日子的偷税漏税一案，第一楼重金行贿，大理寺贪赃枉法。”钱智忠可不想出这个头，于是便把余威先推了出去。

“大人，这是诬告。”白隐衣和杜平同时惊呼一声。

“是不是诬告，需要本官查证后才能确定。”钱智忠道。

“大人，大理寺办案，一切都是依法按律有证有据。”杜平道。

“那就麻烦杜少卿把证据拿过来，本官要亲自查验是真是伪。”钱智忠道。

“大人，这是大理寺的案子，你本无权……”

“杜贤侄，既然有人来报案，那本官就有权立案调查。”钱智忠打断他的话，语气生硬，“如果你不想麻烦的话，那我就只能去麻烦你父亲了。”

4

大理寺内，庄严肃穆，其他人都已经休息了，只有杜腾自己在院子里来回踱步。他微微皱着眉头，似乎是在思考着什么事情。这时，杜平从外面推开大门进来，看到他后，连忙走上前，恭敬行礼道：“父亲，您怎么还没睡？”

“没有你的消息，我睡不着啊。”杜腾道。

“正如父亲所料，那钱智忠叫我过去，的确是为了第一楼偷税漏税一案。”杜平道。

“他怎么说？”

“要我把有关证据都拿过去，他要亲自查验真伪。”

“好，好啊。”杜腾的脸上，露出了满意的笑容，他长长地松了一口气，“我心里很清楚，这些证据是被人动过手脚的，是经不起深入调查的。但是，我心里更清楚，那些是什么人。所以，我不敢深入调查。既然钱大人无所畏惧，那就让他去好了。”

第二天一早，杜平就把第一楼偷税漏税的案件卷宗送到了江京府，他为了不让钱智忠起疑心，还费心地装模作样了一番。并且特意叮嘱，三天之后，不管有没有查出结果，大理寺都要把这些卷宗收回去。钱智忠嘴上答应下来，心里却想到时候恐怕就由不得你们了。

他对所有的账本证据、审问口供、涉及人员……都事无巨细地一一调查。虽然从表面上看，一切都是依法按律有证有据，可是一旦深入，就会发现很多地方根本就经不起推敲，甚至有作伪的嫌疑。他觉得自己抓到了杜腾的把柄，非常兴奋，干劲十足。

不过，他很快就继续不下去了。

因为他查到了金满堂，也查到了卫一鸣，他可以不理会金满堂是谁，但却不能不理会卫一鸣是谁，以及是谁的人。他突然很后悔，真不该蹚这浑水。他想过放弃，可是余威三天两头地就跑过来询问，还总是提他那个当禁军统领的父亲。

这是什么意思？

傻子都能明白！

交代！他必须要对他有个交代！

“钱伯父，这都过去了半个月，怎么还不定白隐衣的罪？”余威又一次来到江京府，但却不是在公堂上，而是在钱智忠的住处。所以他很自然地改了称呼，显得亲近了许多。

“余贤侄，关于那个案子，我已经调查清楚了。虽然他打伤你是真，但是你砸坏他的东西也不假啊。并且在人证上，你还有些吃亏。因为那些客人，只看到了你砸坏东西，却没看到他打伤你。”钱智忠面露为难之色，又如长辈一般，语重心长劝道，“所以，如果我要定他的罪，那你就要先赔偿他的损失，白银一百三十万两，可不是一个小数目啊。”

“大人，你可万万不能听信啊。”余威在情急之下改回了称呼，把刚刚建立起的亲近又疏远了，“那姓白的是第一楼的少楼主，有数不尽的银子，一定是他收买了那些客人。”

钱智忠听他这么一说，心里很不高兴。他知道这是话里有话，在暗示和提醒他，如果不把白隐衣定了罪，那他就是收了对方的银子。但他可是官场的老人，深知其中规则，也更能沉得住气，所以并没有表现出来，只是质问道：“难道那些东西不是你砸坏的？”

余威一滞，无言以对。

“你要明白，本官把这案子搁置，就已经是对你徇私了。”钱智忠道。

“好，他打伤我一事可以暂时不问。那他重金行贿一事呢？怎么也不定罪？”余威一副气急败坏的模样。

不提这事还好，一提这事钱智忠就怒火中烧，他强忍火气，道：“凡事都要讲证据，你无凭无据的光靠一张嘴胡说，那就是诬告。如果真要定罪，那也是定你的罪。”

“大人，你这是什么意思？”余威完全没想到会是这样的局面，感到措手不及。

“这些天，本官仔仔细细地翻看了第一楼偷税漏税的结案卷宗，并彻彻底底地把案情从头到尾又梳理了一遍，发现涉及的一切证据都合乎齐国律法，没有半点你说的贪赃枉法的痕迹。”钱智忠语气一沉，“为了你一句来历不明的话，本官可是得罪了很多人。”

“大人，这不可能啊。”余威的脸上，是不容置疑的神色，他非常肯定地叫道，“不管怎么说，那一千万两变成一百万两是事实，就算有错账、漏账，也绝不会差得如此悬殊。这里面一定有他们伪造的证据，还请大人明察啊。”

钱智忠沉默不语。

余威又接着说道：“大人，如果你有什么难处，我可以去请求父亲出面。”

钱智忠斜着眼睛瞥向他，知道他这是在拿他的父亲压自己。虽然禁军统领比江京府尹的官阶高，但是他们在官场上并没有必要的交集，因此，也就没有直接的利害关系。所以，钱智忠并不害怕，只是觉得，为这件事横生枝节，很不值得。

再就是，这中间有一个余威，到时候说不上会把什么样的风吹进余正的耳朵里。

钱智忠衡量着，最后淡淡地说道：“我会再想想办法。”

又过了几日，他依然无计可施。不过，就在他骑虎难下、不知如何是好之际，突然有一个意想不到的人来访。他听下人禀报来人姓名时，先是疑惑，后是豁然。心想此事或许有转机了，便亲自出门相迎，把那人恭恭敬敬地请进了屋子。

来人不是别人，正是壮亲王世子——云飞。

“小王爷，你可是稀客呀，欢迎欢迎。”钱智忠热情道。

“钱大人，我是无事不登三宝殿。”云飞道。

“既然小王爷有事，那但说无妨。”

“钱大人，不是我有事，而是你有事。”

“不知小王爷指的是什么事？”

“钱大人，你我心知肚明，就不必兜圈子了。”云飞淡淡一笑，表现得不急不躁、又沉又稳，“不用怀疑，我是来帮你的。因为，也是帮我自己。”

钱智忠听他这么一说，便也不好再装糊涂，道：“不知小王爷想如何帮我？”

“把难办的事，推出去。”

“推给谁？”

“你还能推给谁？”

“你是说……刑部？”钱智忠心中困惑不已，因为刑部是太子的势力，而偷税漏税一案的背后，就是太子的人。如果把这件事推给刑部，那定会大事化小，小事化了。到那时，武王可就失去了一个正面对付太子的好机会。

不过，他很快就想明白了云飞的用意。

他是想让太子和余正相争，然后武王在旁得利。

可是，以余正的势力，根本就无法与太子相争，那武王又如何能得利呢？

钱智忠又想不明白了，但他没有问，他只是问了和自己相关的问题：“那该怎么推？”

“钱大人，按齐国律法，如果案涉同级，需请报上级，这是正常程序。”云飞笑了笑。

钱智忠神色一僵，豁然醒悟，心想余威举报大理寺贪赃枉法，本身就不能避开大理寺卿杜腾，是自己投机取巧在拿少卿杜平说事。他自嘲地笑了笑，觉得非常讽刺，原来费尽心机却是自己给自己找麻烦，最终绕了一圈还是回到了原点。

“多谢小王爷指点。”

5

安神殿，皇帝的寝宫。

云挚最近政务繁忙，再加上对“磨刀石”计划的实施，可谓是心力交瘁。

他已经很久没有传召嫔妃来侍寝了，一是因为身有顽疾，体力不支，二是因为在萧倾城死后，他就对女色寡淡了许多。现在除了承欢殿的卫贵妃偶尔能和他用用膳，还有淑德殿的刘皇后偶尔能和他说说话，其他的嫔妃，是连见都见不到他一面。

龙床之上，云挚又在剧烈地咳嗽着，这让他无法安然入睡。他睁开眼睛，望着昏暗的房间，朦胧中，似乎看到了一个人影。他心里一惊，并不是怕，而是喜。因为他对这个人影再熟悉不过了，多年前，曾一直出现在他眼前，如今又一直出现在他梦中。

他慢慢坐起身，轻声问道：“倾城，是你吗？”

那人影走过来，坐在床边，道：“陛下，是我，也不是我。”

“这话是何意？”云挚问。

“萧倾城早在十年前就死了。现在活着的，是霍红颜。”

云挚微微一愣，然后轻轻地抬起手，将那人影的面纱摘去，随即就看到了一个不被岁月侵蚀的绝世容颜，他颤声道：“这……难道不是梦？”

“我也以为是梦。”

“这不可能，朕亲眼看到了你的尸体。”

“那只是一具被烧得无法辨认相貌的尸体。”

“这到底是怎么回事？”

“是云天救了我。”

“老三？”云挚非常惊讶，但让他惊讶的，并不是云天救了萧倾城，而是这些年来，他一直让莫缺的天机院监视着慧亲王府，竟然始终都没有发现萧倾城的存在。他收回心神，缓缓说道，“你既然还活着，那为什么一直不来找朕？”

“你应该知道为什么。”

“那你为什么现在又来找朕？”

“因为我怀疑，我们的儿子，很可能还活着。”

“君临……”云挚颇有触动。

“虽然云天救了我，但我并不信任他。”

“那你信任朕吗？”

“我谁都不信。”

“难道你怀疑，当年的惨案，真的跟朕有关？”

“至少，我不相信，是云雷做的。”

“朕的确是利用了你们的死做了一些文章，但这绝不是朕的本意设计。”

“不用解释。到底是谁做的，对我来说，都是次要的。”

“那什么才是重要的？”

“儿子。当然是我的儿子。他若活着还好，不然，我就要先解决次要的事情。”

“你想怎么解决？”

“血债血偿，一个不留。”

云挚看着她从骨子里透出来的恨意和狠意，不禁心中一冷，知道她已经不是当年的那个萧倾城了，于是眯起眼睛，沉稳应道：“如果君临真的还活着，那应该也是老三救的，至少和他脱不了关系。可是为什么，他不告诉你？”

“那是他的筹码。”

“什么筹码？”

“利用我对付你的筹码。”

“什么意思？难道他要反？”

“他早就有不臣之心，这你应该比我更清楚。当年他把我送给你，就是为了拖住你，只是没想到，先皇会那么快驾崩，你会那么快继位。”

“你这次来找朕，他知道吗？”

“我能出来，就是他授意的。”

“他要你做什么？”

“以霍红颜之名，留在你身边，监视你举动。”

“霍红颜……”云挚喃喃道，“红颜祸水吗？老三这是在嘲笑朕啊。”他凝视着那张精美绝伦的脸庞，有心痛，有怜惜，有很多复杂的情绪，他伸出手，轻轻抚摸着，“你可以留下来，但是，朕能信任你吗？”

“你不需要信任我，你只需要利用我。”

“像老三一样？”云挚反问着，深沉地笑了笑，又剧烈的咳了咳，“恐怕是你在利用朕和老三吧，让我们自相残杀，好报你的私仇国恨。”

“你怕了吗？”霍红颜反问。

“朕对你，有爱，有愧，或许以后还会有恨。但是，却永远不会有怕。”云挚说完，猛地吻过去，一把撕开她的衣服，将她压在身下，任意肆虐。

/ 第四章 /

嫁衣

1

东华殿，太子的住处。

虽然云恪的禁足令已经解除了，但是他心中的郁闷却没有解除。

在这一个月的时间里，他几乎每天都在想，之前无论遇到什么人什么事，云闯就算不跟他明面争抢，也会在暗中破坏，可是这一次，为什么会这么轻易地就放弃了白隐衣？一定是事先察觉到了冷剑秋的身份以及和整件事情的关系。

他察觉到了，而自己却没有，这才是云恪郁闷的根源。

不过，对于这件事，他并不后悔。

因为他仔细衡量过，得到白隐衣，远要比失去有利得多。

只是就现在的情形来看，白隐衣的价值还没有体现出来而已。

刑部尚书高径行走了进来，行礼道：“殿下，有好消息。”

“什么好消息？”云恪问。

“今天早上，我接到了从江京府递交上来的案子，是关于有人举报第一楼重金行贿和大理寺贪赃枉法的。”高径行道。

“这可不是好消息。”云恪心里一惊，“但也不是坏消息，你压下去就是了。”

“殿下，这个案子不能压。”高径行道，“因为举报的人是禁军统领余正的独子。”

“余正！这件事跟他有什么关系？”云恪很是不解。

“余正跟这件事不仅没有关系，恐怕到现在还不知情。”高径行解释道，“这一切，都是他那个宝贝儿子余威一人所为。据我调查，他这么做，完全是为了报复白隐衣。

因为在江京府里还有一个案子，就是他控告白隐衣殴打他。但事情我已查明，是他无礼在先，还瞒着余正带了十几个禁军士兵穿着便装到虫二院里砸东西，有很多客人都可以作证。”

云恪一下子就听出了话里的重点和关键，点了点头：“这的确是一个好消息，也的确不能压。”他沉思了一会儿，下定了决心，“高大人，不管你用什么办法和手段，一定要逼余正就范，他这个禁军统领的位置，必须给我让出来。”顿了顿，他又特意提醒，“但是，你千万要小心，绝不能让任何人抓住任何把柄。”

“殿下放心，我会把这件事做得滴水不漏。”高径行道。

2

余威最近的日子过得非常郁闷，他和白隐衣的殴打案涉及巨额的赔款，让他不敢再去催问。而他寄予厚望的重金行贿和贪赃枉法案，又被递交到了刑部，这让他彻底由主动变成了被动，陷入了不可自拔的泥沼中。

他心里很清楚，刑部和江京府不同，虽然一个是正三品，一个是从三品，看上去只差了半个官阶，但实际上，却差了半个朝廷。而他父亲的这个禁军统领，也是正三品，本来从官阶上就无法压过刑部尚书，更何况在刑部尚书的背后，还有太子的势力。

不知不觉，他又来到了流光巷。他看着满巷的春色，顿时就有了兴致。心想正好找点乐子，可是虫二院是不能再去了。他左右望了望，犹豫了一下，最后向对面的怡红院走去。但是，刚走了两步，就被迎面而来的一个人撞倒。

被撞的是他，倒下的却是撞他的那个人。

那个人胸口插着匕首，鲜血不停地往外流，在灯火下，显得格外刺眼。

紧接着，就听到有人喊：“杀人啦！”

一瞬间，所有人都望过来，看到倒在地上的那个人，艰难地抬起手，在众目睽睽之下，指向不知所措的余威，用最后一丝力气说道：“你，为什么杀我！”说完，他就闭上了眼睛。然后，有人带头把余威围住，很快，其他人就跟在后面，越围越多。

“不是我，不是我。”余威慌张地解释着。

“我们亲眼看到的，你还想抵赖？”一个人道。

“就是，再说他也指证你了，就是你杀的。”另一个人附和着。

“对对对，就是你杀的，我们都看到了。”各种声音接连不断。

云飞在怡红院的二楼，看得清清楚楚，那把匕首，是那个人自己插进胸口的。他面色凝重，唤来随从，吩咐道：“死的那个人，往上三代，往下三代，有什么人，有什么事，有什么关系，我都要知道得一清二楚。”

“是。我去查。”随从应声退去。

同样，白隐衣在虫二院的二楼，也看得清清楚楚，他脸上显露出一丝不忍，道：“没想到他们会做得这么绝。权力啊，真是让人不择手段。”

清风和明月一左一右站在旁边，谁都没有说话，只是默默地把他的茶换成了酒。

3

江京府，钱智忠又在连夜升堂审案。

余威被几个人强行按住，跪在堂下。他脸上有轻微的伤，衣服有几处被撕破，是在来的路上，想逃跑挣扎时造成的。在他身边，躺着一具尸体，胸口插着一把匕首，鲜血还在慢慢地向外流。从那尸体的衣着打扮上看，应该是出身富贵。

当钱智忠问清了来龙去脉后，不禁皱起了眉头，觉得事情非常蹊跷。因为这个案子，表面上看，是人证物证俱在，但实际上，却是动机不明，疑点重重。余威和死者素不相识，无冤无仇，根本就没有理由杀他，更何况是在人潮喧闹的流光巷。

余正不知从哪里听到了消息，怒气冲冲地赶了过来。他刚进门，二话不说，直接就抬起脚把余威踢倒，骂道：“你这个兔崽子，又给老子闯了什么祸？”

余威看到他，痛哭流涕：“父亲，救我，我没有杀人。”

“你没有杀人？”余正怒气更盛，又补上一脚，“那为什么大家都说你杀人了呢？”

“他们冤枉我。”

“这么多人都冤枉你？”

“就是他杀的人，我们亲眼所见。”旁边的一个人叫道。

“亲眼所见？”余正一步一步地走过去，眼睛死死地盯着他，一眨不眨，带着无形的压迫，“那你给我仔细说一说，我儿子是怎么杀的人？”

“他……他们撞在一起，然后那个人就死了，肯定是他杀的。”

“撞在一起就死了？那你给我撞死个看看。”余正走得更近了一些，质问道，“我儿子是哪只手拿的刀？哪只手杀的人？你根本就什么都没有看到，还敢说是亲眼所见？”

“那个人临死前，已经指证了，就是他杀的。”

“怎么指证的？是站着？还是躺着？”

“躺着。”

“躺着？当时有那么多人，你怎么就确定他指的是我儿子？”

“你……你强词夺理！”

“哼！我是习武之人，只会蛮横无理，不会强词夺理。”余正一把抓住他的手，试探了一下，从骨骼和力道上来看，应该是个练家子，“你是什么人？和死者有什么关系？”

“我只是一个路人，和死者没有关系。”那人挣脱开他的手。

“路人？”余正表现得很惊讶，又点头赞赏道，“嗯，不错，虽然和死者没有关系，但却能为死者如此出头，真是非常难得啊。小子，你很有正义感嘛。看来我要把你的身世仔细调查一番，若是清白，就去奏请陛下，好让你到殿前伺候。”

那人一听到“陛下”二字，面露惧意，不敢再说话。

“父亲，一定是有人设计陷害我。”余威爬过来道。

“给我闭嘴。”余正又给了他一脚，然后往前走了两步，拱手行礼道，“钱大人，我虽然不相信这小子有胆子杀人，但是他若真的杀了人，那杀人偿命，天经地义。只是，我要清楚他杀的是什么人，他为什么要杀人，不能糊里糊涂的什么都不知道。”

“余大人放心，本官定会依法办案，绝不徇私。”钱智忠道。

4

在接下来的几天里，钱智忠越调查，就越觉得深不可测。倒不是因为他调查出来了什么，恰恰相反，他什么都没有调查出来。那个死者成了一具无名尸，查不到身份，也没有人认识。他走遍了流光巷里的所有院子，都说没有接待过这个客人。

他既然没有进院子，那为什么会去流光巷?

难道只是为了死在那儿——死在余威的面前?

还有那个为死者出头的路人，自从那晚之后，就再也没有出现过。

钱智忠把这些天的事情从头到尾地仔细想了一遍，忽然想到了云飞，又想到了太子与武王的党争，还有余正这个禁军统领的位置……顿时心生寒意。他虽然不确定他们之间到底有没有关系，有什么关系，但对于这个案子，他是不敢再继续调查下去了。

壮亲王府里，随从回来复命：“小王爷，死的那个人叫吴明，是梅州人。他儿子因为杀了人，被判死刑，一个月后问斩。不过，他儿子现在已经不在牢里了。”

“这么说，他是用自己的命，替换了他儿子的命。”云飞道。

“是的。”随从道，“我还查到，梅州令是刑部尚书高径行夫人的远房表亲，但他们把事情做得滴水不漏，没有留下任何实质性的证据。”

“没有证据没关系，只要有逻辑就够了。”云飞心中明白，就算有了证据，太子也会推得一干二净，根本就扳不倒他，搞不好还会弄巧成拙，反咬一口说是自己被陷害了。但若有了逻辑，那就会让陛下怀疑，而怀疑，才更有作用。

云飞问道：“那个死者的儿子呢？”

“去了徐州，那里有他家的一些产业。”随从回答。

“看住他，别让他死了。”云飞道。

“是。”随从转身退去。

“阿虎。”云飞叫住他，双眼盯着他，“我很好奇，你是怎么查到的？那钱智忠可是动用了很多人力和资源，都一无所获。”

“小王爷，我虽然隐姓埋名退出江湖了，但是道上还是有一些朋友的，查一个人，不难。”

云飞的脸上流露出一丝感动，“我记得，当初你跟我，是为了躲避仇家，可是现在，却为了我联系以前的人，如此犯险，是我对不住你了。”

“既然跟了小王爷，那自然该为小王爷效力。”阿虎道。

“好，你下去吧，我会记住的。”云飞道。

余正对外宣称抱恙在家，但其实他根本就不在家，而是在城西的一所宅院附近。他是跟踪那个出头的路人来的。已经好几天了，那个人进去后就再也没有出来过。他调查了宅院的归属，还有那个人的身份，可是并没有查到什么有用的信息。

他担心时间一长，儿子会在牢中熬不住，便决定来硬的，直接动手，他想把那人抓回去好好审问。于是穿着夜行衣，蒙着面，准备闯进去，但却被一个和他同样打扮的人拦住：“如果你把人抓回去，那你儿子就真的没命了。”

“你是谁？”余正一惊。

“我是谁不重要。”蒙面人道。

“你要干什么？”余正问。

“我是来传话的。”

“什么话？”

“要想保住你儿子的命，就辞官。”

“辞官？”余正不解，感觉隐隐不安，“你是替谁传话？”

“你还是知道的越少越好。总之，禁军统领这个位置，你是不能再坐下去了。”

余正心里有了一些猜测，问道：“是太子？还是武王？”

“对你来说，有分别吗？”蒙面人反问。

余正没有再问，他看着蒙面人消失在夜色中，犹豫再三，最后终于放弃了要闯进去抓人的念头。他虽然不想被威胁，但更不想拿自己儿子的性命冒险。

蒙面人来到一条背街，摘下脸上的黑布，露出了模样，原来是云飞身边的随从——阿虎。

白隐衣出现在他面前，亲切道：“三哥，我那堂哥怀疑你了吧。”

阿虎一改往日的冷峻神情，轻松地笑道：“是怀疑了。但你放心，他的这种怀疑，只是对我从来都没有真正相信过。所以，他是怀疑不到你身上的。”

“这我倒不担心，只是三哥你的日子，不太好过啊。”白隐衣道。

“那你是没见过我以前的日子，现在已经足够舒服了。”阿虎道。

5

余正辞官了，理由是跟别人比武受了重伤，无法再统领禁军。他本来是想装病的，但又怕陛下会派太医过来给识破。他一时想不到更好的办法，就只能受伤。而他的确也是真受了伤，只不过不是跟别人比武伤的，而是被自己硬生生打伤的。

云恪听到这个消息后，有些意外。他立刻派人核实，并仔细分析，同时余正也在暗中很隐晦地透露出自己的意图。他了解了真相后，很快就给予了回报，高径行安排了另外一个“路人”出现，说是当天晚上他也在场，可以证实余威没有杀人。

云飞听到这个消息后，也很意外。他本来以为太子党和余正之间会闹得很厉害，可是没想到这么轻易地就结束了。但是也没有关系，因为从他现在所掌握的“逻辑”来看，应该足够让陛下对让太子产生怀疑了。

余威出狱后，余正就变卖了宅院家产，带着他直接回了晋州老家，远离帝都这个是非之地，同时也向暗处的那些人表达了自己的态度。无论是云恪还是云飞，都对他的做法很是赞赏，也不得不承认之前对他看走了眼，没想到他会有如此细腻的心思。

太极殿上，百官上朝，群臣议事。云挚坐在最高的龙椅上，不停地咳嗽着。

户部尚书刘承志奏报了灾银的发放以及灾民的安置；工部尚书鲁寿全奏报了堤坝桥梁的修整和搭建；兵部尚书岳风奏报了军队的演练和边防的调整；礼部尚书庸怀仁奏报了外境五族和魏国使臣要来和亲的事宜……

云挚听着这些奏报，微微点了点头，道：“朕都知道了，各位爱卿辛苦了。”

刑部尚书高径行走上前，准备奏报禁军统领补缺一事。可是他还没有开口，就被吏部尚书陆明达抢先道："禀告陛下，臣要弹劾一个人。"

"陆大人，你要弹劾谁？"云挚问。

"刑部尚书高径行。"陆明达回答。

此话一出，立即招来满朝文武的侧目，尤其是太子一党的人。高径行一脸莫名，云恪则有不好的预感，他望向云闯，见他一副泰然，心情便更加沉重了。他知道陆明达是宣亲王当年一手提拔上来的，而宣亲王死后，他就和壮亲王走得最近。

"高大人？你要弹劾他什么？"云挚问。

"枉法舞弊，草菅人命。"陆明达道。

高径行心里一惊，但他并没有着急开口辩解。云挚听完神色凝重，望了他们一眼，便开始剧烈地咳嗽着，等平复后说道："是怎么回事？你给朕说清楚。"

"前些日子，流光巷发生了一起命案。死者叫吴明，是梅州人。他儿子因为杀了人，被判死刑。可是就在他死后的第二天，他的儿子就从梅州大牢消失了。"听着陆明达的话，高径行和云恪的脸色变得异常深沉，心想事情是败露了。但无奈龙威在上，再就是还没有说到他们和这件事的关系，所以也不好插嘴说什么，不然就是不打自招了。

陆明达接着说道："当时有很多目击证人，说亲眼看到凶手是余威。"

"余威是谁？"云挚问。

"是余正的独子。"陆明达回答。

"余正？他和这件事有什么关系？"

"具体有什么关系臣还没有查明，但是就在余正辞去禁军统领后的第二天，又有新的目击证人出现，证明了余威的清白。"

云挚沉思着，在推敲这其中的逻辑，道："你是说，那死者为了救自己的儿子，用性命来陷害余威？而余正为了救自己的儿子，便辞去禁军统领一职？"

"陛下圣明。"陆明达道。

"这案子是谁审的？"云挚问。

"陛下，是臣审的。"钱智忠走上前，双手递上奏折，"这是臣的结案卷宗。"

总管太监冯公公走下来，接过奏折，又呈递给坐在龙椅上的云挚。云挚仔细看着，一切都是依法按律查办，并没有任何枉法舞弊之处。虽然审判的结果不是直接证明其清白，而是无法证明其有罪，但这种情况，在情在理，都应该释放。

云挚看完后，有些疑惑地问道："陆大人，这件事和高大人有什么关系？"

"私放死者儿子的梅州令是高夫人的远房表亲。"陆明达道。

"陆大人，你这是诛心之论，是诬陷。"高径行终于抓到了可以说话的时机。

"是不是诬陷，你自己心里清楚。"陆明达道。

“那你可有证据？”高径行道。

“你们把事情做得滴水不漏，我并无证据。”陆明达道。

高径行一听，一直悬着的心终于安稳了，连忙跪地而拜，“陛下，请为臣做主。”

陆明达也跪地而拜，“陛下，请明察。朝堂之上，绝不能有如此弄权之人横行。”

6

虽然云挚没有为陆明达毫无证据的弹劾处置高径行，但是也对此产生了猜疑。而云恪更是深知这一点，所以在接下来讨论的禁军统领补缺一事上，就变得小心翼翼，不敢再争取，怕会引火烧身。因为大家都知道，他和高径行是什么关系。

意外之后，再无意外，虽然也有一些不同的声音，但最后还是由云闯推荐的军中将领马渊担任新的禁军统领。丞相卫思辅见大局已定，便送了一个顺水人情，表示非常赞同。云恪面对这个结果，是有苦难言，他万万没想到，自己处心积虑，竟然是给别人作嫁衣。

回到东华殿后，他立即召来了卫思辅和卫一鸣。

“外公，今天这件事，太蹊跷了，有很多地方我都看不明白。”云恪道。

“那是因为你被对方看得太明白了。”卫思辅道。

“云闯？”云恪有些质疑，“我不相信他会有这样的心思。”

“他是没有，但他身边的人有。”卫思辅语重心长道，“恪儿啊，你要明白，一个好的君王，并不是自己多有才华，而是有才华的人能为自己所用。不然，这天下那么多事，就算有再多的才华，一个人也是干不过来的。”

“我明白外公的意思，但是，我有你们啊。”

“那不一样。我们只是臣子，是你手中的势力。而你现在缺的，是谋士。”

“谋士？那云闯的谋士是谁？云飞吗？”

“云飞虽然很有才华，也足够聪明，但今天这件事，应该不是他能谋划出来的。”

“那是谁？他身边有什么人，我们都知道得一清二楚啊。”

两个人都皱着眉头，没有答案，这时卫一鸣忽然想起了什么，在旁边插嘴道：“或许我知道是谁。”他看着他们，接着说道，“是虫二院三楼的苏迎迎。”

“苏迎迎又是谁？我怎么从来都没有听说过？”云恪疑问。

“她是江湖中人，一直隐居在缥缈山。”卫一鸣道。

“你说的……可是玲珑小筑的主人，玲珑心？”卫思辅道。

“正是。爷爷，难道您听说过她？”卫一鸣问。

“不只是听说过，我还亲眼见到过。”卫思辅解释道，“你们还记得，两年前，我向陛下告假回老家祭祖吧？其实就是为了去缥缈山见她。”他望着云恪，又道，“可以说，云闯之所以能够顺利地被解除兵权，就是因为有她的指点。”

云恪回想起云闯在被解除兵权之前，卫思辅曾让他做了一些他平时不会做的事情，但就是那些事情，让云挚动了解除云闯兵权的念头。他不禁肃然起敬，又满是疑惑道：“那就奇怪了，既然她曾经帮助过我，为什么现在又要帮助云闯？”

“一点都不奇怪。”卫思辅道，“因为她这个人的性格非常古怪，做事也只按自己的规矩。所以，我们不能用常理来推断她的行为。”

云恪略有迟疑，道：“外公，既然她那么善于谋划，那您是否能把她请来？”

卫思辅有些无奈，道：“如果能请来，我早就请了。她这个人，与世隔绝，不食人间烟火。据说，她是从来都不踏出玲珑小筑的。”

“那刚才一鸣说，她在虫二院的三楼是怎么回事？”云恪不解道。

“我也很奇怪。”卫思辅道。

“这件事我知道。”卫一鸣和白隐衣打的交道最多，所以做了比较多的了解，“第一楼重开风月院，改名虫二院，白隐衣为了招揽生意，准备了三绝，分别是文才、武略和知心解语。文才是前楚时期的文学大家子曰书老先生的曾孙女，武略是早就归隐山林的江湖高人七步剑君唯一的徒弟，而知心解语便是缥缈山玲珑小筑的主人，玲珑心。”

卫思辅心中一惊，道：“看来这个白隐衣绝不只是第一楼的少楼主这么简单，不然绝不能让这三个人对他如此听之任之。”

卫一鸣和云恪没有说话，虽然他们对他的话很是赞同，但也有不赞同的地方。因为这三个人再怎么不凡，也只是青春少女，而白隐衣毕竟年少多金，又是风流倜傥的一表人才，所以能让很多女孩对他听之任之一点都不奇怪。

“既然云闯能请她帮忙，那我也能。”云恪道。

“我听说她有一个规矩，就是从不下虫二院的三楼。”卫一鸣道。

“那我可以亲自上去找她。”

“她还有一个规矩，就是要见她，必须要先递上名帖，然后再由她自己来选。”

“她的规矩还真是多呀。”云恪有些不快。

“的确如此。当年我特意去见她，足足在缥缈山里住了一个月，她才同意。”卫思辅道。

“不管有多难，这个人，我是非见不可。”云恪打定主意，又道，“对了，白隐衣和她是什么关系？能不能帮到我们？”

“恐怕不能。因为他们的关系有些微妙。”卫一鸣解释道，“据说她是欠了白隐衣一个人情，这次离开玲珑小筑来到虫二院，就是为了还这个人情，她自己是非常不情愿的。而大理寺查办第一楼偷税漏税一案，她是早就知道的，但却没有提前告诉白隐衣。”

“这个白隐衣，我真是越来越看不明白他了。”云恪道。

“按她的规矩来，先递上名帖。”卫思辅沉思道，“我想，她既然帮了云闯，那就应该能预见到我们会去找她。所以，我们最好如她所愿。这样，她或许也会如我们所愿。”

7

虫二院来了两个客人，一胖一瘦，一男一女，是一对饱经风霜的老人。他们虽然穿着粗布麻衣，但是气质不凡，背上背着东西，无法直接看到是什么，因为被绸缎包裹着。刚走进门，胖老太就大声说道：“听说子曰书和七步剑君的传人都在这里，我们想讨教一下。”

只这一句话，就引来了所有人的注目。大家都不约而同地放下了杯中的美酒，和怀中的美人，向这边慢慢地聚集过来。而白隐衣也带着清风和明月迎了上来，恭敬地招呼道：“二位老人家，来者皆是客，请到里面坐。”

这时，卫一鸣和云飞同时从门外走进来，身后还各自带了一个人，正是云恪和云闯。白隐衣一眼就认出了他们，但却假装不认识，上前热情招呼着：“小王爷，卫公子，你们来得可真是巧啊，正好可以见识一下清风和明月的风采。”

众人落座后，胖老太小心翼翼地取下背上的包裹，先是轻轻地放在桌案上，再是慢慢地打开绸缎，只见里面是一把古琴。清风一看那青红色的琴木，还有那金黄色的琴弦，不禁脱口而出道：“好琴。如果我没有看错，应该是失传三百年的凤啼。”

“好眼力。”胖老太称赞道。

“前辈，我叫清风，子曰书是我的太爷爷。”清风行了晚辈礼。

胖老太仔细打量着她，似乎是想从她的身上看出点什么，但最后又好像什么都没有看出来，她脸上并没有失望的神情，只是多了一些不确定，道：“清风姑娘，在我年轻时，曾经有幸向你太爷爷讨教过琴技，希望今日能向他的传人再次讨教。”

“讨教不敢，还请赐教。”清风虚心回应。

胖老太少说也有五十多岁了，动作难免会有些迟缓，但当她的手指触碰到琴弦时，瞬间又变得非常灵动，一首古曲就这样在她的指尖下弹奏而出。琴音曼妙，独具匠心，让大家听得聚精会神，无一分心，可是她只弹奏了半首，就停了下来。

清风会意，对着胖老太和“凤啼”分别行了一礼，然后才开始接着弹奏下去。

她十指纤纤，犹如天上的仙女，虽然是同一首古曲，但却有两首不同的意境。只是，没有人能说得出来到底是哪里不同。待一整曲终了，大家热烈的掌声过后，从虫二院的三楼传下来苏迎迎的声音：“好一曲高山流水。”

“是什么人？”胖老太道。

苏迎迎并没有回答，而是直接说道：“我这里也有一曲高山流水。”她的话音刚落，琴音便起，不过，却又是另一种意境。仿佛这首曲子不是人用双手弹奏出来的，而是这天地间原始自然的声音，风吹过竹林的浪涛、高山和流水……似乎就在眼前和耳旁。

胖老太听完后，肃然起敬，道：“姑娘果然高明，只是，我不知道，我们差在哪里？”

“其实，并没有什么高明和不高明，不过是各自的理解和诠释不同罢了。”苏迎迎的声音依然冷漠，不带任何感情语调，“清风是一个情窦初开的少女，并且心中有暗许之人，可是那人却只把她当作妹妹，所以她的高山流水才会有如此的情意绵绵和知音难觅。”

清风听到这话，连忙低下头，脸上羞红一片。

而白隐衣也略显尴尬，苦涩地扬起嘴角，无奈地摇了摇头。

胖老太混浊的双眼并不明亮，但却把这一切都看得清清楚楚，不禁心中赞叹。

“而前辈您……”苏迎迎的声音接着响起，“琴技太过精湛，每一根手指的动作、力量、速度，都完美得无可挑剔。但也正因如此，您的高山流水才会显得匠气太重，满是雕琢之迹。似乎您让人听的，不是琴音，而是琴技。”

胖老太沉默着，最后由衷佩服道：“受教了。”

旁边的瘦老头望着她，似乎是在询问什么，而她犹豫地先是看了一眼清风，又是望了一眼三楼，最后不确定地摇了摇头。瘦老头见状，便解下包裹，把绸缎打开，露出一把无壳无柄无锋的重剑。之所以说它是重剑，是因为只有这样形容它才最为恰当。剑身长有四尺，宽有七寸，厚有六分，通体黑色，重达八十一斤。

此剑一出，立即引来众人的惊呼。

一是对重剑的新奇，二是对瘦老头的赞赏。

明月看着这把重剑，心想是遇到了高手，她把自己常用的佩剑放在一边，然后从腰中抽出一把青色软剑，道：“前辈，我叫明月，七步剑君是我的师父。”

瘦老头看着她手中的软剑，点头道：“不错，的确是那老家伙的青蛇剑。”

“前辈，您认得家师？”明月道。

“二十多年前，我曾与他交过手。”瘦老头道。

旁观的客人自觉退后，让出了一个三丈方圆的空地，然后两个人同时出手。

只见两把剑一轻一重，一软一硬，一大一小，相互缠绕交锋。顿时只感觉风声呼啸，似乎是暴风雨来临前的预兆。但更惊奇的是，那么重的一把剑，以雷霆万钧之势横扫过来，竟然说停就停。还有那么软的一把剑，以杨柳枝条之姿随风舞动，竟然随时逆转。

这样一场激烈的比试，范围内的桌椅竟然无一损坏。

可是，还未分出胜负，瘦老头就先停了手，而明月虽有不解，但也跟着停了下来。胖老太一脸期待的神情，看着他，似乎是在询问什么。他面露笑意，肯定地点了点头，随即胖老太也露出了笑意，走向白隐衣，道：“你是老板？”

“正是。”白隐衣回答。

“我们有个不情之请，还望老板能成全。”胖老太道。

“前辈但说无妨。”白隐衣道。

“我们二人与子曰书老先生还有七步剑君算是有些渊源，可是他们现在都已归隐，无处寻觅。所以，便想与他们的传人多亲近一些，也多讨教一些。”胖老太的语气很是诚恳，接着说道，“不知老板是否行个方便，收留我们住些时日。”

白隐衣虽然有些意外，但还是爽快道：“求之不得。”

他让清风和明月带着二人去了后院，安排住处。而自己则把卫一鸣和云飞等人带上了二楼的雅间，热情地招待着。刚落座，他们就直接向他介绍了太子云恪和武王云闯，白隐衣装出一副惊慌失措、受宠若惊的样子，连忙行礼，却也只是同辈礼。

彼此寒暄客套了一阵后，云飞开口道：“白少楼主，上次我有幸登上三楼，经苏姑娘指点，帮了武王一个大忙，这次武王亲自过来，就是想表达谢意。”

“小王爷，你真是太客气了，我记得，你可是出了不少的银子。”白隐衣笑了笑，完全无视他的“谢意”，“或许你们不知道，这苏姑娘的性情还真是让人捉摸不透，虽然她是收银子帮忙的，但是她又不缺银子，甚至都不花银子，那她要银子干吗？根本没有用处吗？”

这话说得很没水平，不仅议论了苏迎迎，还让云飞有些难堪。

不过，这正是他要的效果，他要向云恪表明一种态度。

果然，云恪听着很舒服，也很满意，在旁边不紧不慢地说道：“苏姑娘是隐世高人，不显山不露水，而俗世人难免会眼拙，所以她帮人必须得要银子，并且还得要很多的银子，这样那些人就算看在给出去的银子的份上，也会重视和相信的。”

“殿下正解啊！”白隐衣一副恍然大悟的模样，佩服道，“真没想到，我一直捉摸不透的事情，竟然被殿下一语就道破。”

云恪心里明白，他这是在向自己示好。可是，这好示得也太过明显了吧。如此笨拙的手段，难道就不怕我小看他？又或者，这正是他的目的，是为了让云闯和云飞小看他？如果真的是这样，那我倒是真的不能小看他了。

云恪拿出一张精致的名帖，里面夹了一张十万两的银票，道：“我知道苏姑娘的规矩，所以我这次来，就是为了递名帖的，希望也能有幸登上这三楼，让苏姑娘指点一番。”

云闯紧随其后，同样拿出名帖和银票，道：“这也是我来的目的。”

白隐衣接过二人的名帖和银票，笑道：“好说好说，我一定转交。”

/ 第五章 /

求官得官

1

刚走出虫二院，云闯和云恪两伙人，就分路而行了。

虽然云恪贵为太子，平时想要什么都是唾手可得，但是自从听了卫思辅的话后，他对见苏迎迎这件事其实并没有把握。不过，刚刚见到了白隐衣，他又有了把握。倒不是认为白隐衣能帮他见到苏迎迎，而是认为白隐衣能帮他扣下云闯的名帖。

没有了云闯的竞争，那他对见苏迎迎这件事自然就有了把握。

另一边，云飞正在担心这一点，道："殿下，这次你恐怕不能登上虫二院的三楼了。"

"是啊，那个白隐衣，一定会从中作梗。"云闯一脸凝重，沉思道，"有他在，终究是个麻烦，能不能找人除掉他？"

"很难，而一旦失手，就会更难。"云飞对明月还是非常顾忌的，他语气一转，满是决绝，"除掉他……不如直接除掉苏迎迎。"

云闯一怔，明白了他的意思，在心中仔细权衡了一番，道："也好。她虽然是一把锋利的宝剑，但如果不能为我所用，那就更不能为别人所用。"

已经入了夏季，天气开始有些闷热，但好在晚上依然会凉爽，尤其是过了午夜。虫二院虽然是青楼，但主要是"伎"，而非"妓"，所以是从来都不留客人过夜的。因此，关门的时间就要远比其他的院子早了许多。

白隐衣独自走上三楼，把云恪和云闯的名帖放在苏迎迎的桌案上，"从今天起，你就要加倍小心了，他们的人，随时都会来。"

"只要他们不是明刀明枪亮明身份摆明势力的来，那就没什么好担心的。"苏迎迎云淡风轻地一笑，似乎完全不在意，她转身从抽屉里拿出一个精致的盒子，再从盒子里拿出一枚青铜戒指戴在左手的中指上，只见戒指上刻着一个“未”字。

白隐衣有些疑惑地看着，问道：“你这是？”

“我们去后院，见见那两个前辈。”苏迎迎道。

“你怀疑他们是……”白隐衣迟疑道。

“是他们怀疑你了，所以才会留下来。”苏迎迎走到墙边，拉开柜子上的一个暗门，“你不也是怀疑他们了吗？不然，又怎么会让他们住进后院？”说着，她就走进了暗门，白隐衣随后跟了进去。这个暗门直接通到后院，而后院直接通到另一条街，因为白隐衣把附近的宅院都买了下来，并且打通，连成一片。

清风和明月把那两个老人带进后院后，并没有立即安排住处，而是先去禀告了孟婆婆。结果孟婆婆见到了他们，满是欢喜和激动，因为他们是老相识，并且有着同样的特殊身份。白隐衣和苏迎迎从暗门里出来，正好看到他们相熟的画面，顿时就证实了自己之前的怀疑。

白隐衣神情庄重，掏出一枚青铜戒指，和苏迎迎的那枚一样，只不过上面刻的是一个“主”字。那两个老人见状，也各自掏出了一枚同样的戒指，上面分别刻着“戌”和“亥”。这时，孟婆婆、清风和明月一起把手伸了过来，都戴上了戒指，分别刻着“酉”“子”和“巳”。

“十一伯，十二婆，辛苦你们了。”白隐衣道。

“少主人，你还活着，真是苍天有眼啊。”两个老人同时跪倒，泪眼婆娑。

原来，前楚的皇族萧氏，在建国之初，便有十二家卫秘密跟随。这十二家卫并不是十二个人，而是十二个家族，但也可以说是十二个人，因为每个家族每一代都只能选出一个人来继承“家卫”一职。在楚国被灭亡时，他们暗中救出了萧家的唯一血脉——萧倾城。可是萧倾城见大势已去，复国无望，不想连累大家，就遣散了他们，只留孟婆婆一人在身边照顾。

十年前，白隐衣劫后余生，他秘密联络了孟婆婆，而孟婆婆就开始秘密召集和寻找十二家卫。但是，时过境迁，物是人非，茫茫人海，千辛万苦也只找到了寥寥几人。如今又有两个人前来，无论是对主，还是对仆，都是一件非常值得高兴的事。

几个人聊得正酣，忽然白隐衣插了一句话：“离，七十二。”他说这话时的语气并没有转变，就像还在和他们聊天一样，只是他说的话却让人听不明白。其他人还没有反应过来是怎么一回事，明月就飞身而起，跳到正南方的屋顶，与一个黑衣人打了起来。

离是正南，七十二是准确方位，明月听得懂。

黑衣人的武功很好，明月一时竟然奈何不了他。

瘦老头见状，拿起重剑去帮忙，但他并没有出手，而是站在旁边。因为他知道，只要明月抽出腰中的青蛇软剑，那黑衣人肯定过不了十招。黑衣人暴露后，本就无心应战，准备找机会逃走，却发现所有去路都被一个瘦老头和一把重剑封住，简直是无处可逃。

黑衣人见逃脱无望，便声东击西，不退反进，直接冲进院子里的人群中，一剑刺向毫无防备的苏迎迎。他的这一举动，出乎所有人的预料，此时明月和瘦老头再回来相救已经来不及了。白隐衣眼疾手快，连忙护在苏迎迎身前，而那把剑轻轻一挑，就横在了他的脖子上。

“少爷。”清风和明月担心。

“少主人。”其他人也很担心。

“都别动。”黑衣人开口道，听声音是一个女子，“放我走，我不会伤他。”

“既然来了，就不要急着走了。”白隐衣淡淡道。

“你不怕我杀了你吗？”黑衣人把剑一紧，离他的咽喉又近了一分。

“你刚说不会伤我，又怎会杀我？”白隐衣道。

“你真的以为，我不敢杀你？”黑衣人语气决绝。

“你真的以为，你能杀得了我？”白隐衣道。

黑衣人握剑的手很稳，又用了一些力气，她并不是想杀了白隐衣，而是想让他见一点血。可是她那些微薄的力气，却被另一种浑厚的力气阻挡，并且反冲回来，不仅把她震伤吐血，还把剑震断了。她倒在地上，满脸惊讶，道：“你会武功？”

“现在这个局势，应该是我问你才对。”白隐衣慢慢蹲下去，伸手扯下蒙在她脸上的黑布，看到了一个清丽的陌生面容，不到二十岁的年纪，一脸倔强，嘴角有血，问道：“是什么人派你来的？目的是什么？目标又是谁？”

黑衣人咬紧牙，紧闭着嘴，一句话也不说。

“少主人，可否让我来试一试？”瘦老头道。

白隐衣一怔，随即想到十二卫各有所长，“戌”最擅长的并不是剑，而是线索追踪，便同意道：“那就有劳十一伯了。”

瘦老头走到黑衣人身边，先是上下左右仔细观察了一遍，后又拱手表示歉意：“姑娘，冒犯了。”说完，他就闭上眼睛，用鼻子紧靠着她的身子，不停地嗅着。他的这个动作，就像是一只狗，但却没有那么可爱，当然，也没有那么下流，有的只是认真和严肃。

过了一会儿，瘦老头停止了动作，睁开眼道：“少主人，容我出去找些线索。”

白隐衣道："好。但要注意，万事不可强求，一切以安全为上。"

2

瘦老头走了之后，白隐衣就让明月把黑衣人关进了密室。几个人都没有睡意，一直等到天色微微亮，见人还没有回来，不禁有些担心了。白隐衣在后院里来回踱步，不安道："十一伯恐怕是出事了，我得出去看看。"

明月拦住他道："少爷，还是让我去吧。"

白隐衣犹豫着，点头道："也好。但千万要注意安全。"

明月刚准备出去，就见从屋顶掉落下来一个人，正是瘦老头，看他的样子，应该是受了不轻的伤。白隐衣连忙上前扶起他，关心道："十一伯，你怎么样？"

"不碍事，休养几天应该就会好。"瘦老头道。

"是谁把你打伤的？"胖老太问。

"慧亲王府里隐藏的高手。"瘦老头回答。

"慧亲王府？"白隐衣一惊，"你怎么去了那里？"

"是根据那个刺客身上的线索追踪过去的。"瘦老头道。

"难道她是慧亲王府的人？"白隐衣问。

"不能确定。"瘦老头摇了摇头，"我只能确定，她去过那儿，还有武王府。"

白隐衣心想，如果她是慧亲王府的人，那自己一直以来对云天的怀疑和防备就更加有必要了。而如果她是武王府的人，那事情就变得简单和直接了许多。不过，不管她到底是谁的人，为什么会去另一个地方？难道是合谋？又或者是监视？

白隐衣让大家去休息，然后一个人来到了密室。他看着黑衣人，她的眼睛里满是坚决，没有一丝惧怕，也没有求生的念头。他知道，她一定是受了特别严酷的训练，无论是身体，还是内心，都经得起任何考验。这种人，是不会轻易被摧毁意志的。

"你可知道我是谁？"白隐衣心里清楚，这个时候，问她任何关于她的问题，她都不会回答。所以，只能反其道而行，问了一个关于自己的问题。

果然，黑衣人的神情有些松动。

白隐衣有意等了一会儿，见她依然没有说话，便又道："我是天下商主第一楼的少楼主，是这个世界上，最有钱的人。所以，你要是为了钱来杀我，那大可不必。因为只要你开口，多少钱我都给得起。你要知道，对女孩子，尤其是漂亮的女孩子，我一向都是很大方的。"

“果然是商人，一嘴的铜臭味儿。”黑衣人不屑道。

“你既然这么看不起商人，又为什么要来杀我这个商人？”白隐衣讽刺地反问着，又接着说道，“我只是一个商人，那你来杀我，除了图财害命，还能是为了什么？所以，你也别把自己想象得太高尚了。再说，想要钱，也不是什么丢人的事。”

“哼！并不是所有人都是为了钱做事的。”黑衣人唾弃道。

“那也无非是利益而已。”

“也就是你这种商人，才会把利益看得这么重要。”

“天下熙熙，皆为利来；天下攘攘，皆为利往。”白隐衣侃侃而谈，加重了语气，“你以为利是什么？只是钱财吗？不，它还是权势，是感情，甚至是任何你想要得到或失去的东西。所以，你来杀我，就算不是为了钱财，但不管是为了什么，哪怕是为了你自己扭曲变态的仇富心理，那也是一种利。而既然都是利，那又有什么区别？”

黑衣人第一次听到这种说法，竟有些怔住了。

“我知道，你只是一个小角色，是受人指使。我也知道，指使你的人，是朝廷里的大人物。”白隐衣有意停顿，暗中察觉到她神色微变，接着说道，“虽然我不清楚你个人的目的有多么崇高和纯洁，但是我很清楚，朝廷里的大人物，对利益一向贪婪，并且不择手段。”

白隐衣看着她，又道：“很明显，他是在利用你。当然，你也是在利用他。”

“那你呢？做一个本本分分的商人不好吗？为什么要投靠太子？”黑衣人问。

“还是那句话，一切皆为利益。太子需要钱，我有。而我需要地位，他有。这就是互相利用，各取所需。不过，作为一个商人，我更喜欢用生意的逻辑来诠释。做生意，虽然只是简单的一买一卖，但重要的是，在这买卖中，没有人吃亏，每个人都是赚的。”

“你到底想说明什么？”

白隐衣冷笑一声，道：“我想说明的是，你吃亏了，因为你被骗了，因为你不知道我是谁，因为就算我投靠了太子，朝廷里的大人物，也不会以此为理由来对付我。”

“你少装腔作势，既然你投靠了太子，那武王就有一万个理由来对付你。”

“可惜，你并不是武王的人。”白隐衣故意试探。

“我当然不是武王的人。”

“你是慧亲王的人。”

“你不用诈我，我是不会上当的。”

白隐衣通过话语的试探，还有神色的观察，再加上自己的推断，心里已经有了一些答案，再一次试探道：“看来慧亲王和当年青鸾别院的惨案的确是有着不为人知的关系啊。”

黑衣人一听到“青鸾别院”四个字，猛地一惊，脱口道：“你和青鸾别院有什么关系？”

白隐衣面容凝重，盯着她，“这句话，应该是我问你才对。”

一开始，白隐衣并不能确定她是谁的人，只是单纯地从逻辑上来分析，云闯就算要对自己动手，也不会这么快，或者说这么草率。因为一击不中，便再无机会。至于云天，完全没有理由参与太子和武王的争斗，哪怕只是为了陷害，都显得画蛇添足。

所以，陷害只是假象，是为了暴露后的掩饰。

而唯一能让他和云天扯上关系的，就是他的母亲——萧倾城。

白隐衣现在已经能确定，眼前的这个黑衣女子，就是慧亲王府的人，并且还和当年的青鸾别院有些关系。如果按这个逻辑推测，那云天一定是知道自己的真实身份，甚至很可能就是托付白王孙救自己的那个人，也很可能是救了自己母亲的那个人。

白隐衣更加坚信，他的母亲还活着。

“乔三爷、李肥子、张老砍、祝海、宋文……”白隐衣开始不停地念着名字，一共念了一百三十八个，正是在青鸾别院里惨死的那些人。这些名字里面，不包括“云君临”和“萧倾城”，但却包括代替他们死的那对母子。

黑衣人越听越激动，最后默默流出了眼泪。

“这些人里面，有你的亲人吧。”白隐衣的语气没有疑问，只有肯定。

“你到底是谁？”黑衣人问。

“我曾经暗中找过他们的亲人，虽然大部分人都找到了，但是还有一些人无法找到。现在我终于明白，这些人为什么无法找到了，原来都被云天秘密招募了。”白隐衣心里突然涌出一股对云天无耻的行为浓烈的恨意。

“他不会真的帮你们报仇，他只会利用你们。他是一个为了皇位，连自己心爱的女人都可以拱手相送的人，这样自私的人，怎么会无私地帮你们报仇？”

黑衣人的意志开始松动，或者说，是对云天的信任开始松动。

“他不是让你来杀我，他是让你来监视我。因为他也想要利用我，而想要利用我，就必须要先掌控我。”白隐衣看着黑衣女子，用不容拒绝的语气说道，“告诉我你的名字。”

她果然没有拒绝，只是有些迟疑，道：“落花……习落花。”

白隐衣问：“习少军是你什么人？”

习落花回答：“是我父亲。”

白隐衣问：“像你这样的人，一共有多少，在慧亲王府。”

习落花回答："十七个。"

白隐衣把密室的门打开，放她出来，道："我是云君临。"

3

十年前，青鸾别院的惨案发生后不久，一直称病在府里的慧亲王云天就暗中派人去召集死者的家属，并且专挑那些十岁以下的孩子。因为这个年纪，无论在哪个方面，都是最容易掌控的。他对他们进行秘密的训练，同时还不停地灌输仇恨。

关于青鸾别院一案，虽然宣亲王成了最后的真凶，并且也为此付出了生命的代价，但是有一些人，更愿意相信，皇帝才是真正的凶手。在训练的第一天，云天就对他们说，要想报仇，就要杀了那个高高在上、手握任何人生死的皇帝，而要想杀了皇帝，就要摧毁齐国，而要想摧毁齐国，就要摧毁齐国的未来——也就是太子和武王。

白隐衣没有再多说些什么，他也无须再多说些什么。

习落花知道了他的真实身份后，心情变得十分沉重和复杂，倒不是对他，而是对云天。

"这说明不了什么。他最多只是隐瞒我，并不是欺骗我。况且，我要的是报仇，就算他要的是皇位，但只要我们的目的都是让皇帝死，那对我来说，就没有什么区别。就像你刚才所说的，各取所需，没有人吃亏，每个人都是赚的。"习落花道。

"我说你被骗吃亏，指的并不是这个。"白隐衣道。

"那你指的是什么？"习落花问。

"你凭什么相信，皇帝就是青鸾别院惨案的幕后凶手？"白隐衣反问。

"这……"习落花一滞，怔住了。

她这时才发现，自己竟然从来都没有认真地思考过这个问题，一直都是听云天说的。她从一开始的懵懂到接受，再到相信，又到坚信，最后到现在的理所当然，甚至连基本怀疑的概念都没有。她突然感到了恐惧，害怕那些支撑自己的东西，随时都会被抽空。

"难道……凶手不是皇帝？"习落花问。

"在我证明他是之前，他就不是。"白隐衣回答。

"你怀疑……云天才是？"习落花又问。

"在我证明他不是之前，他就是。"白隐衣道。

关于青鸾别院一案的幕后凶手，虽然很多人都有不同的猜测，但是总结归纳起来，无非也就是两种。一种是明处的凶手——宣亲王，另一种是暗处的凶手——皇帝。不过，相比起他们，白隐衣更愿意猜测是那个一直称病不朝躲在慧亲王府里从不出门的云天。

他之所以怀疑他，完全是因为他母亲对他的评价——他是一个不值得相信的人。

刁落花此时非常迷茫，所有的强硬都坍塌了，喃喃自语："我该怎么办？"

"为了你的安全，一切如常。"白隐衣说话的语气，沉稳而坚定，"你来监视我，我没有发现你，你看到什么，就回复什么。但是，你听到的事情，就要假装听不到了。"

"你指的是什么？"刁落花问。

"院子里的人，和我的关系。"白隐衣道。

"我虽然听到了，但我并不明白。"

4

在江京城中心最繁华的地段，有一处大宅，四周都围着高墙，看不到里面。紧临大街的正门很大，精铁打铸，刷着红漆，非常气派。但是，这扇大门，似乎有近二十年的时间，都没有打开过了，不仅看不到有人进出，甚至都看不到有人打扫。

不过，这里却是干干净净，就连门前的那对石狮，都是一尘不染。

这正是慧亲王府。

自从云挚登基继位之后不久，云天就称病在府，闭门谢客，切断与外界的一切往来。久而久之，大家自然就对这里和这里的人慢慢淡忘了。要不是每天清晨都能看到菜贩从侧门送菜进去，还真的以为这座大宅里面早就没有人住了呢。

云天坐在院子里的竹椅上，不知是一夜没睡，还是早就起来了。他眯着眼睛，看着身前的柳树被风轻轻吹动，柳枝慢慢摇着，刚升起的太阳把光芒从茂密的枝叶中透过来，碎碎亮亮的有些晃眼，明明是轻松明朗的风景，却被他看得异常阴沉。

刁落花悄无声息地出现在他面前，道："主人，我回来了。"

云天依然眯着眼睛，并没有看她，只是嘴巴动了动："你回来得太晚了。"

"我发现了两个陌生人，觉得有些蹊跷，所以耽误了一些时间。"刁落花解释着。

"你先去休息吧，有什么需要我知道的，稍后再来找我。"云天淡淡道。

"是。"刁落花应了一声，便转身退去了。

云天这时才慢慢转过脸，盯着她渐渐远去的背影，眼睛眯得更加厉害，也更加阴沉。他手指轻轻一动，一个戴着面具的男人随即出现，弓身立在旁边。如果第一楼的人在这里，一定会非常吃惊，因为他们对这个戴着面具的男人绝对不会陌生。

“看出了什么？”云天问。

“她受伤了，是内伤，应该是被真气震的。”面具男道。

“难道那小子的身边，还有内功高手？”

“我也算看着他长大，但我却从来都没有看透过他。”

“昨晚潜入的那个人，是什么来历？”

“还没有查出来。”

5

或许是因为有美人在怀的缘故，最近云挚的身体似乎好了许多，至少不像之前咳嗽得那么厉害了。安神殿里，一场欢愉过后，他大汗淋漓，疲惫不堪，躺在床上无法动弹，但是心里，却有着非常愉悦的满足感。

霍红颜穿着轻纱薄衣，曲线玲珑，隐约可见，起身下床给他倒了一杯水。

云挚喝完道：“朕不是给你安排了下人吗？怎么不见他们？”

霍红颜接过空杯，道：“我把他们给杀了。”

云挚一怔，道：“为什么？”

霍红颜回答：“因为他们是来监视我的。”

云挚皱眉，道：“这可不是朕的主意。”

霍红颜淡淡一笑，道：“我知道。”

“那你也知道是谁的主意？”

“是御书房的汪公公的主意。”

“汪公公不是朕的人。”

“原来陛下早就知道了。”

“这么说，你也知道了？”

“和汪公公联系的人是第一楼的七掌柜金满堂，而第一楼的少楼主白隐衣已经投靠了太子，所以陛下以为，他是太子的人。”霍红颜道。

“难道不是吗？”云挚见她不说话，又道，“你不要告诉朕，他是老三的人。”

霍红颜还是不说话，一件一件地穿上衣服，云挚见状，奇怪道：“你要出去？”

“今晚是十五，云天会派人来，我要去见一下。”霍红颜道。

“什么时候回来？”云挚问。

"在陛下睡着之前，我就会回来。"霍红颜回答。

已是深夜，明月当空，整座皇宫，就像是一座华丽阴冷的坟场。虽然到处都能看到侍卫来回巡逻，但是他们走路的声音很小，似乎是怕一不小心就会吵醒了哪个贵人的美梦。霍红颜拿着云挚给她的腰牌，一路通行无阻，来到了僻静的御花园。

一个人影悄无声息地出现在她身边，道："十一和十二已经去了少主人那边。"这个人并不是云天的人，而是她自己的人，并且还是她自己最信任的十二家卫——龙五。

"嗯，有他们在，我就安心多了。"霍红颜道。

"主人，少主人抓到了云天派过去监视他的人。"龙五道。

"放了吗？"

"放了。"

"不愧是我的儿子，做得很好。"霍红颜赞赏着，又冷声道，"云天用慧亲王府的人监视他，用第一楼的人监视我，并且还找了武王和太子做挡箭牌，这种心思，可真是算计到了骨子里。"她微微一笑，心里嘲讽着：你真的以为，我什么都不知道吗？

6

白隐衣的武功是来自一本名叫《无师经》的秘籍。

无师——就是没有师父，完全要靠自己的领悟，而且不同的天赋，所领悟到的东西也有所不同。这种领悟，和选择息息相关。他之所以会选择内功真气，是因为可以一个人每天晚上在睡觉的时候，躲在房间里偷偷地打坐呼吸就能修炼，不会被任何人察觉。

一开始，他是前半夜修炼，后半夜睡觉。后来，他是整夜修炼，整夜睡觉。因为他已经把修炼和睡觉合二为一了。也就是说，他可以在修炼中睡觉，或者说是在睡觉中修炼，他彻底把修炼和睡觉融为一体，成为一种自动的生理反应。

这些天，白隐衣的修炼和睡觉都不是在自己的房间里，而是在虫二院的三楼。

苏迎迎看他走进来，安慰他："其实，你也不用那么担心。这里的机关，都是二哥亲手设计的，如果刺客真的来了，绝不会活着离开。"

白隐衣一脸严肃，"我是怕他在死之前伤了你。"

苏迎迎心里一暖，笑了笑，"那你也不用亲自来呀，让明月来陪我就好了。"

白隐衣笑着，带着一丝邪魅，"怎么？不喜欢我陪你？"

苏迎迎笑而不语，去烧水泡茶，她的每一个动作，都是那么认真、优雅。白隐衣坐在旁边，脸上满是爱慕，就像欣赏艺术一样，欣赏着她，情不自禁地感慨着："有你相伴，此生最幸。"

苏迎迎露出一丝苦楚，"我知道你的心意，但是仙姑的批命之言……"

"相伴则生，相爱则死。"白隐衣喃喃道，"真是够折磨人的。不过，我已经决定，等做完了这件事，如果我还活着，就一定要娶你。"

"你就不怕仙姑的批命之言应验了？"苏迎迎问。

"到了那个时候，我就有能力保护你了。"白隐衣道。

"或许不是人祸，而是天灾。"

"说实话，我并不相信天命，我只相信事在人为。"

"可是事在人为，也是一种天命。"

白隐衣见她如此消极，不解地问道："迎迎，你到底在担心什么？"

苏迎迎轻轻摇了摇头，道："我也说不清楚。至少，我担心清风妹妹。"

"你知道我对她并无爱意。"白隐衣着急道。

"但是她对你有。"苏迎迎的语气里，有着隐隐的难过，"'爱'这个字，若是两情相悦，就是最甜的，但若是一厢情愿，就是最苦的。清风妹妹对你情根深种，我不想她苦。"

"难道你想我苦？"

"不想。所以，我很苦。"

"一个人，什么都可以是无私的，唯独爱不可以，因为一旦无私了，就不是爱了。"

"可是……"

白隐衣忽然神色一变，做了一个噤声的动作。因为他修炼内功真气的缘故，所以对周围的感知非常敏锐。他抓住苏迎迎的手，吹了灯，小心地躲到角落里。不一会儿，一个黑影破窗而入，同时，三楼里的机关转动，各种暗器齐发，如疾风暴雨，凌厉而密集。

刺客的身手很好，非常敏捷，暗器并没有杀死他，但却把他逼到了墙边，而墙边是一个铁笼机关，刚好把他关进去。苏迎迎从暗处走出来，点了灯，看着铁笼里的刺客，见他奇丑无比，天生畸形，是一个侏儒，道："怪不得不易容蒙面。"

侏儒很冷静，笑道："你以为，我为什么不易容蒙面？"

"很明显，多此一举。"

"的确是多此一举。"

"我很好奇，像你这么有特征的人，在江湖中，不可能无名无姓。"

“我自然是有名有姓，只是，没有人愿意相信那个姓名是我的而已。”

“你是想说，你从来都不留活口吗？”

“玲珑心，果然是玲珑心。”侏儒夸赞道。

“原来你就是那个专杀女人的俏面郎。”苏迎迎有了一丝恨意和杀意。

侏儒毫不在意，依然很冷静，轻松笑道：“其实我早就想杀你了，只是一直都没有人出价。不过现在有了，那你就必死无疑。”

“恐怕必死无疑的人，是你。”苏迎迎道。

“哈哈哈……”侏儒大笑着，在笑声中，又一个黑影破窗而入。

白隐衣早就伺机而动，现身挡在苏迎迎的身后，然后真气暴发，瞬间就把来人震飞，那人顿时五脏俱裂，如烂泥一般倒在地上，口吐鲜血，抽搐不止，看样子是活不成了。

侏儒的嘴巴依然张着，只是发不出笑声了。他完全没有想到，眨眼之间，局势就彻底逆转了。他傻傻地呆立在铁笼里，看着突然出现的白隐衣，又看着淡定自如的苏迎迎，再看着奄奄一息的另一个侏儒，终于有了反应，露出了绝望的神情。

苏迎迎道：“你以为，不留活口，我就不知道俏面郎是两个侏儒吗？”

侏儒不解，问道：“你怎么可能知道？”

“你杀了那么多女人，有那么多尸体，有那么多现场，有那么多线索，推断出凶手是两个侏儒，对我来说，并不是什么难事。”

“就算如此，那你又怎么知道今晚来杀你的人是我们？”

“我不知道。”

“不知道？”侏儒望着白隐衣，更加困惑，“那他怎么会在这？”

“只怪你们的运气太差了。”苏迎迎说着，就随手按下了铁笼里致命的机关。

7

关于刺客的消息，经过白隐衣有意模糊的渲染，很快就传开了。

云恪和云闯听到后，第一时间就带着卫一鸣和云飞赶到了虫二院。他们虽然都是为了苏迎迎而来的，但是目的却不相同。一个是希望她有事，另一个则是希望她没事。

“苏姑娘的伤势如何？”云恪问。

“我也不清楚，但她传话说，需要休息，暂时不能劳心。”白隐衣回答。

云恪听完后，有些欣慰，也有些失望。欣慰的是，她没有伤及性命，失望的是，她一时不能帮自己。云闯在旁边道："那刺客呢？可有抓到？"

"抓是抓到了，但当场就死了。"白隐衣道。

"可知道刺客是什么人？又为什么要刺杀苏姑娘？"云闯问。

白隐衣摇了摇头，道："这个就不知道了。"他语气一转，又道，"不过，苏姑娘似乎是知道的，因为她说，今日受的伤，来日定将万倍奉还。"

云闯心里一滞，云恪怀疑地看了他一眼，道："既然刺客都死了，苏姑娘却还说要万倍奉还，那就说明，这背后一定是有人指使。"

云闯不知该如何接话，云飞在旁边插嘴道："殿下说得对，这背后一定是有人指使。苏姑娘曾经帮助过很多人，但也因此得罪过很多人，所以，一定会有很多人怀恨在心，想要报复她。"这简单的一句话，又把嫌疑指向了云恪。

云恪虽然听懂了他话里的意思，但却只能装作听不懂，道："听白少楼主说，苏姑娘已经接下了我的名帖，而我也准备今晚登上三楼。细想一下，一定是有人不想她帮我，所以才会指使刺客刺杀她。这归根结底，倒是我害了她呀。"

白隐衣连忙配合道："殿下不必自责。同时，也请殿下放心，苏姑娘一向都是说一不二，既然她接了你的名帖，那她就一定会帮你。"

经过了一番询问和试探后，云恪和云闯都达到了自己的目的，便离开了。白隐衣单独留下了卫一鸣，并把他请到了二楼的雅间，然后拿出三百万两银票，道："卫公子，我本来是想通过苏姑娘还太子的人情，可是没想到出了这种事。所以，现在只能拿银子还了。"

卫一鸣看着桌子上的银票，并没有伸手去拿，道："白兄，你真是太客气了，别忘了我们是一家人。再说，来日方长，也不急于这一时。"

"之前太子为了我，被陛下禁足了一个月，我总归要做点什么。"白隐衣指着银票，接着说道，"这三百万两，其中一百万是给太子的，另外两百万，是由太子给陛下的。现在国库空虚，需要银子，陛下一定会非常高兴的。"

卫一鸣心想，太子因为他的事情被禁足，又因为禁军统领的事情被怀疑，这个时候，的确是需要陛下高兴，便接过银票，道："还是白兄想得周到，那我就替太子多谢白兄了。"

"都是一家人，不用客气。"白隐衣嘿嘿笑着，"对了，卫公子，你也帮我问一下太子，关于做官的事情，能不能尽快帮我安排了？"

"哎呀，看我把这事给忘了，怪我怪我。"卫一鸣一副自责的模样，"太子早就交代我了，让我先问问你想做什么官？"

"我对官不是很懂，越大越好，至少不能让余威那种人再欺负了。"白隐衣道。

“白兄请放心，有太子在，没有人敢欺负你。”卫一鸣保证道。

云恪收到了银票后，非常开心，他本来是想自己全都留下的，但一想到现在的处境，又不得不递交上去，好博得父皇的欢心。他最开始是想用自己的名义，可是又怕被问及银子的来历。所以，他左右衡量，最后决定实事求是，用了白隐衣的名义。

云挚果然很高兴，不仅夸了白隐衣，还赏了他。而他也趁机为白隐衣讨官做，并且列举了一堆他做官的各种好处。云挚虽然没有立即答应，但却说会考虑。天机院的院长莫缺知道了这件事后，来到了御书房，道：“陛下，白隐衣的官，能否让臣来安排？”

云挚有些疑惑，也有些惊讶，道：“你怎么也对那小子感兴趣了？”

“他这个少楼主绝不简单，至少我看不透他。”莫缺道。

“你想调查他？”云挚问。

“也想考验他。再过几日，外境五族和魏国和亲的使臣就要来了，有些事情，我们不方便直接去做，但他的身份却很合适。”

“朕差点把这事忘了。行，他的官，就由你来安排吧。”

/ 第六章 /

莫问令

1

在江京城，生意最大的无疑是第一楼。但是，生意最好的却是第二楼。

第二楼的生意并不是买，也不是卖，而是连接买卖之间的桥梁，说白了，就是中间人。

据说无论是买方寻卖方，还是卖方寻买方，只要是和第二楼签订了契约，那它就一定能够促成。很多人之所以会选择第二楼，除了是因为它的能力，更多的还是因为它的规矩和信誉——绝不泄露客户的任何信息，甚至都不需要客户提供任何信息。

也正因如此，很多见不得光的黑暗生意，都统统找了上来。

比如云飞雇佣俏面郎刺杀苏迎迎一事，就是通过第二楼的渠道。整个过程，他只需要把银票和写了“俏面郎”的信寄到第二楼就可以了，自己根本就不用现身出面，至于他的身份和名字，还有要刺杀苏迎迎的目的，完全不需要提起。

第二楼的背景很神秘，没有人知道幕后的老板究竟是谁。

有人猜测是齐魏两国在朝中位高权重的大官，也有人猜测是江湖上势力强大的帮派，还有人猜测是第一楼旗下的产业，不然为什么会叫第二楼？

进了六月，一直都是阴雨绵绵，街上的行人明显少了许多，但是第二楼里的人，却是一直都没有少。白隐衣带着清风和明月走进来，一个长相憨厚的中年男子看到后，连忙笑脸迎过去招呼道：“白少楼主，真是大驾光临啊。”

“二老板，我已经来了第三次了，也把价钱提高了三倍，你们的大老板还是不肯见我？”

“白少楼主，这就不是钱的事，大老板的态度很坚决，第二楼是不会卖的，所以这契约也是不会和您签的。”第二楼的大老板从不现身，一切事务都是由这个二老板管理，但是涉及第一楼买第二楼的事，肯定还是要请示大老板的。

旁边的人听到第一楼要买第二楼，都纷纷投来各种各样的目光。

“既然和你们第二楼谈不成生意，那你们第二楼可有生意介绍给我？”白隐衣道。

“有一些人和事在找金主投资，就是不知道白少楼主是否感兴趣？”二老板道。

“既然来了，就不能白来，看看吧。”白隐衣道。

“那楼上请。”二老板把他们带到了二楼雅间。

二楼的每一个雅间，都像是一个密室，隔音，暗锁，还有机关都很完善。二老板姓牛，名栏山。但这个姓名却很少有人叫，甚至都很少有人知道，因为在这第二楼，所有人都称呼他二老板。他还有一个秘密身份，就是十二卫中的丑卫，“少主人，八妹没有受伤吧？”

“有二哥的情报和机关，她自然是不会受伤的。”白隐衣轻松道。

“那就好。”牛栏山松了一口气。

“二哥，魏国和外境五族来和亲的使臣就要到了，所以最近第二楼的生意，你要加倍留意，细心筛选，尤其是那些雇主不明，目的不明的黑暗生意。”

“你担心有人会对使臣下手？”

“这是一个好机会，躲在暗处的那些人，一定不会放过。”

“少主人，分析黑暗生意极费心神，不知八妹能否来帮我？”

“我已经跟她说好了，她今天晚上就会过来。”

2

外面的雨已经小了很多，如牛毛一般，细细落下。

白隐衣走下楼后，兴致很好，看他的样子，仿佛是在二楼谈成了什么生意。他悠闲地走在大街上，漫无目的地随意逛着，非常惬意。清风在旁边撑伞，明月在旁边守护，一男二女三个人，单凭气质样貌，就让很多人侧目和羡慕。

一个少年迎面走过来，恭敬行礼道：“白公子，我家主人有请。”

白隐衣打量着他，虽然是普通的仆人打扮，但是从身形和动作上，又不难看出是一个功夫好手——他并没有刻意掩饰。还有，他也没有叫“白少楼主”，更没有叫“白老板”，而是叫“白公子”，到底是什么人，才会这么称呼自己？

白隐衣有了兴趣，道：“你家主人是谁？”

少年依然恭敬道：“白公子随我去了不就知道了吗？”

“有道理。”白隐衣笑着，“请带路。”

少年把他们带上了路边的一辆马车，然后自己驾着马车，一路穿街过巷，出了城门，最后在城南山上的一座寺庙门口停了下来。白隐衣抬头看着匾额上写着“观音庙”三个字，不禁开玩笑道：“难道你家主人是菩萨？”

“或许是阎王呢？”少年似乎也是在开玩笑，但他的语气却是一点都不像。

少年不再说话，如石头人一般守在门外。白隐衣走进去，清风和明月自然跟随左右。他看到了一个熟悉的面孔，有些惊讶道：“原来是你？”

“不是我。”那人正是冷剑秋，他身子向旁边挪了一步，只见他身后还有一个人，正背对着他们，在虔诚地敬拜供奉的观音像。

“在众佛之中，我只拜观音。”那个人转过身，一脸鬼气，真像是阎王，他的语气和他的脸一样，都是非常阴森的，“白公子，你知道为什么吗？”

“因为观音不仅有一千只手，还有一千只眼，是真正的手眼通天。”白隐衣依然是云淡风轻的样子，完全不被对方的阴森感染，“就像是你的天机院，莫院长，我说的对吗？”

“不错。不错。”第一个“不错”是说他的解释，第二个“不错”是说他的人。

“你请我来，应该不只是想夸我吧。”白隐衣道。

“我想给你一个工作。”莫缺道。

“我不需要工作。”

“那给你一个身份如何？”

“什么意思？”

“太子向陛下为你讨官，而我向陛下讨了你。”

“你是想给我一个官做？”

“正是。”

“加入天机院？”

“可以这么理解。”

“天机院的官，听起来倒是有点意思。”白隐衣很感兴趣，“是几品？”

“没有品。”莫缺道。

“没有品？那和我现在有什么区别？”

“区别在于，现在任何品的官都能管得了你。可是你一旦加入了天机院，那任何品的官就都管不了你了。”莫缺说着，拿出一块令牌递过去。

白隐衣接过来，仔细看着，青铜材质，上面刻着一个“莫”字。

“这是莫问令，它的作用和它的名字一样，任何品的官都得服从。”莫缺道。

“那可是好东西。”白隐衣如获至宝，小心地翻看着，忽然发现背面有几处设计精巧的凹凸槽，道，“这不是完整的莫问令？”

“这只是一半。”

“那另一半呢？”

“在他那。”莫缺指向冷剑秋。

“你这是什么意思？”白隐衣不解。

“若你加入了天机院，那他就是你的兵。”莫缺道。

“我的兵？就是什么都要听我的？”白隐衣问。

“是的。”

“那我让他把另一半的莫问令给我呢？”

“除了这件事。”

“真是老谋深算，滴水不漏啊。”白隐衣佩服道。

“这不是针对你，这是天机院的规矩。”莫缺道。

“你想让我做什么？”白隐衣问。

“你以为会做什么？”莫缺反问。

“天机院一向被称为最恐怖的黑暗势力，做的事都是见不得光的。所以，我想应该不是什么好事。”白隐衣邪气地笑着，“还好我这个人不是君子，也不介意做些坏人。不过，我有自己的原则，就是我不愿意做的事情，不能逼我去做。”

“我不认为，我能逼得了你。”莫缺道。

“既然如此，那就说说吧，到底是什么事。”

“再过些天，魏国和外境五族的和亲使臣就要来了。外境五族有一个约定，就是哪一族娶到了公主，就由哪一族担任这一届的五族大族长。”莫缺说的这些，并不是什么秘密，白隐衣身为第一楼的少楼主，自然也从自己的渠道上听说了。

莫缺接着说道：“前几日，我接到密报，说外境五族中有一族和魏国暗中勾结，密谋一起对付其他四族，帮助他成功娶到公主，进而成为五族的大族长。这样就会和魏国联盟，一起攻打我齐国。”他顿了顿，又道，“我要你做的，就是破坏他们的阴谋。”

白隐衣神色凝重，沉思着，毕竟这件事关系重大。过了一会儿，他没有对要做的事情问任何问题，而是问道：“我很好奇，你为什么会选我？”

“因为你适合。”

“我哪里适合？”

“第一楼的生意遍及天下，而你这个少楼主更是无人不知。所以，无论是魏国，还是外境五族，都不会对你有这方面的戒心。还有，据我所知，这些人，或多或少，都和你做过生意，并不算是陌生人。”莫缺阴沉地笑了笑。

“听你这么一说，我倒是真的适合。”白隐衣笑着。

3

淑德殿的偏殿修了一个佛堂，因为刘皇后信佛。

平日里，她除了管理后宫事务外，其余的时间，都在这里诵经念佛。在云挚还是太子的时候，她就是太子妃，后来云挚当上了皇帝，她自然就成为皇后。她出身名门，父亲刘邦国和卫思辅一样，也是丞相，并且还是翰林院的大学士，知识渊博，为人谦和，很受敬重。

丫鬟从门外走进来，轻声禀报：“皇后，刘公子来了。”

正在诵经的刘皇后慢慢睁开眼睛，缓缓道：“让他等一会儿，我诵完了这段经，就过去。”

对和亲反应最大的人，并不是男女双方的当事人，也不是他们背后的国家和父母，更不是那些心怀不轨想要从中谋利的各方势力，而是刘锦瑞。虽然他从来都没有明说，但是所有人都能看得出来，他是喜欢云未央的。为了这个表妹，他愿意做任何事情。

他看到刘皇后走进来，连忙上前行礼，恭敬又亲切喊道：“姑姑。”

“锦瑞，都是一家人，就不必拘礼了，坐吧。”刘皇后温和地回应。

刘锦瑞应声坐下，但是心却仍然悬着，他犹豫再三，担心地问道：“姑姑，表妹真的要嫁吗？”

刘皇后安慰着，“锦瑞，我知道你的心思，可是你也要知道，皇族虽然看起来是最至高无上的，但却也是最身不由己的，因为他要考虑的不是个人，而是国家。”

刘锦瑞不好反驳，心里很不甘，“那……表妹同意吗？”

这时，一个声音从门外传来：“我不同意。”正是云未央。

刘皇后伸手把她拉到自己的身边，淡淡地说道：“既然和亲是陛下的旨意，那你就没有选择的权利，也没有决定的权利，只有服从的权利。”她看着她，一脸疼爱和无奈，“未央，以你的聪慧，应该早就有这个觉悟才对。”

“母后，我懂得。”云未央点了点头，似乎是认命了，但脸上又有着不认命的倔强，她语气一转，决绝道，“只是，我可以嫁，但他们却不可以娶。”

刘皇后淡然的神色里掠过一丝凝重，道：“未央，你要做什么？”

“母后放心，我什么都不会做，就算做了，也与我无关。”云未央道。

刘锦瑞和云未央刚走，刘皇后便又去了佛堂诵经，她在乞求佛祖，希望能保佑自己的女儿平安。午饭她没有吃，一直到了傍晚，天色渐渐暗了下来，她才退出佛堂。

丫鬟禀报道：“皇后，卫贵妃来了。”

刘皇后面露疑惑，心想她怎么来了？

卫贵妃迎面走过来，衣着华贵鲜亮，妆容精致娇艳，和她比起来，刘皇后就显得朴素了许多。她微微行礼，道：“姐姐，您这淑德殿真是清静啊。”

刘皇后道：“据我所知，妹妹的承欢殿，也不像以往那么热闹了。”

“是啊。陛下都好久没有来了。”卫贵妃伤感道。

刘皇后眉眼一抬，似乎明白了她的来意，道：“妹妹以为，陛下来了我这？”

卫贵妃解释道：“姐姐误会了，我来这，就是想看看姐姐。”她叹了一口气，望着四周空旷的庭院，就如同是自己的内心，满是孤独和寂寞，她缓了缓思绪，又道，“姐姐可曾听说，陛下的安神殿里，住进了一个女子？”

“听说了。”刘皇后已经在极力地克制了，但是语气里，还是有些幸灾乐祸，“我想那个女子一定是深得陛下的欢心，不然陛下又怎么会不去看望妹妹。”

卫贵妃听出了她话里的敌意，虽然表面上不动声色，但是心里却在暗骂她这些年的佛是白信了，经也是白诵了，“姐姐，你和我都清楚，陛下并不是一个贪图美色的人。而能讨陛下欢心的，也肯定不是一个寻常女子。”

“妹妹，你到底想说什么？”刘皇后道。

“我很好奇，于是昨日就去安神殿给陛下请安，顺便也瞧了瞧那个女子，结果我终于明白了，她为什么能讨陛下的欢心。”卫贵妃有意停顿，可是见刘皇后并无意说话，便又接着说道，“因为那个女子长得跟萧倾城简直是一模一样，甚至连言谈举止都丝毫不差。”

刘皇后一直淡然的神色有了强烈的变化，道：“有这种事？”

卫贵妃郑重地点头：“千真万确。”

4

云挚很早就回到了安神殿，他的精神很好，兴致很高，正在与霍红颜下棋。棋局里，黑白双方虽然表面上是和平均势，但实际上却是暗流涌动，随时都有可能向某一边倾倒。经过一番深思熟虑后，云挚以一子做饵，欲引对方深入。

霍红颜举棋不定，犹豫再三，始终没有落下，最后把棋子放回了棋罐之中，佩服道："陛下，这一步棋走得妙啊。即解内忧，又除外患。"

云挚轻咳了两声，道："朕并不觉得。"

"陛下以和亲做饵，一引外敌争夺，二引内贼现形，难道还不够妙吗？"霍红颜道。

云挚看着她，淡淡一笑："或许是朕，真的想嫁女儿了。"

"如果真的想嫁，又何必同时招来六个夫婿？"

"朕只有这一个女儿，自然要给她挑选最好的，而没有比较，就没有好坏。"

"可是有了比较，就不只是有好坏了，恐怕还会有生死。"

两个人都不说话了，四目相对，彼此僵持着，那坚决的眼神，仿佛是要把对方看穿。过了好一会儿，云挚感觉喉咙实在是痒痛难忍，便剧烈地咳嗽起来，打破了这凝重的沉默。霍红颜连忙去拿药拿水，喂他喝下，待他平复后，轻声安抚道："陛下，好点了吗？"

"好多了。"云挚摆了摆手。

这时，冯公公在门外禀报道："陛下，皇后和卫贵妃求见。"

云挚眼露疑色，望着霍红颜，轻声道："真没想到，她们会结伴而来。"

霍红颜嫣然一笑，道："她们是来见我的。"

"那你是见，还是不见？"云挚问。

"既然她们要见，那就见吧。"霍红颜随意道。

云挚面露赞赏，对门外的冯公公吩咐："让她们进来吧。"

不一会儿，两个齐国最尊贵的女人走了进来，直接行礼道："陛下万福。"平身后，刘皇后就看到了霍红颜，然后她的目光就再也无法从她的身上移开了。

这明明就是死而复生的萧倾城！

一直以来，刘皇后对萧倾城都充满了很深的妒意和恨意。

因为在她还是太子妃的时候，云挚就为了萧倾城而流连青楼。后来，云挚当上了皇帝，她成为皇后，萧倾城被封为贵妃。虽然她们都改变了身份，但是却始终没有改变关系，云挚依然夜夜流连在萧倾城的寝宫，而淑德殿几乎就像是一座冷宫。

她嫉妒，她怨恨，她愤怒，她想改变，彻底地改变。

她是皇后，是后宫之主，是女人，并且还是最有权势的女人。于是，她便利用各种机会和各种手段来刁难萧倾城，最后终于把她逼出了皇宫。云挚知道了这件事后，龙颜大怒，但对她却没有一点惩罚，甚至连一句责骂都没有。

她忽然明白，自己在云挚的心中，根本就什么都不是。

云挚在西郊专门为萧倾城修建了一座青鸾别院，从那以后，他就很少在皇宫里过夜了。

萧倾城死后不久，云雷就以谋反之罪被满门抄斩。而云挚一边要面对失去萧倾城后的痛苦，一边还要应对杀死云雷后所产生的各种争斗、动荡和矛盾，一时之间，朝中的权势格局发生了剧变。刘皇后以为她的机会来了，毕竟刘氏家族的势力，在朝中还是非常有分量的。

可是她万万没有想到，云挚竟然把他多年前亲自打入冷宫的一个女人接了出来，并封为贵妃，就是现在的卫贵妃。不仅如此，他还把卫贵妃在冷宫里生下的孩子立为太子，就是现在的云恪。

要知道，当年云挚是刚刚继承皇位，和萧倾城正是火热。而卫贵妃竟然在云挚来访卫家探望卫国公之际，偷偷地给他的酒里下了迷药。这一夜风流，可是欺君之罪，就连卫国公都险些受到牵连。

云挚把她们母子从冷宫里接出来之后，非常恩宠，很快又重用了她的父亲卫思辅，甚至还有她的家人。一时之间，朝中的权势格局再次发生了剧变。而因青鸾别院惨案处死宣亲王云雷满门后所产生的一切不安，就这么渐渐地安了。

刘皇后曾经为云挚生下过一对双胞龙子，但是不足满月就双双夭折了。后来，她又生下了一个女儿，就是云未央。不过从那以后，就再无身孕，这是她的一块心病。所以当萧倾城怀有身孕时，她才会那么针对。所以当卫贵妃的儿子被立为太子时，她才会那么愤恨。

她很清楚，没有龙子，就没有太子，而没有太子，皇后这个位置，她就坐不稳。而她坐不稳，那她的家族，也同样坐不稳。她原本的争取，并不是全为了自己，还是为了家族。可是到头来，除了她父亲依然是丞相外，其他的兄弟叔舅都成了权势格局剧变中的牺牲品。

她开始信佛，不再与人争，渐渐地，就真的不争了。她本来以为，自己早就做到了真正的平和，可是当她看到霍红颜那张与萧倾城一模一样的脸时，内心里那些久违的一切，却又在翻江倒海，仿佛随时都会喷涌出来。

霍红颜看着她，微微一礼，淡淡道："见过姐姐。"

刘皇后怔在那儿，听着这个声音，就犹如梦魇时的咒语，让她睡不着，又醒不了。她微张着嘴巴，如鲠在喉，一句话也说不出来，但是眼泪却不知不觉地流了下来。

5

最近几日，江京城的天气很好，第二楼的生意也很好，尤其是那些雇主不明、目的不明的黑暗生意。虽然大家都知道，第二楼的楼上是一间又一间的密室，但是大家却不知道，第二楼真正的密室，并不是在楼上，而是在楼下，也就是地下。

不过，地下的密室，又不仅仅是密室，还是迷宫，是以奇门遁甲之术为原理设计的迷宫。这里存放着第二楼所有的秘密和档案，并且每一个存放秘密和档案的盒子，都带有自毁机关。如果不按照它特有的步骤和方法打开，那里面的一切就会在瞬间化为乌有。

苏迎迎自从被“刺伤”之后，就一直在这里“养伤”，第二楼每天新签订的契约，都会在第一时间送过来由她亲自过目，她要对此进行仔细地筛选和分析，然后找出一切有可能与和亲相关的人和事。这种工作的量度极大，难度也极高，非常消耗心神。

放眼天下，能在短时间内完成的，除了玲珑心，恐怕再也找不出第二个人。可是，即便如此，从她苍白的脸色上看，心神的消耗，也一定到了透支的程度。牛栏山推门进来，白隐衣跟在后面，看到她的样子，不禁心疼道：“真是辛苦你了，快休息一下吧。”

苏迎迎轻松一笑，“我是可以休息了，但是你，恐怕就要忙起来了。”

“你发现了什么？”白隐衣问。

“七杀。”苏迎迎道。

“竟然是七杀！”白隐衣有些意外，神色变得沉重起来，喃喃自语着，“毒杀无形，影杀无踪，强杀无阻，绝杀无命……”七杀并不是一个人，而是一个组织，要想请动他们来杀人，代价非常昂贵，而在这非常昂贵的代价里，却又不包括银子。

也就是说，他们从来都不为银子杀人。

“既然来了，那就不要再走了。”白隐衣平淡的声音里带着某种坚决。

“以现在所掌握的信息，我还无法确定他们的雇主以及目标是谁。”苏迎迎道。

“没关系。”白隐衣丝毫不在意，“该发生的总是要发生的，我只要确保那些不该发生的不发生就好了。”

“少主人，你这句话我就听不懂了。”牛栏山在旁边插嘴道。

“莫缺对我说的，或许是事实，但绝不是全部事实。而他让我破坏阴谋，但我认为，这件事本身就是阴谋。”白隐衣笑着，分析道，“不然，这一女六婿的和亲，总显得少些什么。我推测，我们的皇帝陛下，是想利用这个机会，调整和规划未来的天下格局。”

牛栏山认真听着，默默理清思绪后，不禁赞叹道：“这帝王术，果然非同凡响。”

苏迎迎拿出一份契约递过去，道：“除了七杀，还有一个人可疑。”

白隐衣接过来，仔细看了看，道：“梅傲雪！”

梅傲雪是采花大盗，并且专挑处女下手。江湖人猜测他是在练一门邪功，需要与处女交合，采其初阴之气。他从不杀人，而被他盗走的处女，在一夜之后就会被送回家中——用一张沾染了破处鲜血的雪白床单包裹着。

那纯净无垢的白，那热烈刺眼的红，就像是一朵傲立雪中的梅花。

所谓万恶淫为首，放眼天下，最让人所不齿的恶人就是淫贼。不过，这个梅傲雪却是例外。因为那些被盗走又被送回的处女，对他不仅没有丝毫恨意，反而还有绵绵情意，总是在留恋那一夜，甚至在期盼下一夜。

她们的这种念念不忘，就像他的名字一样，都充满了诗意。

“的确可疑。”白隐衣很不解，“这本是个人行为，怎么会变成了生意？”

“如果这桩生意真的与和亲有关，那他的目标无疑就是未央公主。”苏迎迎稍有停顿，略微迟疑道，“只是，无论雇主是谁，我都很难理解，他的目的何在？”

第二楼虽然是连接买卖之间的桥梁，但是很多买方和卖方都有着自己独特又隐秘的联系方式。所以，第二楼并无法掌控全部的信息。牛栏山很清楚白隐衣和云未央的真实关系，于是道：“少主人，如果你担心出问题，那我们可以不去联系梅傲雪。”

白隐衣想了想，拒绝道：“不必。这个问题是避免不了的，而要解决问题，就要先发现问题。不然，问题以另一种我们不知道的形式出现，会更加棘手。”

苏迎迎见他神色有些不安，知道他真正担心的是什么问题，便询问道：“落花姑娘还是没有消息吗？”

白隐衣点了点头，道：“自从那一次之后，她就再也没有现身。”

“你怀疑她遭遇了什么不测？”苏迎迎问。

“就算云天会怀疑她，也不至于会对她下毒手。”白隐衣摇了摇头，沉思道，“云天没有再派人来监视我，至少我还没有发现。其实，我并不担心云天出手，因为我很自信，无论他如何出手，我都有办法还手。但是，我却担心他不出手，因为只要他不出手，我就不知道该用什么办法还手。这种后发制人太被动了，可是对他我又做不到先发制人的主动。”

“若是不能保证万无一失，他是不会轻举妄动的。因为任何把柄，对他来说，都是万劫不复。他隐忍称病了这么多年，只是这份心性，就足够难对付了。”苏迎迎道。

“是啊。简直是老谋深算的让人畏惧。”白隐衣感叹道。

就在这时，又送过来一份新的契约。几个人看到后，都非常吃惊。因为这份契约和之前关于七杀的那份相同，一样的雇主不明，目的不明。但是，他们都清楚，这一样不明的雇主和不明的目的肯定又不一样，不然，就完全没有必要签订两份契约了。

“看来事情变得复杂了。”白隐衣道。

“难道是云天出手了？”牛栏山猜测道。

“以他的性格，恐怕还信不过第二楼。”苏迎迎道。

6

七月，江京城最炎热的季节。

宽大的长安街道的两边都站满了围观行人，非常热闹。一支长长的仪仗队伍一路奏乐，从正门进城。这些仪仗队伍里的人穿着不同，打扮各异，正是外境五族和魏国来和亲的使臣。

礼部尚书庸怀仁亲自迎接，他们一边寒暄，一边慢慢前行。

走了一段路，拐了两个弯，魏国的使臣李无计道：“庸大人，这好像不是去驿馆的路吧？”

庸怀仁笑了笑，道：“李大人，我可从来都没有说要去驿馆啊。”

“那是去哪里？”李无计问。

“到了自然就知道了。”庸怀仁语气一转，又道，“怎么？还怕我领丢了你们不成？”

“哈哈哈……”李无计和众使臣知道这是玩笑话，都跟着笑了起来。

庸怀仁带着他们来到了一处繁华地段，可是不知道为什么，这里竟然很安静，甚至还有些冷清，这让大家都感到非常奇怪。旁边是一座很有规模的酒楼，微风一吹，酒楼里酒菜的香味便扑鼻而来，顿时就令众人情不自禁地流出口水。

他们抬头一看，只见酒楼的牌匾上写着“天香楼”三个字。

几乎所有人都知道，在这江京城里，要论玩乐，自然是去流光巷。但论吃喝，却非天香楼莫属。天香楼最有名的是神仙宴，八冷八热，八荤八素，八鱼八珍，八禽八兽，共八八六十四道菜，再加上太白佳酿，简直就是神仙宴会。

不过，因为神仙宴的食材极其珍贵难得，所以每年只举行一次。

白隐衣从酒楼里走出来，抱拳道：“各位，真是天公作美，今天正是神仙宴的开宴日。”

“白少楼主！”魏国太子元真先认出了他，随后外境五族的五个小王子也都一一打招呼。

其实，白隐衣虽然和他们相识，但是却远算不上熟悉，有的甚至只见过一次面。不过对于他们这种人，就算只见过一次面，也一定会用心记住。他亲自把十几个重要的人物都请上了楼，其余的人则留在楼下，命人另行安排。

入座后，白隐衣道：“听说各位要来，我就想好好尽一下地主之谊，可是名不正则言不顺，你们身为各国的使臣，而我只是一个小小的商人，根本就没有资格招待大家。”他的语气中，带着毫不遮掩的自嘲，“所以，我就斗胆向陛下讨官做，虽然陛下没有给我一个正式的官，但却给了我一个临时的，作为庸大人的下属，专门招待各位。”

元真站起身道：“白少楼主太客气了，真是让我感动啊。”

五个小王子道：“是啊，白少楼主盛情款待，我等感激不尽啊。”

庸怀仁笑了笑，道：“白少楼主，你这官腔打得很专业啊。”他又向众人解释，“各位有所不知，其实白少楼主就是嫌弃驿馆简陋，怕怠慢了大家，所以就把驿馆搬到了这里。据我所知，他本来是想把天香楼包下一个月，可是没有想到，这天香楼的老板却怎么也不同意。”

他故意不把话说完，有意留给大家接话。

匈族的小王子胡巴问道：“那后来呢？这天香楼的老板怎么又同意了？”

白隐衣道：“他并没有同意。”

胡巴不解，“没有同意？那怎么……”

白隐衣解释道：“因为这天香楼不是我包下来的，而是我买下来的。”

在座的人不禁一怔，虽然他们都是出身富贵，从不缺少钱财，但是见白隐衣这样轻描淡写又任性的花钱，也不免为之动容。这时，白隐衣一拍手，八个貌美少女穿着同样的轻纱薄裙曼妙而出，她们赤着脚，光着腿，双手端着盘子，一道接一道地上菜。

桌子的周围，一共有八把椅子，外境五族的各位小王子、魏国的太子，再加上白隐衣和庸怀仁，刚好坐满。剩下的使臣和贴身随从，都只能默默地站在后面，暗暗地咽着口水。其实，以他们的地位，也算是吃尽了天下美食。可是当吃过神仙宴后，都竖起大拇指，赞不绝口，特别是喝下了太白佳酿后，更是满嘴留香，回味无穷。

酒过几巡，已经有了微微醉意，之前那八个少女重新返场，开始歌舞助兴。

或许是在歌舞酒菜和美女的催动下，元真端起了酒杯，道：“白少楼主，这杯酒，我敬你。”说着，他就一饮而尽了，放下酒杯后，接着又道，“白少楼主，你如此逍遥快活，神仙日子，真是让人羡慕啊。如果你愿意，我随时都可以用我这太子之位跟你交换啊。”

身后的李无计一听，面色一沉，不敢插话。

白隐衣笑道：“殿下，你可不要开这种玩笑，我可是会当真的。”

“当真好啊，我就怕你不当真……”元真好像还想再说什么，但似乎是不胜酒力，有些口齿不清，坐立不稳，李无计连忙上前搀扶。

羌族的小王子金术趁机端起酒杯，道：“白少楼主，我也敬你一杯。”说着，他也要一饮而尽，可是这杯酒，他只端到了嘴边，并没有喝下——他僵住了。因为酒杯倾斜，酒水从杯中慢慢流下来，从他的嘴角流到下巴，再流到衣服，最后流到地上。

整个过程，金术没有一点反应，就如同雕像一般僵硬在那里。

大家满是疑惑地看着他，还叫了他几声，但是都没有得到丝毫回应。很快，他的双眼就开始流血，然后是口鼻和耳朵——他死了。众人非常吃惊，怔住了，白隐衣连忙跳起来，大声叫道：“任何东西都不要碰，任何人都不能进出。”

羌族的使臣孙龟回过神来，跪地大哭：“小王子……”

/ 第七章 /

谜案下的暗谍

1

金术的离奇死亡，直接导致了所有和亲事宜的停滞。

云挚知道这件事后，龙颜大怒，在朝堂之上，当着文武百官的面，立即亲笔御旨，命大理寺彻查此案，并且承诺一定会给羌族一个公道，查出真相，严惩真凶。同时，他又从自己的禁军中抽调出三百精兵，对使臣进行严加保护。

杜腾跪领圣旨，退出太极殿，然后让等在殿外的杜平通知仵作，快速赶去天香楼。因为白隐衣之前不让碰任何东西，也不让任何人进出，所以所有的一切都和案发时一模一样，没有丝毫变动。他们到达后，便开始对现场做仔细的勘察，也对尸体做详细的检查。

很快，就有了初步的结果。

仵作一脸白净，像个书生，上前道："可以肯定，金小王是中毒而死。也可以肯定，这毒不是在天香楼中的，也不是在江京城中的。因为这毒名为'七绝七窍七日散'，毒性虽然剧烈，但却是慢性，需要延缓七日后才会毒发。"

杜腾问道："敢问各位，七日之前，你们在什么地方？"

众使臣陷入沉思，回想。

孙龟道："回大人，七日之前我们在离望山扎营避雨。"

"在山上？"杜腾心有疑虑，"那有没有看到可疑的人，或者发生可疑的事？"

孙龟想了想，道："没有。因为当时下着大雨，无法赶路，所以就一直在营中饮酒歌舞。"

“当时都有谁在场？”杜腾问。

“除了魏国的人不在，我们五族的小王子和一些近臣都在。”孙龟回答。

杜腾看了一眼旁边的元真，见他坐在椅子上半醉半醒，昏昏欲睡，便道：“各位，天色已晚，你们又是远道而来，就先去休息吧。”

对和亲使臣的安置，依然由礼部负责。白隐衣本来是想给他们另外换一个住处，但既然这毒并不是在天香楼中的，那换住处也就没有什么必要了，况且还有皇帝亲自派来的三百禁军保护。所以在安全上，应该还是能有一些保障的。

天香楼的后院，就是客房。分天地人三种档次，共有三十三间。

白隐衣本来是想安排他们都住进天字房，但是没有想到，只有魏国选择了天字房，匈族和鲜族选择了地字房，羯族和氐族选择了人字房。羌族的小王子金术虽然死了，但使臣孙龟还在，他犹豫再三，最后选择了和魏国一样的天字房。

他们选择的房间，彼此都相隔很远，很明显，是在相互防备。

白隐衣站在远处，默默地观望着，脸上的笑容与“十”字疤痕相映，显得异常邪魅，他对旁边同样观望的杜腾道：“杜大人，你之前的那一番话，好像是起了作用。”

杜腾面不改色，道：“这并不是我的本意。”

“那你的本意是什么？”白隐衣问。

“无可奉告。”杜腾语气决绝。

2

刘锦瑞听说了金术的离奇死亡后，心中大惊，立即进宫。在未央殿外，他遇到了同样匆匆赶来的云飞，二人四目相对，满脸焦虑，不用多言，也知道对方的来意。他们结伴一起走进去，看到云未央正在侍弄花草，那模样，很是闲情逸致。

云未央也看到了他们，欢喜地喊道：“两位哥哥，你们来得正好，快帮我看看，这是刚从大理运送过来的兰花，可娇惯得很。”

刘锦瑞可没有那个心思，一脸焦急：“表妹，出大事了。”

云未央微微一笑，把殿里的丫鬟都清退出去，问道：“出什么大事了？”

“金术死了。”刘锦瑞道。

“金术是谁？”云未央问。

“你不用再装糊涂了。”一直沉默的云飞突然插话，他语气生硬道：“你只要告诉我，这件事，到底和你有没有关系？”

“你怀疑是我杀了他？”云未央问。

“不只是我，恐怕很多人都这么怀疑。”云飞道。

“既然如此，那有没有关系又有什么区别呢。”云未央道。

云飞深知她的性子，便不再追问，而是说道：“如果是你做的，就要做得干净一些，别留下任何把柄。如果不是你做的，那就要更干净一些，别让他人有机可乘，栽赃诬陷。”

他说完，直接转身走了。

云未央看着他的背影，心里有些难过，因为他这次来，并不是担心自己的处境，而是担心自己会连累他——这就是皇族血脉，没有亲情可言，只有利益权衡。

不过，刘锦瑞却是真正的担心她，“表妹，金术的死，到底和你有没有关系？”

“当然有。”云未央道。

“难道真的是你杀的？”刘锦瑞不相信道。

“他是第一个，还会有第二个第三个……等他们都死了，我就不用嫁了。”云未央道。

皇宫里的事情，几乎都逃不过皇帝的耳目。

云挚正在御书房批阅奏折，很快就传来了云飞和刘锦瑞出入未央殿的消息，至于他们说了什么，做了什么，就算没有听到，没有看到，也不难猜到。

“陛下，您的这位小公主，可不一般啊。”莫缺道。

“是啊。自从朕宣布了和亲之后，她心里明明不想嫁，却一直都没有来问朕。”云挚道。

“那是因为，她知道，陛下舍不得她嫁。”莫缺道。

云恪之前就怀疑云未央和金术的死有关系，现在又听到下人禀报云飞和刘锦瑞进出未央殿的事，就更加证实了这种怀疑。他立即命人叫来卫一鸣，然后把自己的怀疑说了出来。卫一鸣听到后，沉思片刻，道：“虽然这种怀疑很有道理，但是我们只有逻辑，没有证据。而且这种怀疑若是处理不好，很可能还会弄巧成拙，适得其反。”

“我明白你的意思。”云恪语气一转，又道，“可是你不要忘了，余正的事，也是只有逻辑，没有证据，结果却让云闯白白地捡了一个大便宜。”

“但这件事不一样，它涉及魏国和外境五族，恐怕不会那么简单。”

“当然不会那么简单。所以我才要借此机会，将云闯彻底打压。”

“你想怎么做？”

“给他们一些证据。”

3

由于天气炎热，金术的尸体很容易腐烂。所以大家都纷纷建议，尽快火化或埋葬。但是他的身份特殊，这样不让族人见上一面，总是有些不妥。最后还是白隐衣出面，命人用冰块给他打造了一副棺材，并放在冰窖里保存，待雪季天冷时，再运回羌族。

虽然江京城居住着很多贵人，是权力和钱财的集中地，但是在这炎炎夏日，府中有冰块的人家很少，而有冰窖的人家就更是少中又少。不过，就算再怎么少，也一定少不了第一楼的少楼主。在虫二院里，就有一个冰窖，是专门供客人解暑用的。

深夜，晚风徐徐，终于把白天的燥热慢慢地降了下来。大理寺后院的房间里，还亮着一盏灯，灯光把两个人的影子拉得很长，映在窗户上。

杜腾开口道："对于金术的死，你有什么看法？"

杜平回答道："据我所知，'七绝七窍七日散'这种毒并不常见，尤其是近年来，似乎只有七杀中的毒杀在使用。不过，虽然都说毒杀无形，但是按照七日前的情景推断，下毒的人，更像是在五族之中。"他略有犹豫，又道，"可是，在天香楼里，大家一起喝酒，谁都没有醉意，偏偏元真却醉了，他的酒量应该不会这么差才对。"

"小杜大人的意思是说，元真是做贼心虚，用装醉来撇清自己？"白隐衣突然推门而入，在他身后还跟着两个人，一个是冷剑秋，一个是十二婆。

杜腾见他进来，面色不悦，沉声道："白老板，深夜闯我大理寺，太没有礼数了吧。"

"的确是少了一些礼数，所以，我拿了一些礼物来补偿。"说着，白隐衣就从怀中掏出一物，扔了出去，但他并不是扔向身前的杜腾，而是扔向身后的冷剑秋。冷剑秋接过来，又从自己的怀中掏出一物，将两物相对，然后举手出示。

莫问令！

杜腾和杜平看到后，瞬间就变成了哑巴，就算他们心中有万千疑问，也不再多言一句。

白隐衣把十二婆请出来，道："这位是朱婆婆，她会帮你们找到毒杀。"

杜平心有不解，想要发问，但是莫问令在前，又不能发问，最后只好把话憋回腹中。

白隐衣笑了笑，心想这莫问令还真是管用，道："小杜大人，你是想问我，为什么肯定就是毒杀，而不是五族的人，或者是魏国的人？"

杜平点了点头。

"其实，我并不肯定。"白隐衣的语气里带着一丝戏谑，"或许你刚才的分析是对的，下毒的人，的确是在五族之中，而装醉的元真，也的确可疑。但是，他们都是躲在幕后的人，而毒杀才是真正被推到台前的真凶。所以，如果我们要想深入到幕后，就必须要先经过台前。”

杜平似乎明白了他的意思，但又没有完全明白。

白隐衣继续说道：“从明天开始，你们要对外宣布，凶手就是毒杀。”

4

以杜腾和杜平的理解，白隐衣是在将计就计。躲在幕后的人，先把凶手伪装成毒杀，而他们再把凶手确定为毒杀，这样就可以让真正的凶手掉以轻心，进而露出破绽。虽然这个计谋算不上有多高明，但一时也没有更高明的，倒也可以试上一试。

第二天，杜腾就来到了天香楼，当着众使臣的面，直接宣布了凶手是毒杀的消息。

孙龟心有疑惑，问：“毒杀是谁？”

杜腾回答：“江湖中有一个非常神秘的杀手组织，叫七杀，而毒杀就是七杀的成员。”

“杀手组织？”孙龟更加疑惑，不解道，“我家小王初入中原，不涉江湖，这一路上也都是与大家同行，并没有惹上什么是非仇家，怎么会遭到杀手组织的毒杀？”

“一般来讲，这种杀手组织杀人，都是受到了雇佣。”杜腾道。

“雇佣？受到谁的雇佣？”孙龟问。

“这个，正是我要调查的。”杜腾道。

胡巴从人群里走出来，一副皮笑肉不笑的样子，没好气地说道：“杜大人，你最好尽快抓到毒杀破案，不然我会认为你是在随便指认凶手，推卸责任，搪塞我们。”

杜腾听他这么一说，心里很不痛快，刚想反驳，旁边的朱婆婆却先开了口：“有一件事你们有权知道，就是既然请了七杀来杀人，那要杀的就不会只是一个人。而以现在的情况来推断，他们下一个要杀的人，很可能就在你们当中。甚至雇佣他们杀人的人，也在你们当中。”

这句话，无疑是晴天霹雳。

但劈下来的时候，大家的沉默竟然多于惊讶，似乎并没有感到太多意外。不过，杜腾看着他们的这种反应，倒是感到非常意外。

鲜族的小王子郑权率先打破沉默，道：“你这话是什么意思？”

朱婆婆斜斜地瞄了他一眼，道：“就是字面上的意思，听懂了，就不要假装听不懂。”

郑权语气一滞，面露尴尬，一时无言以对。他身边的使臣唐蟒走上前一步，怒道：

“你到底是什么人？竟然敢和我家小王这样说话？”

朱婆婆不屑与他口舌，闭嘴不言，杜腾只好在旁边帮腔：“她是陛下派来协助破案的。”

羯族的小王子罗成生气道：“既然如此，那还查什么毒杀，直接查我们不就得了。”

氐族的小王子康勇附和道：“就是。还煞有介事地说凶手是什么毒杀，我看明明就是怀疑我们。”他边说边走到杜腾身前，“中原人，就是虚伪，花花肠子多。”

杜腾心里是有苦难言，虽然刚才朱婆婆的那句话，也算是给他出了一口气，但这也太乱来了，不是要将计就计吗？怎么把老底泄了出去？他本来还想把话圆回来，可是看眼下这种情况，恐怕任何解释都会是掩饰，而任何否认都会是承认。

他实在是想不明白，为什么一个商人突然就变成了天机院的人，并且还是执令使。他更加想不明白，白隐衣到底要干什么，这根本就不像是在破案，反而更像是在犯案。难道这一切都是莫缺在暗中谋划的？如果是这样的话，那就一定涉及陛下。

而一旦涉及陛下，那这件事的背后……

杜腾不敢再想下去了。

5

这一天，大家过得都很平安。但是，每个人的心里，又都很不安。

晚上，是犯罪的高发期。因为黑暗和寂静往往能掩饰罪恶的踪迹，不让人觉察。天香楼的后院，虽然有三十间客房，可是只有六间住着人，并且彼此都相隔很远。三更时分，夜色正浓，其中有四间客房的门同时打开，里面的人就像约好了一般，直接来到假山处聚集。

这几个人正是匈、鲜、羯、氐四族的小王子。

假山很大，可以遮住他们的身影，而假山上飞流直下的瀑布，也可以遮住他们的声音。

“谁能解释一下，金术的死，到底是怎么回事？”郑权压低了声音问。

“我哪知道，我还想问呢？”罗成气愤道。

“明明是我们要联合起来对付元真，怎么自己的人却先死了？”胡巴满是郁闷。

“就是，真是晦气。”康勇往地上啐了一口。

“会不会是元真发觉了，于是就先下手为强？”郑权猜测道。

“有这个可能。”罗成迟疑道，“不过，他是怎么下得手？”

“按照大理寺的说法，那天在离望山上，元真的确是没有机会。”胡巴道。

“狗屁大理寺，我看就是他们杀的金术，然后再嫁祸给那个什么毒杀，现在还让我们自己人搞来搞去，真他娘的狡猾。”康勇叫骂道。

其他三人听他这么一说，都觉得很有道理，同时望向他，问：“齐国为什么要这么做？”

康勇一怔，支支吾吾道：“这有什么为什么的，就是舍不得嫁女儿呗。我早就听说了，齐国的皇帝只有两儿一女，而他最疼爱的，就是那个女儿，还专门以她的名字修了一座宫殿。”

郑权沉思片刻，“如果真的是齐国做的，那这件事恐怕就没有那么简单了。”

胡巴明白他的意思，担心道：“是啊。齐国的皇帝，绝对不是舍不得嫁女儿，他更像是在利用嫁女儿来找机会除掉我们，同时还造成是我们自相残杀的假象。”

康勇恍然大悟，惊道：“这中原人，真是阴险啊。”

罗成感到了害怕，“那我们接下来该怎么办？”

几个人都一筹莫展，过了一会儿，康勇提议，“还能怎么办？回草原呗。”

罗成皱着眉头，道：“怎么回？他们是不会轻易放我们走的。”

又是一阵短暂的沉默，郑权犹豫再三，道：“秘密联系潜伏在江京城里的暗谍，想办法把消息带回族里给大族长，好让他们有所准备。”

康勇眼睛一亮，很赞成。罗成则很迟疑，一时不好表态。

胡巴想了想，有些担心，“这样太危险了，很容易暴露他们。”

“不到万不得已，我也不想铤而走险啊。”郑权也很无奈。

6

天香楼本来是一个繁华热闹的地方，可是自从换了老板之后，就变得异常冷清了。楼里面住着贵人，楼外面有禁军巡逻，任何外人都不得进出，感觉就像是守卫森严的皇宫。但是从另外一个角度看，也像是一座水泄不通的监狱。

或许，皇宫和监狱在本质上并没有什么不同，只是囚禁的人不同。

和亲使臣们开始吵嚷，甚至都和守卫起了争执，庸怀仁见无力劝阻，便命人去请白隐衣。

过了一会儿，穿着雪白长袍一尘不染的白隐衣风度翩翩地走了过来，在他身后，除了有清风和明月这两个赏心悦目的少女外，还有一个一直黑着脸不苟言笑的冷剑秋。

白隐衣笑着走上前，恭敬行礼，语气亲切，道：“各位，是有哪里招呼不周的吗？”

郑权不好意思地赔笑着，道：“白少楼主，其实也没什么事，就是我们想出去转转，到处看看，天天在这楼里闷着，都没有草原上的羊自在。”

白隐衣略微停顿，道：“的确是我招呼不周啊。走，今天我做东，带大家逛逛这江京城。”

众人一听，都很高兴，瞬间就围了上来，可是庸怀仁和那些禁军就是另外一副表情了。

“白老板，这样……不太妥吧。”庸怀仁担心道。

“庸大人，这几位都是真正的贵人，也是我齐国的客人，甚至以后还会成为亲人，就这样关在天香楼里，恐怕会更不妥吧。”白隐衣道。

“那……让禁军跟在后面保护？”庸怀仁建议道。

“招摇过市反而不好，还是低调一些吧。”白隐衣说的这些话，并没有避开大家，他又对郑权道，“为了不引人耳目，麻烦各位换件普通的衣服，并且每个人只带一名随从，如何？”

“好啊，我们也是这么想的。”郑权同意道。

其实，庸怀仁并不知道白隐衣的太多底细，只是云恪曾经交代过，让他不要过多干涉他的决定。可是，现在把和亲使臣带出天香楼，就等于将他们暴露于危险之下啊，这不出意外还好，万一出了意外，就算太子不会怪罪，那皇帝也会怪罪啊。

他左右衡量着，最后还是派人去通知了大理寺。

杜腾和杜平知道了这个消息后，心中的困惑多于担心，因为白隐衣来到江京城所做的每一件事，似乎都带着一点看而不透的邪气。现在摇身一变，成了天机院的执令使，就更加让人难以捉摸了，简直就是一步一谜，甚至可以说是一步一坑。

只是不知道，这个坑最后埋的是别人，还是自己。

因为暂时没有更好的办法，所以杜腾只能先让杜平多带些人手在暗中保护着。

一行十几个人，一路都是步行，也不知道是他们真的闷坏了，还是这江京城里的事物对他们来说太过新鲜，竟然会让他们如此兴奋。见到人群就挤，见到东西就买，为此白隐衣还专门雇了一辆马车跟在后面装货。

人的心情一好，就会变得非常慷慨，他们赏过路边的乞丐，拜过寺庙的香火，就连喝口茶水都会多给一些银子……整整一天，几乎走遍了大半个江京城，到了晚上，终于有了一点倦意。白隐衣提议，带他们去虫二院里放松放松。

这个提议本来并没有什么不妥，只是虫二院毕竟是风月之地，而他们又是来和亲的，所以难免会觉得有些尴尬。虽然几个人都很想去，但是最后只能言不由衷的谢绝了。在回天香楼的路上，罗成突然感到腹中绞痛，很快就倒地抽搐，口吐白沫。

羯族的使臣陈鹰连忙上前扶起，惊慌道：“小王子，你怎么了？”

这时，一个胖老太不知道从哪里现身出来，正是朱婆婆。她走到罗成身边，对他的舌头和瞳孔检查了一番，又用手蘸了一点他吐出的白沫，放在鼻间闻了闻，一副若有所思的模样。

陈鹰焦急问道：“我家小王怎么样？”

朱婆婆淡淡地说道：“救不活了。”说完，她又对空中喊道，“毒杀无形，是毒无形，而不是你无形。三天之内，我一定会抓到你，让你无所遁形。”

空中一片寂静，没有任何回应，只有路边一只流浪的黑猫叫了一声。

7

虽然杜平带着大理寺的人手，一直在暗中跟踪保护，但是现在人都已经死了，他们却连凶手是谁都不知道，甚至怎么下得手都不清楚。这种结果，让他很受挫败，觉得自己根本就没有必要现身了，于是就继续隐藏在暗中，悄无声息地离开。

在他们离开之后，另外一些隐藏更深的人也离开了，正是天机院的人。

月色正明，云挚少有兴致地在御花园里游赏，他屏退左右，只留下莫缺一个人。过了一会儿，天机院的人送来一封信。莫缺看完了信，先让那人退去，然后说道：“陛下，有结果了。他们今天一共接触了一千二百四十三个人。”

云挚沉着脸，没有说话，等他说下去。

莫缺继续道：“三天之内，能把范围缩小到一百个人，十天之内，能把范围缩小到十个人，再往下，就不是时间能缩小的了。”

云挚点了点头，道：“十个人，可以。”

莫缺略有迟疑，问道：“陛下，这些人该怎么处置？”

云挚折下一朵刚开不久的花，反问道：“如果换作是你，会怎么处置？”

“这个选择很难。”莫缺一脸郑重，“杀，不仅杀不净，他们还会隐藏得更深，更会让这次的谋划变得没有意义。不过，却是最安全的。不杀，虽然有可能把他们连根拔起，但是却有很大的风险，稍有差池，那些积蓄的力量就会反噬到自己的身上。”

云挚看着他，道：“莫缺，你变得狡猾了，说了这么一大堆，还是没有说会怎么处置。”

莫缺笑了笑，道：“还好我只是臣子，不用做皇帝的决定。”

这个夜晚，对很多人来说，注定是个不眠的夜晚。天机院的人，正在对那一千二百四十三个人的信息进行仔细地调查、核实、筛选，进而找出有可能是潜伏的暗谍。而大理寺的少卿杜平，因为挫败感，第一次开始怀疑自己的能力。

天香楼里的人，想到毫无痕迹就死去的罗成，心里充满了畏惧，很害怕下一个死的就是自己。好在他们已经联系到了暗谍，也把消息传递了出去，接下来，就希望族人能快点收到并且做出有效的反应，尽快让他们远离齐国这个是非之地。

回到虫二院后，清风的脸色有些苍白，一副心力交瘁的模样。

白隐衣看着她，担心道："不要硬撑，要不先休息一下？"

清风无力地摇了摇头，道："少爷，我可以的。"说着，就拿起笔，蘸上墨，开始在纸上画画——她画的，竟然是今天见过的每一个人，经过的每一个地方，做过的每一件事，一笔一笔，事无巨细，栩栩如生，每个陌生的面孔，都清晰可辨。

白隐衣在旁边看着这不断重现的一幕又一幕，左手的大拇指在其他四根手指上快速翻飞，仿佛是算命先生在算命一般。其实，这和算命的确有些异曲同工之妙，都是在推演，只不过一个是推演命运的走向，一个是推演事态的发展。

"乞丐。"白隐衣道。

清风停下来，闭上眼，用心回想，然后深吸一口气，一笔呵成，正是罗成赏乞丐银子的那一幕。一眼看上去，并看不出有什么不寻常，但若仔细看，就会看到那银子在扔下去的瞬间，出现了一个极其细微的裂痕，仿佛都能听到与破碗撞击时发出的声音。

只是那个声音，在嘈杂的街道上，显得有些古怪。

"他把消息藏在了银子里？"清风惊讶道。

"嗯。这是第一个。"白隐衣道。

"还有？"

"为了确保消息能够顺利送出去，我想他们每族至少会联络一个暗谍，除去羌族，也就是四个，再加上魏国，应该有五个才对。"

"那我继续画。"

白隐衣继续推演，过了大约有一个时辰，两个人的额头都出现了一层细密的汗珠儿。笔已经换了几根，墨也添了几次，画纸更是一张接一张。在清风的画中，白隐衣看到康勇在寺庙里拜佛时，一脸虔诚，烧了一炷长香，还撒了很多香火钱。

"这里。"白隐衣指着他插香的手道。

清风仔细看着，道："他把消息一起插进了香灰里？"

"嗯。这是第二个，先休息一下吧。"白隐衣扶着她一起坐下。

经过了一整夜的忙碌，终于在天亮的时候，找到了那五个人。

白隐衣在第一时间就派人出去，暗中对他们进行调查、分析和监视，如果有必要，还可以将其关押，然后换上自己的人乔装补上。而清风因为心神消耗过多，再也撑不住了，直接吐了一口鲜血在白纸上，显得触目惊心。

白隐衣连忙扶她躺下，为她把脉，道：“你要好好休养，我让孟婆婆来照顾你。”

清风虚弱地劝阻道：“少爷，不用麻烦了，我睡一觉就好了。”

“听话。”白隐衣语气温柔，给她盖好被子，“我以后，再也不会让你如此消耗了。”

“少爷，我愿意的。”清风的声音很轻，心里很甜，脸上露出了一片羞红。

白隐衣等到清风睡了，才慢慢退出房间，轻轻关好房门。他把清风的画都拿了出来，交给一直守在门外的朱婆婆，问道：“十二婆，有把握把他找出来吗？”

朱婆婆接过画，肯定道：“有。”

8

朱婆婆检查过罗成的尸体，知道他中的是什么毒，这样就不难推断出中毒的时间。

其实，严格点说，他中的是两种毒。只不过在一个时辰之内，不中另外一种，不会有丝毫毒性的伤害。但是若在一个时辰之内中了另外一种，那这两种毒就会在中毒者的体内结合，经过一个时辰的孕育，最终繁衍成致命的剧毒。

有了时间点，就能找出当时罗成所在的地方。然后再根据清风的画作，找出那些地方出现的每一个人。虽然一共出现了两百七十四个人，但是在中毒的那一个时辰之内，连续出现过两次的，却只有十三个人。

而在这十三个人当中，以朱婆婆对毒的了解，很快就锁定了目标。

白隐衣命人临摹了一幅毒杀单人的画像，还有意把脸色和眼色的特征突显出来——那是一种类似涂了胭脂的青红色。他把画像带到天机院，交给莫缺，道：“我要找到这个人。”

莫缺接过画像，只是随意看了一眼，就猜测出了身份：“原来这就是毒杀。”

在这天子脚下龙蛇混杂的江京城里，要想找一个人，简直是大海捞针，无从下手。但如果是天机院要找，那就算是躲进了棺材里，也一定会被挖地三尺找出来。由此可见，天机院对这座城池有着怎样程度的控制力和渗透力。

无论是什么人，只要是人，有两件事谁都无法避免，那就是吃饭和睡觉。当然，死人除外。但是，毒杀不是死人。所以，天机院就对江京城里所有的吃住场所进行了调查。他们的调查并不是大张旗鼓，也不是暗中走访，而是在这些场所里，本身就有天机院的人。

这些人在没有任务的时候，就是普通的人，做着普通的事。

秀水街的东边，有一家普通的客栈，和大多数的客栈一样，一楼吃饭，二楼住宿。客栈的老板很普通，有点微胖。他做的事也很普通，就是笑脸收银子。此时正是晌午，吃饭的人很多，朱婆婆就是其中一位。她坐在角落的位置，叫了几道菜，还有一壶茶，静静地吃着。

客栈里人来人往，进进出出，进得少，出得多，不知不觉，就只剩下朱婆婆和另外一个男人了。那个男人的相貌很普通，并没有什么特色，若是混在人群里，很难再找出来。

但是，如果仔细看，就会发现他的脸色和眼色有点青红色，就像是涂了一层薄薄的胭脂——那是经常与毒为伍的颜色。

不过，有谁会对一个如此普通的男人仔细看呢？

“你是来抓我的？”男人先开了口，但他没有抬头，也没有任何多余的动作，依然用筷子夹着菜吃，还给自己倒了一杯酒。

“不是。”朱婆婆也是一样，语气平淡，“我是来杀你的。”

“杀我？凭什么？”男人问。

“凭你在吃饭。”朱婆婆道。

男人拿筷子的手突然一顿，随后嘴角一扬，带着不屑，继续用筷子夹了一块牛肉，送到嘴里，用力地嚼着，道：“别忘了，你也在吃饭。”

“但是我没有喝酒。”

“可是你却喝了茶。”

“有罗成的前车之鉴，你以为我还会重蹈覆辙？”

“同样的杀人方式，你以为我会连续使用两次？”

“那我倒要好好见识一下了。”

“我也很期待，吃完了这顿饭，我们谁能自己走出去？”

“这顿饭，对我们来说，都有可能是最后一顿。所以，好好享受吧。”

客栈里虽然很干净，但是因为天气炎热，又是人员流动之地，所以难免会有一些蚊蝇出入。一只绿头苍蝇“嗡嗡”地飞了过来，在朱婆婆的身边徘徊不散，似乎对那些饭菜很有兴趣。朱婆婆拿来一个新碗，然后用手抓了一块肉放进去，就像是在喂一只小宠物。

那只绿头苍蝇落进碗里，开始吃肉。

可是，它只吃了一口，就肠穿肚烂，化成了恶心的液体，仿佛是给肉浇上了一层浓汁。

这时，一只蚊子也飞到了男人的身边。男人看着它，带着一些嘲讽的笑意，然后慢慢地撸起袖管，露出了如少女一般的肌肤，白嫩，光滑，晶莹剔透的都能看得到皮肤下面细细的血管，甚至还能感受到血液的流动，非常澎湃有力。

那只蚊子先落下去，再把嘴里的针扎进去，开始吸血。

可是，它只吸了一口，就如风中的沙雕，化成粉尘，快速消散。

朱婆婆轻轻叹息了一声，道：“你不该让它吸你的血的。”

男人完全不在意，道：“哼！吸了又如何？”

“如果只是吸了血，那也没什么关系。”朱婆婆放下筷子，一副已经吃饱了的模样，“但是，在它吸血之前，你又吃了菜，也喝了酒。这样，就有关系了。”

“三种混合的毒？”男人丝毫不显畏惧。

“是四种。”朱婆婆道。

“第四种是什么？”男人问。

“你起床时的洗脸水。”朱婆婆回答。

“噗……”男人一口鲜血吐了出来。

“你之前用这种方式杀了罗成，现在，我加倍还给你。”

/ 第八章 /

不择手段的底线

1

杜腾接到朱婆婆的消息，立即就带人过来。可是当他看到毒杀的尸体后，心里充满了疑惑，因为他一直都不相信毒杀是凶手。或者说，就算是，那也是受人指使的。怎么能不审不问，直接就给杀了呢？难道是有意在帮幕后的人遮掩？

又或者，这个人根本就不是毒杀？

不是毒杀，那又会是谁？目的又是什么？

若是在白隐衣拿出莫问令之前，他一定会问，但是现在，他什么都不想问。从第一楼偷税漏税和钱智忠处理余威的案子中就能看出，杜腾是一个很会装糊涂的聪明人。虽然表面上他是调查这个案子的主角，但实际上，他只是一个配角。

既然是配角，那就不能抢主角的戏。

毒杀的死，引起了两个人的关注。一个是天机院的莫缺，一个是慧亲王府的云天。他们关注的并不是毒杀，而是杀死毒杀的朱婆婆。这样深藏不露的一个人，绝不可能是默默无闻之辈。但是，他们调动了所有资源，却没有查到任何信息，就仿佛她是凭空出现的一般。

这简直太奇怪了。不过，更奇怪的是，她这样的一个人，怎么会甘愿被白隐衣驱使？如果说，清风和明月是因为少女怀春心生爱慕，那么这个老太婆呢？难道她只是为了报答收留之恩？这种情况，对快意恩仇、诡异莫测的江湖和江湖人来说，倒是极有可能。

杜腾来到天香楼，当着众多使臣的面，直接把毒杀被擒杀的消息公布了出来。

康勇听到后，顿感如释重负，松了一口气，问道：“这么说，就不会再有人来杀我们了？”

杜腾摇了摇头，道：“不能这么说，因为毒杀只是七杀中的一员。所以，只要雇佣他们的人没有被抓到，那你们就还是有危险。”

郑权在旁边问道：“既然如此，那你们在杀他之前，有没有审问出到底是谁在幕后指使？”

杜腾反问道：“你们以为，像毒杀这种人，会活着留下这样的机会吗？”

胡巴冷哼了一声，道：“我倒以为，是有人在故意杀人灭口。”

杜腾不怒而威，一脸正气，道：“胡巴小王子，你说话可要注意一些分寸。要知道，我是奉陛下的旨意查案的，你这样怀疑我，难道是怀疑陛下吗？”

胡巴神情一变，露出惶恐之色，没有再说话。

罗成和金术的身份一样，都是外境五族的小王子之一，所以待遇也一样，他们的尸体都被保存在冰块打造的棺材里，没有腐烂和损坏。但是，毒杀就没有这样的待遇了，他的尸体被带回大理寺，被仵作任意解剖检验，甚至研究。整个过程中，要比跟一个活着的穷凶极恶的人打交道更加谨慎，因为在他的血液里，流动着致命的剧毒，一不小心，就会被毒杀而死。

白隐衣应邀来到验尸房，他见只有仵作一个人，便随口问道：“杜大人还没来吗？”

仵作笑脸相迎，道：“他不会来，因为我只邀请了你。”

“只邀请了我？”白隐衣面露一丝诧异，笑了笑，“这我就不太明白了。”

仵作拿出一个做工精致的小木盒，打开后，里面竟然是一颗闪着光的夜明珠，这可是稀有的珍宝，价值不菲。他缓缓开口道：“这是公主十六岁生辰的时候，陛下亲自赏赐的礼物。”

白隐衣微微皱眉，道：“这我就更不明白了。”

仵作把夜明珠拿出来，放进毒杀尸体的嘴巴里，道：“这是证据。”

白隐衣终于明白过来，道：“原来你是太子的人，是想让我帮你做伪证。”

“太子说，这次要把武王彻底打压下来。”仵作道。

白隐衣沉思着，心想太子这是在栽赃诬陷，要以云未央的动机为缺口，进而牵连云飞和云闯。他不禁感到有些可悲，这就是皇族，只有明争暗斗的算计，没有真正的血脉亲情。他从悲中醒来，道：“太子和武王的党争，不管怎么说，都是内斗。所以，只要不太过分，陛下也就睁一只眼闭一只眼不去追究。但是，如果牵涉外境五族和魏国，那性质就变了。陛下可能会很生气，甚至会很失望，若真是那样，后果会非常严重的。”

“太子要的就是这个非常严重的后果，不然又如何能把武王彻底打下尘埃呢？”

“可是，如果让外境五族和魏国知道了幕后的凶手是我齐国唯一的公主，那你猜他们会怎么想？又会怎么做？到时候局势的演变，恐怕会远远超出太子的掌控和预料。”

“太子知道分寸，所以这件事只会让陛下知道，不会让外境五族和魏国知道。”

“这么大的事，恐怕是瞒不住吧。”

仵作的脸上露出一丝狡诈，道：“根本就不用瞒。因为没有人会说，也没有人敢说。”

白隐衣暗中分析着，心想他的逻辑虽然很有道理，但是现实往往很没道理。不过，事已至此，他的话根本就改变不了什么，所以只能同意。仵作见两个人达成了一致，便去请杜腾过来，然后把自己发现的“证据”交到对方手上。

杜腾看着夜明珠，心有怀疑，道：“这真的是在他嘴里发现的？”

仵作回答：“是的。白老板说，这颗夜明珠极其珍贵，很可能是来自宫中。”

杜腾转头望向白隐衣，道：“白老板是想让我去宫中询问？”

白隐衣神情严肃，“这件事不能张扬，只能让陛下一个人知道。”

以杜腾的智慧，就算不能猜测出全部，也能知道个大概，他心里情绪复杂，有一种愤怒和悲凉在心中翻涌，“白老板是天机院的人，我无权过问。但是……”他望向仵作，冷声道，“从今以后，你就给我滚出大理寺，我再也不想看到你。”

“杜大人，你这是什么意思？”仵作问。

“我自己不养狗，也不替别人养狗，哪怕是太子的狗。”杜腾道。

“你……”仵作气极，本想骂回去，但又被杜腾的气势压了下来，只好灰溜溜地离去。

白隐衣看着仵作消失的背影，又看着面不改色一脸正气的杜腾，赞赏道：“杜大人，我真的是越来越喜欢你了。”

杜腾的语气依然冰冷：“可是我却越来越不喜欢你了。”

白隐衣淡淡一笑，道：“没关系。我只在意我对别人的看法，从不在意别人对我的看法。”

2

其实，杜腾是见过这颗夜明珠的，就在云未央的生辰家宴上。当然，以他的身份，并没有资格被邀请入宴，他是因为在办理一件急案，需要请示陛下，所以才被召进了宴会厅。也就是在那时，他恰巧看到了摆放礼物的桌子上，有一颗光彩夺目的夜明珠。

他连夜进宫，亲手把“证据”交到云挚的手上。

云挚端详着夜明珠，光芒反照在他的脸上，分辨不出是阴是晴，过了一会儿，他开始剧烈地咳嗽，待平复后，问道：“有多少人知道这件事？”

杜腾回答：“回陛下，这夜明珠是仵作在验尸时发现的，当时白隐衣也在场。临行前，白隐衣特意嘱咐，这件事不能张扬，只能让陛下一个人知道。”

云挚微微点了点头，道：“嗯，那朕知道了，你下去吧。”

杜腾刚刚离开，莫缺就走了进来，云挚问：“对于这件事，你怎么看？”

“如果是太子的手段，他的确是抓住了一个千载难逢的机会。虽然他这么做，触及底线，但好在并没有越过底线。”莫缺说得很小心，“如果是公主所为……”

“没有第二个如果。”云挚直接否认，“因为未央不会那么笨，毒杀也不会那么不专业。”

“既然陛下心中早已明了，那接下来，该怎么做？”莫缺问。

“把消息透露给闯儿，朕想看看，他会怎么做？”云挚道。

这个消息是被一支无名羽箭射进武王府的，云闯看到后，立即派人搜遍全府，可是连一个脚印都没有找到。他随后快马出府，直奔壮亲王府，去找云飞。但是云飞却不在府内，他看到园子里有一个人正在种菜，恭敬地走过去，行礼道：“王叔。”

这个穿着普通，看似与寻常菜农无异的人，正是壮亲王云岚。他俯身拍了拍腿上的泥巴，缓缓说道：“我不是说过嘛，尽量不要来我这，因为你父皇不喜欢我们走得太近。”

“就算我不来，父皇也知道我和您的关系。”云闯道。

“即使知道，你也不该来，这是皇帝的威严。”云岚道。

云闯听明白了，低头认错，道：“是侄儿不周全了。”

云岚摆了摆手，表示不在意，道：“是出了什么大事吧？”

云闯把随羽箭一起射进来的纸条递过去，云岚仔细看着，面色渐渐变得深沉，他长吁了一口气，道：“怪不得。你知道这送消息的是什么人吗？”

“不知道。”云闯干脆地回答。

“这么说来，还真是有点诡异啊。”云岚意味深长地说道。

“王叔，这件事我还不确定是真是假。”

“应该是真的。不过，也要证实一下才稳妥。”

“我来找云飞，就是想让他去宫里问问未央……”

“不用去宫里了，我自己过来了。”云未央和云飞一起从外面走进来，虽然云岚也是她的王叔，但是她们并不亲近。而刘皇后之所以会选择云闯，并不是因为支持他，而是因为不支持太子和卫贵妃，这是没有选择的选择。因此云未央也颇受影响，对他们没有该有的亲情和尊重，她从云岚手中接过纸条，看了一眼，然后揉成一团，道：“这是真的，也不是真的。”

“什么意思？”云闯问。

“出现在毒杀嘴里的夜明珠是我的，但却不是我给他的。”

“你是说……是有人故意陷害你？”

“陷害我不是目的，牵连你才是目的，而所谓的‘有人’，无非就是太子。”

“这件事非同小可，我们一定要谨慎处理，不然稍有差池，就会万劫不复。”

“也没那么严重，你完全可以对我不管不问，和我撇清关系，这样就不会受到牵连。”

云闯看着她，心里在猜测她这句话的真正意思，沉思道：“如果真到了万不得已的地步，我会那么做，但是在那之前，我还不想那么做。”

云未央笑了笑，似乎对他的话很满意，道：“这的确是一个好机会，但是机会对每个人来说都是公平的。所以，既然太子可以利用它先发制人，那我们也可以利用它后发制人。”

“你已经有对策了？”云闯问。

“是早就有，一直有，我就是在等对方先动手。”云未央自信满满，继续说道，“我身边的丫鬟海棠是太子的人，夜明珠就是她偷出去的。”

云闯一听，心里一喜，道：“有了人证，父皇那边就好说话了。”

云未央摇了摇头，道：“这个人证，是万万不能留的。”

“为什么？”云闯不解。

“因为她活着，只会对外境五族和魏国有意义，而她死了，才会对父皇和我们有意义。”云未央解释道，“说到底，党争只是内斗，所以只要不太过分，父皇不仅不会阻止，恐怕还会鼓励。但是，若涉及外境五族和魏国，那就不一样了，这是大义大节，是绝对不能越过的底线。杀了海棠，毁灭人证，就是让父皇看到我们在控制底线。”

“我认为，你这么做是多此一举，你完全可以把海棠交给父皇。”云闯道。

“交给父皇，最多只能证明我的清白，以及太子的陷害。”云未央语气一转，又道，“但是，父皇最想看到的，可不是你什么都不做，而是你会做什么。”

“事已至此，我还能做什么？”云闯道。

“把太子想隐瞒的消息暗中泄露给外境五族。”云未央道。

“你疯了！”云闯一惊。

“不疯一点，又怎么能让父皇对你刮目相看？”云未央坚决道，“太子之所以要隐瞒这个消息，就是不想越过那条底线，现在我们帮他越过去。”

“你以为父皇会相信？天机院的耳目恐怕早就在暗中看得一清二楚了。”云闯道。

“就是让他们看得清楚，这样才会让父皇把这一分加到你的身上。”

“这太冒险了，稍有不慎，就会引火烧身。”

“想当皇帝，还怕冒险？想要涅槃，还怕烧身？”

3

对于海棠的死，云未央并没有刻意张扬，当然，她也没有刻意隐瞒。所以，只要是有心的人，还是能很容易调查出来的，这其中就包括云恪和天机院。一开始，云恪发现海棠失踪了，还很担心，直到后来确定是死了，才放下心来。

因为死无对证，就算知道是他指使的，那只要自己不承认，就无济于事。

这个时节，御花园里的花开得正艳，可惜现在是晚上，并不是赏花的时候。

云挚和霍红颜在浓郁的花香中结伴而行，悠闲地散着步，累了就到亭中休息。这时，莫缺走过来，向二人恭敬行礼，但一句话都没有说。霍红颜很知趣，微微回礼，然后就带着伺候的宫女和太监一起退去，同样是一句话都没有说。

“陛下，有动作了。”莫缺道。

“说来听听。”云挚道。

“未央殿里有一个叫海棠的宫女，她突然失踪了。据臣调查，她的父亲原本只是山海县的一个普通农民，但是在县令的帮助下，只用了短短几个月的时间，就成为了腰缠万贯的大地主。”莫缺稍有停顿，又道，“山海县地属并州，而并州令是太子的门生。”

“这么说，是恪儿指使那个叫海棠的宫女偷的夜明珠了。”

“是的。”

“那她失踪了，是什么意思？”

“是死了。”

“恪儿做的？”

“不，是公主做的。”

“未央……”云挚一怔，有些意外，“海棠是还她清白的唯一人证，她为什么要毁灭证据呢？”思索一阵后，他就想明白了，“原来是做给朕看的，海棠这个证据虽然能还她的清白，但是也能给外境五族留下把柄，她是想让朕看到她的分寸。”

“公主可不是一个甘愿吃亏的人，况且这件事还牵涉武王。”

“所以，她一定有后手。”

“那臣倒是很好奇。”

“朕也是很好奇。”

云闯并没有立即把消息泄露出去，而是在等待一个最好的时机，因此天机院也没有查到任何后手，这让莫缺和云挚变得更加好奇起来，同时也充满了期待。这些日子，大家都过得很平静，但是每个人，却又都感到很压抑，似乎察觉到在这平静的背后，正酝酿着风暴。

郑权等人通过暗谍放出去的消息，很快就传到了外境五族和魏国，然后他们又很快地做出了反应，集结兵马，大军压境。对于这个局面，可以说是云挚一手策划的，所以他并没有感到丝毫的意外和慌乱，他只是摆好阵势，以逸待劳地等使臣到来。

这种仗，不是说打就打的。

即使要打，也是先说后打。

而怎么打，完全取决于怎么说。

两国的使臣，虽然分别是从各自的边境出发，但是却不约而同地选择在齐国境内会合，最后一路大张旗鼓，毫不避讳，一起进入江京城。他们此举的目的很明显，仿佛是在宣告，如果齐国不能给出一个满意的说法，那魏国和外境五族将会联合起来，共同对战齐国。

云挚在宫中设宴招待，大家纷纷入席后，刚刚坐下不久，魏国和外境五族的使臣就同时举起酒杯，准备先敬一下齐国的皇帝，表示尊重。但是，却被云闯有意拦下，道：“两位大人，你们集结兵马在我齐国边境，是何用意啊？”

两位使臣对视一眼，把酒杯放下，然后其中一人说道：“我们五族的人都很想知道，羯族和羌族的小王子是怎么死的。”说话的人大约三十岁，相貌平平无奇，但双臂却是奇长，垂直下来竟然能过膝盖，若不是他天生畸形，就是练了某种武功导致了变形。

他在外境五族中颇有威望，就连大族长都尊称他为“侯爷”。

“这件事，父皇早已下了圣旨，大理寺正在调查。”云闯道。

“那调查得怎么样了？有结果了吗？”侯爷问。

云闯没有回答，一副气定神闲的样子，丝毫不显尴尬。这时，旁边的杜腾很合时宜地接过话道：“已经有了一些眉目，相信很快就会有结果了。”

“敢问杜大人，你说的眉目，指的是什么？”侯爷问。

“根据我们现在所掌握的线索，基本可以确定，凶手就是江湖中一个叫‘七杀’

的杀手组织。前些日子，我们已经擒杀了他们中的一员。”杜腾道。

“杀手组织？”侯爷嘲笑着，“呵，还真的是一些‘眉目’啊。”

“侯大人说话不用如此阴阳怪气。”杜腾一脸郑重，非常磊落地指出，“本官很清楚，在‘七杀’的背后，是有人在雇佣指使。而那个人，才是杀死两位小王子的真正凶手。”

侯爷望着他，眯起眼睛，道：“那关于那个人，你们可有什么眉目啊？”

杜腾回答：“自然是有的，只是在没有确凿的证据之前，还不便明说。”

“杜大人，在我看来，没有什么是不便明说的。”侯爷阴恻恻地笑了笑，“比如我这里也有一些眉目，就是不知道，你们敢不敢听。”

杜腾心里一紧，虽然不清楚他要说什么，但是却很清楚一定不是什么好话。不过，他更清楚，不管是什么样的话，自己都不能露怯心虚，因为这不是个人荣辱，而是齐国不容侵犯的威严，于是底气十足地回应：“你若是敢说，那我们就没有不敢听的道理。”

紧接着，他又加重了语气，“只是，你要记住，每个人都要为自己说出去的话负责。”

侯爷一脸轻松的模样，仿佛是没有听出他话里面透露出来的威胁，又或者，是根本就不在意，“我听说，在毒杀的身上，发现了一颗夜明珠。而那颗夜明珠，是未央公主十六岁生辰的时候，齐国的皇帝陛下亲自赏赐给她的礼物。”

他的语气很平淡，就像是在叙述一件显而易见的事实，他稍有停顿，又接着说道：“不知道对这样的眉目，你们有什么看法？”

4

外境五族和魏国一起集结兵马，大军压境，又同时派出使臣来谈判，这对云闯来说，就是他一直等待的最好的时机。所以在前一夜，他就暗中把消息泄露给天香楼里的人。这种先把自己逼入绝境，再反击的局面，才显得更加有力量。

云恪听到侯爷的话后，非常吃惊，甚至还有一些害怕。他怔在那里，陷入了一团迷雾当中。他想不明白，他们是怎么知道这件事的。和他一样，云挚也颇感意外，他没想到，后手竟然在这里，倒真是有些让人防不胜防，措手不及。

云未央也坐在席间，她面戴轻纱，不露真容，此时站起身来，缓缓说道：“侯大人，刚才杜大人已经提醒过你，要为自己说出去的话负责。如果你有证据，我不会有丝毫辩解，甘愿受罚。但是，如果你没有证据，那就是诬陷本公主，你说该当何罪？”

“公主，你误会了。”侯爷也站起身，但他没有一丝惧意，“我想大家都应该听清楚了，因为我刚才说得很明白，我说，我是听说。所以，我只是在给杜大人提供一个线索，至于这个线索的真假与否，那就要靠杜大人好好调查了。”

彼此蓄力已久的一击，就像是打在了棉花上，被对方轻松地化解了。

“侯大人，你们的小王子在我齐国境内遇害，我们理应责无旁贷查明真相，还你们一个公道。”云闯掷地有声地说道，“但是，你们不问缘由，就集结兵马，大军压境，是什么意思？是在威胁我齐国，还是在怀疑我齐国？”

“武王殿下，我们已经有两位小王子莫名其妙地命丧于此，并且危险还没有解除。你设身处地想一想，如果我们互换位置，你们会怎么做？”侯爷的话说得很沉稳，在情在理，不卑不亢，“我们这次来，是要确保能平安接回剩下的三位小王子。”

“如果是这样，那你们只要书信一封，我们自然会派重兵护送，何须如此劳师动众？”

“在整个齐国境内，什么样的重兵护送，会比得上天子脚下的江京城？”侯爷的这句反问，直接把云闯问得哑口无言。接着，他转身向坐在高位上的云挚行礼，“敢问齐国的皇帝陛下，关于那两位小王子的公道，什么时候给我们？”

云挚略有犹豫，道：“三天。”

侯爷满是痛快，道：“好。三天之后，我等公道。若是没有，那我们只能自己来讨了。”

云挚面露怒意，问道：“你想怎么讨？”

侯爷面对天子之怒，丝毫无惧，沉声道：“唯有倾族一战。”

“你大胆。”云闯在旁边叫道，“竟然敢在陛下面前如此无礼。你要战便战，我随时奉陪，何须这么多借口。要知道，你们还从来都没有胜过我。”

“确切点说，是我们从来都没有和武王殿下真正交过手。”侯爷看着他，意味深长地说道，“因为你的母亲是我族人，那你也就算是我半个族人，所以我们才从不与你对战，只要你来，我们就走。”

云闯心中一疼，这是他的痛处。

云恪一直在旁边坐着冷板凳，之前因为泄露消息的事情始终不敢说话，但是看到云闯一直在抢风头，心里很不是滋味，正好趁机说道：“魏丞相，外境五族的举动，虽然过激，但也是人之常情，所以我多多少少还是能理解的。不过，你魏国的举动，我就看不懂了。”

魏国的使臣名叫魏贤，官居丞相，是三朝元老。

“所谓君子不立危墙之下，我担心如果我魏国不有所举动，那下一个死于非命的，就是我魏国的太子。”魏贤虽然有七十岁的高龄，但是却身康体健，耳聪目明。

“魏丞相，你这是诛心之论，太过勉强和阴险了吧。”云恪丝毫不留情面，直接把他的话彻底撕开说透，“你是想趁火打劫？还是想浑水摸鱼？”他觉得还不够力道，便又加了一句，“又或者，这本身就是你魏国的阴谋，是想挑起我齐国和外境五族的战争？”

魏贤神色一变，道：“太子殿下，你这才是诛心之论吧！”

云恪冷笑着，根本就不理会他，道：“以和亲名义，入我齐国境内，然后暗杀外境五族的小王子，顺理成章地嫁祸给我齐国，最后你魏国渔翁得利……这个计策，真是够狠毒啊。”

魏贤怒斥：“太子殿下，你这是诬蔑！”

云恪冷哼一声，道：“是不是诬蔑，等事情水落石出了就会知道。”

5

虽然宴会上双方唇枪舌剑，针锋相对，就像是在进行一场没有硝烟的战争，但是，这个宴会的真正意义，原本就不是宴会的本身，而是表明立场和试探底线。所以，不管在宴会上大家是否吃好喝好，对他们而言，都是很圆满的。

新来的使臣，也被安排在天香楼，白隐衣作为名正言顺的礼部“招待官”，自然要好好招待一番。他几乎把整个虫二院都搬了过来，美色如云，才艺无双，供大家赏心悦目。魏国的太子和外境五族的几位小王子个个都兴致勃勃，看得出神。

不过，魏贤和侯爷就是另外一种表情了。

“魏丞相，侯爷，虽然我们之前从未曾谋面，也未曾打过交道，但是我对二位却是仰慕已久，今日得见，真是三生有幸啊。”白隐衣的这段场面话，说得很是得体。

“白少楼主过谦了，能与全天下最有钱的人同桌而坐，才是真的有幸。”魏贤笑道。

“白少楼主，大家都说第一楼富可敌国，所以，我很想知道，若真是爆发了战争，你会敌哪一国？”侯爷的语气仿佛是试探，又仿佛是玩笑。

“我虽然是一个商人，无论在齐国、在魏国还是在外境五族都有生意，但是，第一楼的根基却是在齐国，而我也是齐国人。”白隐衣的话说得很平淡，可是平淡里面又有着一种不容置疑的坚决，他望向他们，微微地笑着，显得非常邪气，接着说道，“所以，若真是爆发了战争，敌哪一国我不确定，但可以确定的是，不会敌我所在的齐国。”

“如果真的是这样的话，那我和魏丞相回去做的第一件事，恐怕就是立即驱逐第一楼在本国内的一切生意了。”侯爷的话里带着威胁的味道，因为他最是看不起商人的，认为商人逐利，随利益左右摇摆，所以根本就不会有真正坚定的立场。

“哈哈哈，侯爷可真是会开玩笑啊。”白隐衣大笑道。

“白少楼主，我是认真的。”侯爷一本正经道。

“认真的？”白隐衣非常诧异，“那就更是玩笑了。”

“白少楼主，你是害怕当真吗？”魏贤在旁边插嘴道。

“害怕？不不不……”白隐衣连连摆手，停住笑声，然后正色道，“如果二位真的是认真的，那我就要卖弄一下了。虽然你们精通政道，但是却不通商道。驱逐第一楼的生意，看似损失的是我们，不过实际上损失的却是你们自己。”

“白少楼主，此话何意啊？你可不要危言耸听。”魏贤道。

“魏丞相不要着急，听我慢慢解释。”白隐衣一副不急不缓的样子，“第一楼被驱逐后，不再与你们有生意上的往来，的确会给我们造成一些直接的损失。但是，也会给你们造成一些间接的损失。而最重要的是，你们的损失，最终会弥补我们的损失。”

“白少楼主，你这话解释得可不是很明白。”魏贤听得云里雾里。

“那我就再解释得明白一些。”白隐衣很有耐心，“我们的直接损失，是没有生意往来的利润。而你们的间接损失，是没有我们的赋税。”他有意停顿了一下，魏贤和侯爷对此心有不屑，但是并没有表露出来，他又继续说道，“这些只是大家都能看到的表面，而我要说的，是大家不能看到的里面。比如第一楼被驱逐后，市场就会出现庞大的空缺，所有衣食住行的供求关系和买卖关系都会受到影响。当然，你们会认为，本国的商人很快就能填补这个空缺，但是你们有没有想过，商人逐利，由谁来填补？又以什么价格和资格填补？这些都需要时间的磨合和市场的纠正，甚至还需要官商的黑暗交易。第一楼为了占有市场，和实现市场的平衡，这十年来付出了怎样的代价和努力，恐怕是你们根本就无法想象得到的。”

魏贤和侯爷听着，都陷入了沉思。

“再就是，第一楼一直都是以品质立足，以诚信远行。尤其是近几年，几乎垄断了很多行业，从原始材料，到技术加工，再到销售渠道和方式，以及售后的服务，都有一套属于自己完整又成熟的体系。”白隐衣说得很细致，如数家珍一般，稍缓了一口气，又道，“这些早已是深入人心，是老百姓习惯的，喜欢的。而这些，又恰恰是其他人不能模仿的，至少在短时间之内，在不经历极度的不适应之前，是绝对不能的。”

魏贤和侯爷都是聪明人，就算再不懂商道，听到这里也都该听明白了。他们万万没有想到，只是一个商人，一个第一楼，竟然能把一个国家从基层渗透到如此程度。按照白隐衣的说法，如果驱逐了第一楼，那他们的国家很可能就会面临短暂的瘫痪，甚至是一些动乱。

而在这个时候，战争再起，无异于雪上加霜。

“到了那个时候，你们若是要想快速恢复局面，那就只能请我们回去。”白隐衣轻松又狡猾地笑了笑，“而我们回去之后，一切就不一样了。会重新调整市场的格局，以及重新设定市场的规则。这样之前的损失，就会很快被弥补回来。”

白隐衣看着他们，加重了语气，又道：“相信我，第一楼绝对有那个能力和实力。”

魏贤拱手行礼，肃然起敬，“白少楼主以商治国，老夫受教了。”

“其实，这个局并不难破，只是需要一些准备和时间。”侯爷在旁边道，“虽然第一楼不可以一击而败、一扫而光，但是却可以慢慢蚕食，逐渐替换。”

“侯爷，第一楼可不是一片小桑叶，不会坐以待毙，看着自己被吃光。”白隐衣道。

“那就要看谁的手段更高明了。”侯爷道。

话说到了这里，三个人彼此相望对质，都没有了声音，但是琴声、歌声和欢笑声却更加清晰了。这时，窗户突然被风吹开，紧接着，房间里所有的灯都被风吹灭。瞬间的黑暗，让人的眼睛根本无法适应，在短时间内，都处于绝对的失明状态。

不过，很快就恢复了过来，白隐衣命人重新亮灯。

可是，当灯再次亮起来的时候，他们发现，有一具尸体躺在地上，是被切喉而死，鲜血一直在喷涌。而这具尸体，不是别人，正是氐族的小王子——康勇。

/ 第九章 /
锋芒毕露的露

1

白隐衣立即封锁现场，并派人去通知大理寺。

杜腾和杜平接到消息后，很快就赶了过来，对尸体和周围进行仔细的调查。可是除了那具尸体被切开的咽喉外，就再也没有发现任何线索。这对他们来说，简直是不可思议，因为在第一案发现场，又在第一案发时间，怎么能连一点蛛丝马迹都没有呢？

白隐衣面对这个结果，皱眉沉思，喃喃道：“影杀无踪，是影杀。”

魏贤沉浸在自己的情绪里，没有听到他说的话，既害怕又愤怒地喊道：“在我们这么多人的眼皮子底下就能杀人，而且还不知道是什么人，我看这个地方，不能再住下去了。”

“魏丞相，那你认为，哪个地方会比这里更安全呢？”白隐衣道。

“这……回魏国。”

“山高水长，难道就不怕暴尸荒野？”

“杜大人，”侯爷一直在观察尸体，可是并没有观察出来什么，他走上前，“之前陛下已经承诺过，三天的时间，要给我们公道。”

杜腾底气十足，“陛下金口，从不食言。”

该调查的调查，该处理的处理，等都做完后，杜腾和杜平就走出了天香楼，白隐衣跟在后面，问道：“杜大人，你真的什么都没有发现吗？”

杜腾有些意外，道：“当然是真的。”

“可是有时候，没有发现，也是一种发现。”白隐衣道。

“你是什么意思？”杜腾一怔。

“凶手是我放出去的。”白隐衣的这句话，不仅让杜腾和杜平感到吃惊，就连在他身边的清风和明月也感到吃惊，他笑了笑，抬头看着夜空，一颗流星刚好划过天际，解释道，“在我派人去大理寺通知你们的时候，凶手跟着一起去了。”

“你为什么要这么做？”杜腾非常不解。

“如果我说，我是后来才想明白的，你信吗？”白隐衣反问。

“不信。”杜腾回答得很干脆，“你别忘了，我们只有三天的时间。”

“那是陛下承诺的，又不是我承诺的。”白隐衣完全不把这个期限当成一回事，他语气一转，又道，“不过，人既然是我放出去的，那自然我会负责给抓回来。”

他们同行了一段路，就在街角分开了，回到虫二院的后院后，明月开口道：“少爷，再晚一点，我要去天香楼一趟。”

白隐衣望着她，疑惑道：“去做什么？”

“那个侯爷有些奇怪，我要去证实一下。”明月回答。

“证实什么？”白隐衣很担心。

“他双臂的畸形，可能是因为练了一种叫‘猿神拳’的武功，而这种武功，是‘申’卫的独家秘技。”明月说着，在后面又加了一句，“我有把握全身而退。”

“那好，戴上戒指。”白隐衣嘱咐道。

夜色渐深，星光照路，白隐衣目送明月离开，然后带着清风朝相反的方向走去。他们披着黑色的斗篷，避开人群，穿过小巷，辗转来到了一个大宅的侧门，清风上前敲门。

过了一会儿，一个家奴来开门，白隐衣拿出莫问令，一句话也不说，直接大摇大摆地走进去。那个家奴虽然不敢阻拦，但是却敢快速跑回府中通知主人。白隐衣穿过回廊，走到正堂的门口，看到里面坐着一个人，他穿着普通，就像是另外一个家奴。

但是，他并不是家奴，而是家奴的主人——云岚。

这个大宅正是壮亲王府。

“竟然是天机院的人，真让我意外啊。”云岚道。

“我还有另外一个身份，第一楼的少楼主，虫二院的老板。”白隐衣道。

“原来是你！”云岚神情惊讶，疑惑道，“那就更让我意外了。”

“王爷，我就跟你开门见山了。”白隐衣丝毫不客气，直接坐在他旁边的椅子上，端起刚送上的茶喝了一口，挑剔地点评了一番，随后道，“想必你已经听说了，之前在宴会上，陛下答应侯爷，三天之内，会给外境五族一个公道。”

“是听说了，但和我有什么关系？”

“你指的是陛下？还是外境五族？”

“无论是谁，都和我没有关系。”

“那魏国呢？它和你可是有关系的。”

“我不明白你的意思。”

“十几年前，齐魏两国战火不断，大大小小一共打了八十七仗。其中，他们胜了三十三仗，而魏国败的那五十四仗，全都是由您和宣亲王领兵指挥的。”白隐衣一脸庄重，敬仰道，“如今宣亲王早已亡故，再加上近年和平，没有战事，魏国似乎都忘记了曾经的恐惧。所以，我希望王爷能站出来提醒一下，让大家都好好回忆回忆。”

一想起当年与云雷在战场上出生入死的场景，云岚心中无限感慨。

“我为什么要帮你？”云岚问。

“你不是在帮我，我也不需要你帮。”白隐衣道。

“你应该知道我和陛下的关系，我是不会帮他的。”云岚道。

“你以为这是在帮他？”白隐衣反问，失望道，“这是国家大义，是民族大节，是连平民百姓都义不容辞的事情，何况你还是堂堂王爷。为什么？呵呵，这你也问得出口，真是让我大吃一惊啊。”他说完，就抬腿走人，一举一动都带着嘲笑和鄙视。

“慢着。”云岚站起身，叫住他，“我听说，你是太子的人。”

“我明白你的意思。”白隐衣虽然停了下来，但是并没有转过身，而是背向着他，“我知道你和武王的关系，若你这次出面，就等于帮了武王。”

“这正是我不理解的。”

“那是因为，你把事情想得太复杂了。”

“难道……你根本就不是太子的人？但是……你也不是武王的人。”云岚猜测着，似乎渐渐明白了什么，“原来你一直都是陛下的人。”

“哎！”白隐衣可悲地叹息了一声，“曾经的杀场悍将，耿直王爷，现在也变成了一个不折不扣的阴谋家。”他说着，就头也不回地走了，边走边道：“我是齐国人。”

白隐衣离开后，云飞从旁门走出来，道：“父亲，他怎么来了？”

云岚的心里，似乎有所触动，但很快就强行平静下来，道：“这个人，我看不透。以后，你要尽可能避免和他交手。如果实在是无法避免，那就先做好最坏的打算。”

2

明月黑衣蒙面，腰系软剑，悄悄潜入天香楼的后院，把侯爷引出来。两个人一路追逐交手，虽然软剑的轨迹十分刁钻，但是那双奇长的手臂却可以从各种不可思议的角度出拳化解。当明月确定了对方的武功后，战意骤减，特意拉开距离。

侯爷明显察觉到了这一点，便也停下手，问道："你到底是什么人？"

明月反问道："这句话应该由我来问你，你到底是什么人？"

"你既然有意来试我的武功，那就应该知道我是什么人。"侯爷道。

"这才是让我感到奇怪的地方。"明月道，"因为我也展示了我的武功，可是你却不知道我是什么人。所以，只能有一种解释，那就是你并不知道自己是什么人。"

"那你就留下来告诉我是什么人。"

"我现在还不能告诉你，况且，你也留不下我。"

"我要试一试。"侯爷再次出手。

明月丝毫不怯战，挥剑相迎。可是侯爷备感奇怪，不知道为什么，之前她还是招招受制，现在却是剑剑制人。侯爷心想，她的剑明明已经到了尽头，怎么还能再长一寸？难道是换了一套剑法？几个回合过后，他渐渐发现，原来她换的，并不是剑法，而是步法。

明月师承七步剑君，她开始是以剑招御敌，连刺八剑，共走了七十二步。后来是以剑意对战，刺了两百零七剑，共走了二十三步。她的剑，要么绕开侯爷的攻击，要么破开侯爷的防御，然后直刺要害。而侯爷为了保全自己，只能后退。

如果明月趁机而上，很可能取胜，但她只是停在原地，并没有再进一步。

侯爷心有不甘，又冲了上去，面对要害被刺的危险，他没有再退，而是继续向前攻击。他要赌一把，他就赌明月不会杀他。果然，明月大惊失色，连忙收剑。但就在她收剑的同时，侯爷的拳头已经打了过来，她慌乱之下，只能抬起另一只手抵挡。

不过，她的手，怎么能抵挡得住侯爷的拳头？

眼看侯爷的拳头就要打在她的身上，突然间，侯爷停了下来。因为他看到，在她的手指上戴着一枚戒指。明月抓住这瞬间的停滞，迅速抽身远去，消失在茫茫的夜色中。

侯爷愣愣地望着夜空，然后从怀中掏出一枚戒指，和明月手上戴的那枚相同，唯一不同的，就是上面刻的字不是"巳"，而是"申"。他陷入沉思，想起了很多年前的一个人，喃喃自语道："疯老头，真是不知道，这算是你选的我，还算是我选的你。"

明月回去后，看到黑暗的院子里有一抹净白，就像是一朵绽放的雪莲，她走上前道："少爷，我可以确定，那个侯爷就是'申'卫。只是，他自己似乎并不完全知道。"

白隐衣疑惑道："这是怎么回事？"

明月回答："可能是在传承的时候，出了什么意外。"

白隐衣沉思道："这么说，是要费一些周折了。"

明月道："如果他想弄清楚，自然会主动想办法来找我们。而如果他不想弄清楚，就算我们去找他，恐怕也无济于事。"

对于在和亲使团里接连不断发生的命案，无论是局内人，还是局外人，都不是置身事外的人。所以，每个人都各怀心思，要么害怕下一个死的是自己，要么担心自己会被揭露，要么利用机会构陷对手……总之，所有人都有所动作，都想做些大文章。

相比起来，白隐衣就安分了许多，或者说，是平庸了许多，一切只是在按部就班。

天亮后，白隐衣让清风把十一伯请过来，希望他能帮忙找到影杀。十一伯没有犹豫，直接就答应了。不过，他对白隐衣这种暧昧不明的态度有些不解，心里犹豫着，开口说道："少主人，你好像对这个案子并不关心啊。"

"是的。我并不关心。"白隐衣承认道。

"为什么？"

"因为不管是这个案子的本身，还是这个案子的背后，都不是这个案子的重点。"

"那什么才是重点？"

"是这个案子的结局，或者说，是这个案子的起因。"

"我不明白。"

"你认为，七杀为什么会杀那些人？"

"是有人在背后指使。"

"那背后的人是谁？目的又是什么？"

十一伯沉默着，第一次认真思考这个问题。结果发现，他不仅没有得到任何答案，反而还增加了很多疑问，"如果背后的人是公主，那目的就是自己不想嫁；如果背后的人是和亲使团，那目的就是自己想娶，或者是想借此机会嫁祸给齐国，好让外境五族和魏国联盟……"

白隐衣见他迟疑，接过话道："如果背后的人是陛下呢？"

"陛下？"十一伯想了想，立即否认道，"不可能是陛下。"

"为什么不可能？"白隐衣问。

"因为我实在是想不出来陛下这么做的目的。"十一伯回答。

"如果陛下的目的，就是眼下的局势呢？"

"那就更不可能了，这完全没有道理啊。"

"如果这不是陛下的目的，那在这天子脚下，天机院所掌控的江京城里，就更加不会是其他人的目的了。”白隐衣解释道，“至少，不管是魏国，还是外境五族，在这件事上，是不可能瞒得住陛下的。而陛下既然知道了，又怎么会让他们得偿所愿？”

十一伯觉得有些道理，犹豫道：“难道背后的人真的是陛下？”

白隐衣微微摇了摇头，道：“应该不是，因为陛下没有必要多此一举。”

十一伯一脸困惑，道：“那你刚才说……这是陛下的目的？”

“虽然目的是陛下的，但是背后的人，却不一定就是陛下。”白隐衣分析道，“据我推测，应该是魏国和某一族暗中勾结，杀害其他族人，嫁祸给齐国，进而达到联盟的目的。而陛下是看穿了他们的阴谋，先是任其所为，然后再找一个合适的时机，揭穿他们的阴谋。这样就可以在瞬间扭转局势，变被动为主动，反败为胜。”

十一伯惊叹道：“这可是一步险棋啊！”

“其实也没有那么险。我想陛下一定是做了万全的准备，就算最后无法用证据和真相揭穿他们的阴谋，也会用栽赃和嫁祸的手段，把这盆污水顺理成章地扣在他们的头上。”白隐衣稍有停顿，又道，“而我要做的，就是成为那只揭穿阴谋和扣污水盆的手。”

十一伯默默整理着思路，心里大致明白了，道：“少主人，你刚才说，这个案子的重点是结局和起因。现在结局我懂了，可那起因又是什么意思？”

白隐衣淡淡一笑：“和亲是陛下先提出来的。”

十一伯心中豁然，道：“原来这一切，都是陛下一个人布的局。”

3

云挚最近很忙，总是很晚才回到安神殿。

霍红颜对他处理和亲使臣命案的态度感到非常疑惑，完全不像他的行事风格。她知道他一定是另有谋划，只是不知道是什么谋划。直到十一伯传来消息，说明了白隐衣的推测，她才算明白，为什么这些天他和莫缺总是神神秘秘的。

“这段日子，朕冷落你了。”云挚疼惜道。

“陛下是国君，自然要以国事为重。”霍红颜却不在意。

“刘皇后和卫贵妃有没有来为难你？”云挚问。

“自从上次之后，她们就再也没有来过。”霍红颜回答。

“这还真是出乎朕的意料啊。”云挚自嘲地笑了笑。

“没有什么能出乎陛下的意料，我想很快就能如陛下所愿了。”霍红颜见云挚不解地看着自己，仿佛是在问“为什么”，于是莞尔一笑，接着说道，“因为我怀孕了。”

云挚神色一滞，没有丝毫欢喜，沉思片刻后，说道：“这就是你的谋划吗？”

霍红颜知道他所指，淡淡地回应：“这个孩子，如果陛下不让我生，那我就不生。”

云挚眼神凌厉，似乎要把她看穿一般，道：“生下来，毕竟是朕的骨肉，而且朕也想看看，他是否有帝君气相，会不会给齐国带来另外一种可能性。”

“在后宫中生下一个孩子，就像在敌军的阵营里救出一个人质，都是九死一生。”

“朕明白你的意思，但既然是天子，那就是天择之人。所以，只要不明刀明枪，朕都不会插手。是生是死，是帝是王，就看他的造化了。”

“只要陛下不让他死，那就没有人能让他死。”霍红颜语气决绝。

“那就让朕看看你的手段吧，卫刘两家能容你，但却不能容你的孩子。”云挚道。

“陛下，你是想以自己的骨肉做诱饵，看看云天的手段吧？”

“他一直不动，让朕不安。”

“云天恐怕不会为了我去冒险。”

“你的孩子，有可能会坐上那把椅子，而他，一直都在为那把椅子冒险。”

“看来云天再怎么算计，也始终都在陛下的算计中。”

“老三虽然很有才华，但是为人太过阴沉，行事又偏爱诡计，不是为政为君之道。”云挚语气真诚，“不然，他真的要比我那两个儿子更适合坐那把椅子。”

“话说回来，如果云天为人不阴沉，行事不诡计，完全符合为政为君之道，难道陛下就真的会让他来坐那把椅子？”霍红颜问。

“会。”云挚说得很坚决，让人不容置疑。

这个答案，让霍红颜感到很意外，她想了想，道：“那我就有些不明白了，陛下如今冷眼旁观，不就是要看看你那两个儿子的手段吗？”

“老天给朕的时间不多了，以他们的才德，虽然不能成为一代明君，但是做一个中庸的皇帝还是绰绰有余的。所以，只要有良臣辅佐，国事就会顺利运转，不会出现什么不可逆转的大错。”云挚用心良苦，轻咳了两声，又道，“朕是在看他们的手段，但更是在看他们的不择手段，如果能守住底线，那就一定能守住皇位和国土。”

刘皇后在安神殿亲眼见到了霍红颜之后，内心瞬间崩溃，完全破碎，她回到淑德殿，整个人还恍惚着，她把自己关在佛堂，每日吃斋念佛，她不想再争，她只想平静。中间卫贵妃来过几次，直接表明要和她联起手来，可是都被她拒之门外，连面都不见。

她本以为，这次真的做到了不争和平静。但是，当她听到霍红颜怀有身孕的消息后，她内心压抑的所有愤怒，所有仇恨，所有嫉妒，都喷涌出来，这是多少佛经都感化不了的，也欺骗不了的。她歇斯底里地叫着，一口气砸了佛像，毁了佛堂，灭了香火，烧了经书。

云未央恰时走进来，看到眼前的情景，吓了一跳，担心道："母后，你怎么了？"

刘皇后稳住情绪，平静了下来——仿佛这才是真正的平静。她深吸了一口气，一脸享受的模样，道："放心，我没事。我感觉很好，似乎比以往任何时候都要好。"

"母后，到底出什么事了？"云未央问。

"我只是不想再自欺欺人了，也不想再继续隐忍了。不管是卫贵妃，还是萧倾城，又或者是霍红颜，我都要让她们知道，我才是皇后，我才是后宫之主。以前是，现在是，以后也是。"刘皇后的语气和态度满是决绝，不留任何余地。

云未央很清楚她心里的苦，有些心疼道："母后，如果我是男孩儿……"

刘皇后伸手抚摸着她，安慰道："未央，这不怪你，就是委屈你了。我知道，你其实并不喜欢云闯，也不愿意帮他，你这么做，都是为了我。"

"我不是在帮他，我是在利用他。"

"那云飞呢？"

"我虽然和云飞亲近一些，但也只是亲近而已。"

"那我就不明白了，你的目的是什么？"

"我也是皇帝的孩子，并且还是皇后所生，血脉最为纯正高贵，凭什么他们都可以坐那把椅子，而我就不可以？"云未央这话说得理直气壮，理所当然。

刘皇后吓了一跳，倒吸了一口气，有意压低声音，"你想当皇帝？"

"如果有可能，我不仅想，还要做。"云未央回答。

刘皇后陷入了沉思，沉默了好长一段时间，她才开口道："我懂了，也知道该怎么做了。明天你把云闯和云飞一起叫过来，我有话对他们说。"

4

卫贵妃听到霍红颜怀孕的消息后，虽然没有做出像刘皇后那样过激的举动，但是她内心的不安却是非常强烈。她之前只是远远地见过萧倾城，并没有过深的接触，不过，也正因如此，萧倾城对她来说，才更像是无法攀比的传说，望尘莫及的神话。

她在萧倾城的面前，完全没有一点胜算，尤其面对的是陛下。

她左思右想，非常焦虑，最后还是去了淑德殿。她不等下人通报，直接就闯进去。在正堂里，她看到云闯和云飞都在，颇有些意外和尴尬，"哟，真是热闹啊。"

“卫贵妃，你这样来我淑德殿，太没规矩了吧。”刘皇后道。

“见过姐姐。”卫贵妃很有规矩地行了一礼，“姐姐，看你这阵仗，一定也是听说了霍红颜怀孕的消息了吧，有没有商量出什么对策？”

“身在后宫，一个女人怀了孕，还需要什么对策？”刘皇后不以为然。

“她可不是一般的女人，肚子里的也不是一般的孩子。”卫贵妃道。

“那又怎么样？在这后宫里，谁是一般的女人？谁怀得是一般的孩子？”刘皇后一改往日的谦让和隐忍，满是威严，霸气十足，“怀了孩子，未必就能生下来。生下来，未必就是男婴。是男婴，未必就能活下来。活下来，未必就能继承皇位。这中间这么多环节，你慌什么？况且，这种事，你以前也没少做，你现在怕什么？”

“她是萧倾城啊，是陛下宠爱的萧倾城啊，我怎么能不怕？”卫贵妃道。

“从今以后，你怕的女人只能有一个，那就是我。”刘皇后看着她，“滚出去。”

卫贵妃彻底怔住了，还没有回过神，就被下人推出了淑德殿。她万万想不到，一向软弱不争、一直吃斋念佛的刘皇后，竟然会变了性情。在回承欢殿的路上，她一直都在思考，她认为，一定是霍红颜怀孕的消息刺激到了她，让她神志不清，才一时做出疯狂的举动。

卫贵妃走后，刘皇后道：“关于萧倾城，我想你们应该都不会陌生吧。”

“她不是早就死了吗？”云飞疑惑道。

“是死了，但很可能，又活了。”刘皇后道。

“皇后，这到底是怎么回事？”云闯道。

“陛下的寝宫里，住着一个叫霍红颜的女子，她不仅样貌与萧倾城无异，就连气质也相同，甚至陛下对她的宠爱都是一模一样。”刘皇后停顿了一下，加重语气，“现在，她怀孕了。不管她是谁，也不管她是真是假，陛下都已经把她当成了真的萧倾城。所以，若是她的孩子出生了，那最终谁会坐上那把椅子，恐怕并不难猜测吧。”

“我记得很清楚，在小时候，父皇的眼睛里，只有云君临。”云闯道。

“君临，君临……”刘皇后喃喃道，“陛下取这个名字，就是想让他君临天下吧。”

“如果云君临没有死，太子根本就轮不到云恪来做。”云闯道。

“闯儿，你要加快步伐了，一定要在她的孩子出生之前，坐上那把椅子。不然，以后再想坐，恐怕会比现在艰难千倍万倍。”刘皇后见他神色犹疑，似乎没有多少信心，又道，“从今以后，我刘氏家族的势力，会在朝堂上下公开表明，全力支持你。”

云闯一听，心中是又惊又喜，因为一直以来，刘皇后对他的支持都很暧昧，不仅从未正式表明，还从未正式出过力，甚至可以说，支持他的唯一方式，就是不支持云恪。他论文武才德，都不比云恪差，只是他的母亲出身低微，又死得过早，没有根基。

如今刘皇后表明了态度，那就等于他有了高贵的出身，和坚实的根基。

“谢皇后。”云闯跪地行大礼。

天机院最近很忙，在忙暗谍的事情，他们已经成功把嫌疑的范围缩减到了十个人。不过再往下，调查的工作就变得异常缓慢，简直是毫无进展。因为这十个人很正常，可以说是毫无破绽。如果不是经过一步一步有证有据精心筛选出来的，还真的以为是自己弄错了。

莫缺认为，这些人很可能是切断了和上下线的联系，暂时进入深度的沉睡期。因为他本身也是做这种工作的，所以对这种工作的行为方式非常了解。他命人日夜不停地监视，一旦他们苏醒，就立即禀报。除此之外，他还发现了一些极其细微的蛛丝马迹，他推测，应该还有另外一伙人也在调查他们，并且是走在天机院的前面。

“另外一伙人？是什么人？”云挚感到非常疑惑。

“还不清楚，但可以肯定，他们的手段很高明。”莫缺道。

“恪儿和闯儿应该逃不过你的眼睛，难道是老三？”云挚怀疑道。

“如果是慧亲王，那他的目的是什么？是合作？还是威胁？”莫缺猜测道。

“其实，这些年，朕一直都猜不透老三心里的想法。但是，朕对他却一直都不怎么担心。”云挚笑了笑，问道，“你知道是为什么吗？”

莫缺想了想，老谋深算地笑着，就像是一只狡猾的狐狸，道：“因为陛下根本就不需要猜，不管慧亲王如何起笔，做什么文章，他的落笔一定都在皇位上。”

“不错。所以朕只要稳住皇位，以不变应万变，那就能立于不败。而不败，就是胜利。”云挚一副胸有成竹的模样，道，“不过，关于这另外一伙人，你还是要尽快查出来。”

“是。”莫缺道。

“和亲使团方面，你认为，那个白隐衣，能靠得住吗？”云挚问。

“那小子很有意思，虽然表现得非常张扬，但是实际上却隐藏得极深。”莫缺一副很有兴趣的模样，“就是随随便便送上门来的一个客人，都能把毒杀给杀了，而且，我还查不到这个客人的任何信息。像这种江湖高人，隐姓埋名并不奇怪，为报收留之恩，替他杀一个人也不奇怪。不过，我就总感觉，这里面，处处都透着奇怪。”

“听你这么说，朕倒是可以给他一个立功的机会。”云挚道。

“只要陛下肯给，我相信，他就一定能够抓得住。”莫缺道。

5

毫无疑问，对和亲使臣一案最头疼的自然要属大理寺，毕竟他们是本案的负责人。虽然这个“负责人”有名无实，但是所有的压力和责任却是实实在在的。至于本案真正的“负责人”天机院，或者说是白隐衣，一直扮演着礼部招待的角色，只负责吃喝玩乐。

杜平有些沉不住气，道：“父亲，难道我们就这么等着，什么都不做吗？”

杜腾叹了一口气，苦笑道：“如果不这么等着，那我们还能做什么？”

“这可不是大理寺的风格，也不是父亲的性格。”

“那是因为，以前我们是掌控者，而现在我们是被掌控者。”

“我真是想不明白，陛下到底要做什么？”

“揣度圣意本就是你我父子不擅长的。”

“既然杜大人甘愿被掌控，又怎么能说自己不擅长揣度圣意呢？”白隐衣推门而入，他身后除了有清风和明月外，还有一个瘦老头，他介绍道，“杜大人，这位是十一伯。”

“让我先来猜一猜，”杜腾看着他，道，“他一定就是那个能帮我抓到影杀的人吧。”

“果然是什么都瞒不过杜大人。”白隐衣笑着，祝贺道，“杜大人，恭喜你又要立功了，这次就让住在天香楼里的人一起来见证吧。”

“你现在让我立功，以后不会让我背黑锅吧？”杜腾问。

“这个可不好说，我相信杜大人应该早就有这个觉悟了。”白隐衣道。

之所以让住在天香楼里的人一起来见证，是因为想试探一下幕后黑手的反应，以及透露一些信息。而要想顺利地达到这个目的，最重要的就是十一伯的手段。只要他的手段足够高明，那势必会引起某些人的畏惧和关注，这样就有可能露出一些蛛丝马迹。

杜腾让杜平去把住在天香楼里的人都请到第一楼产业下的一个冷冻储藏室，这是一个冰窖，里面有三副用冰块打造的棺材。他们穿着棉衣，看到一个瘦老头正在对康勇的尸体进行检验，他检验的方式很特别，不用手，甚至都不用眼睛，只用鼻子闻。

魏贤毕竟上了岁数，冷得有些哆嗦，道：“杜大人，你这是何意啊？”

杜腾回答：“魏丞相，我是想让你见识一下大理寺查案的手段。”

十一伯检验完了康勇的尸体后，走到大家的面前，道：“案发当时，你们都在现场吧？”

他们面带疑惑，感到莫名其妙，便都没有回答，这时白隐衣在旁边道：“都在的。”

十一伯又走上前一步，贴近他们，然后用鼻子一个一个的闻。大家被闻得很不自在，但无奈是在查案，所以也只能老老实实地站在那里，眼睁睁地看着自己被一个瘦老头闻了个通透。不过好在他闻得很快，不一会儿的工夫，就结束了这尴尬的局面。

“我要去一趟案发现场。”十一伯道。

就这样，一群人又来到了天香楼，瘦老头把楼上楼下都闻了个遍，包括那扇被风吹开的窗户和那只被风吹灭的蜡烛。他闻完后，就停在原地，闭上眼睛，开始整理线索、进行排除和关联。这次过了好久，大约有半个时辰，但是在这么长的时间里，大家竟然都很有耐心地等待着，没有出言打扰，甚至都没有要求坐下来休息。

十一伯睁开眼睛，道：“走，我们去抓影杀。”

这简单明了的一句话，直接让所有人都充满了震惊，尤其是杜腾和杜平，他们在想，天机院真是藏龙卧虎，什么人都有，看来对这个案子，陛下早就做了万全的准备。

十一伯站在街口，看着人来人往的人群，除了眼睛在不停地转动，再也没有其他任何动作。大家心乱如麻，心想要在这些人里面找出影杀，简直是大海捞针。同时，他们又满是好奇，正想着这个瘦老头会用什么办法捞出那根针的时候，却见他拿出一块黑布，蒙住了眼睛。

这个举动，再次让所有人震惊。

郑权不解道：“大街上有这么多人，你又不用眼睛看，怎么去抓？”

十一伯回道：“影杀无踪，既然是无踪，那眼睛又怎么能够看到？”他开始行动，边走边闻，在人流涌动的人群中，竟然没有与任何人相撞，“眼睛看到的，只会干扰和欺骗自己的判断，最后成为影杀的帮凶，帮他逃过一切追查。”

这话虽然说得很玄乎，但是也很有道理，所以没有人反驳。

十一伯走在前面，一路穿街过巷，众人则跟在后面，始终和他保持着一个不远不近的距离。他走走停停，有时还会来回反复，他不仅一边走一边用鼻子闻，还一边走一边用嘴发出一些奇怪的声响，然后再用耳朵仔细地听，似乎这声响里面隐藏着某种神秘的信息。

这一走，就足足走了三个时辰。再好的耐心，也会被这枯燥的路途给磨得厌烦了，跟在后面的人，已经开始在低声细语，议论纷纷。不过，即便如此，在好奇心的驱使下，大家还是都想看个究竟，于是只能强忍着，继续坚持着。

就这样，一路走过来，这些权贵人物，竟然没有一个人半途停下或者离开。只是魏贤年迈，体力有些跟不上，走得比较辛苦。白隐衣是礼部招待，自然很细心，也很贴心，他拿出银子，雇了一个两人抬的轿子，魏贤坐上去，优哉游哉的，真是不亦乐乎。

不知不觉，日落西沉，到了黄昏。

十一伯走进路边的一家小酒楼，叫了两大碗米饭和四盘菜，大口地吃起来。

胡巴看到这一幕，抑制不住心中的愤怒，阴阳怪气地讽刺着："杜大人，这就是你们大理寺查案的手段吗？我今天真是见识了，也真是长了见识。"

杜腾不知该如何回答，侯爷突然插嘴道："他没有喝酒。"

"嗯？"胡巴不明白是什么意思，还以为是自己听错了。

"他只吃了饭和菜，并没有喝酒。"侯爷解释道，"这说明，他是在单纯的恢复体力。看来，他是找到影杀了，他在为接下来的一战做准备。"

大家听着他的话，心里满是怀疑，但嘴上却没有说什么。

十一伯吃完后，扔下银子，走出酒楼。他迎风站在桥上，面向夕阳，"望"着桥下的河水和岸边的柳树，一动不动。过了一会儿，他解下背上的包裹，把绸缎打开，露出一把无壳无柄无锋的重剑。就在大家以为他要拿起重剑的时候，却发现他把重剑放在了地上。

然后，他的身体就像在某种沉睡的咒语中苏醒过来，挣脱出来，得到了彻底的解放，化作一道青烟，眨眼之间就踩过水面到了岸边，同时拿出一把轻盈的匕首，直接刺进柳树的树干里。他的速度太快了，也太突然了，根本就让人无法做出任何反应。

不过，等大家能做出反应的时候，却又不知道该做出怎样的反应。

"好快！"有人惊叹道。

"他在干什么？"有人疑问道。

"难道那棵柳树是影杀不成？哈哈哈……"有人嘲笑道。

"你们看，柳树流血了。"有人惊叫道。

只见那棵被匕首刺进的柳树上，正在慢慢地向外流着鲜红色的血液。侯爷眯着眼睛，快速走过去，他伸出手去摸那棵柳树。可是他感觉自己摸到的，并不是柳树，而是某种动物和植物的皮，只不过伪装成了柳树的样子。

十一伯刚才的那一剑，对他消耗极大，所以一直在调息。他稍有恢复后，一只手抓起匕首，随后上下一划，便把"树皮"剥开，里面露出了一个胸口被刺穿的男人。

刹那间，所有人的目光，都不可思议地望过来。

"所谓无踪，只不过是穿着一副能随环境变化并融入其中的特殊皮囊而已。"十一伯语气平淡，带着不屑，"但是，也正因为特殊，才更容易被我分辨和寻找。"

/ 第十章 /

无声的试探

1

十一伯技惊四座，不仅是他刺死影杀的那一剑，还有他寻找影杀的整个过程。

当天晚上，月黑风高，江京城里暗流涌动，不管是天机院还是慧亲王府，都秘密派了人出去，而虫二院和第二楼也在商量对策。其实，白隐衣在做这个决定之前，心里就已经有了打算。他就是要让他们动起来，因为只有动起来，才有可能露出破绽。

如果一个十二婆不能让他们动，那就再加上一个十一伯。

“你准备怎么安置十一伯和十二婆？”苏迎迎问。

“和现在一样，就当什么事都没有发生，我要假装自己是一个局外人。”白隐衣道。

“莫缺和云天会相信吗？”牛栏山质疑道。

“当然不会。所以我才说‘假装’。”白隐衣笑着，又道，“我就是要让他们怀疑，但是又无法确定。因为只有这样，他们才会想办法去证明。而要证明，就要接近我。而接近了我，同样也是我接近了他们。”

“我觉得这样做不妥。”苏迎迎有些担心，犹豫道，“万一让莫缺和云天查到了你和十一伯、十二婆的真正关系，那事情就危险了。”

“要想查到我们真正的关系，就必须要先查到我们真正的身份。”白隐衣好像并不怎么担心，“云天显然知道我是谁，所以我推测，当年托付白王孙救我的那个人就是他，而既然能救我，那肯定也能救我的母亲，只不过救我母亲的人，是他自己。他这么做，就是为了利用我们。而分开我们母子，就是要保障这种利用。”

“这么说，青鸾别院的惨案，真是越来越像他做的了。”牛栏山道。

“你的意思是说，他既然想利用，那就算是让他查到了我们之间真正的关系，其实也没什么？”苏迎迎有些听明白了，在旁边推测着。

“不错。他唯一会做的，就是在利用的同时，多加一层防备。”这是白隐衣把自己想象成云天，站在他的位置上，经过反复推演得出的结论，“至于莫缺，就更加不用担心了，一是他本来就很难查出来，二是云天也不会让他轻易查出来。”

“少主人，这么一来，你可就真的是一个局外人了。”牛栏山笑着，随后似乎想起了什么，“对了，天香楼那边，用不用我派人过去看看动静？”

“不用。”白隐衣干脆地拒绝了，“有侯爷在，恐怕很难看到什么。再就是，天香楼的事情，无论怎么演变，都改变不了结局。所以，就随便他们折腾吧。”

牛栏山离开后，苏迎迎陪白隐衣在院中散步。两个人一直沉默着，谁都没有说话，走了一段路，他们停下来，她看着他，轻声问道：“你是不是在修炼《推演术》的下卷？”

白隐衣淡淡道：“我就知道瞒不过你。”

“你难道忘了仙姑的嘱咐吗？”

“我没忘。只是眼下情势危急，我需要更高的智慧。”

“可是仙姑曾经说过，掌握乾坤已是人力极限，要想洞彻天机，必定会遭受天谴，她就是最好的证明。所以她才会把《推演术》的下卷给藏起来，禁止我们修炼。”苏迎迎非常担心，也非常不解，问道，“你是从哪里找到的下卷？”

“我没有找。我是用上卷，推演出的下卷。”白隐衣回答。

“这……”苏迎迎一惊。

“其实你也不用过于担心，因为我只是刚刚窥视到天机之门，并没有走进去，就更说不上洞彻了。”白隐衣安慰着，“另外，我一直都认为，不管是上卷的掌握乾坤，还是下卷的洞彻天机，都是一种对知识和智慧极致的运用，与神仙鬼怪的天谴无关。”

“那仙姑呢？她半生凄惨，又做何解释？”苏迎迎问。

“或许，凄惨就是她的宿命吧，就像其他凄惨的人一样。”白隐衣虽然在说与神仙鬼怪的天谴无关，但是他的这句话，却仿佛还是和神仙鬼怪的天谴有关。

自从目睹了十一伯的手段后，魏贤就再也不能淡定了。

深夜，他躺在床上辗转反侧，毫无睡意。他坐起身披了一件衣服，然后悄悄地推开自己的房门，走出去，再轻轻地敲响隔壁的房门，过了一会儿，门开了，是元真。两个人相视一望，很有默契，没有任何多余的动作和话语，就像早就约好了一般，直接进了屋里。

元真把房门关上，道：“魏老，你也睡不着？”

魏贤坐下来，给自己倒了一杯水喝，道：“寝食难安啊。太子，我想我们的计划要变一变了，至少不能把希望全都寄托在七杀的身上。你今天也看到了，那个瘦老头非常厉害，七杀未必就是他的对手。而一旦他失手，暴露了我们，那就麻烦了。”

元真对这件事也是心有顾虑，“事情已经进展到了这个地步，恐怕是很难再改变什么了。况且，就算他失手，也不一定就会暴露我们，只是有些冒险。而现在的局面，只要再杀一个人，就能彻底地被我们掌控了，所以这个险还是值得一冒的。”

与此同时，在慧亲王府，也有一段类似于这样的对话。

“如果一个老太婆是巧合，那再加上一个老头子，还会是巧合吗？”云天阴沉着脸，就像是一个让人看不见底又充满畏惧的深渊，“其实，不只是他们，还有他那两个侍女，甚至就连苏迎迎和那个姓孟的老鸨都算在内。这些都不是简单的人物，但是却都在围着他转。”

“一直以来，他对这些人和事，都表现得很张扬，让人看了一目了然，所以我也没有去在意、去深究。”面具男有所省悟，并有一些后怕和被愚弄的愤怒，道，“如今看来，他的这种张扬，实际上是一种非常高明的隐藏。”

“我要想完全掌控他，就不能让他对我有所隐藏。”云天稍有停顿，沉思片刻，加重语气，又道，“至少，不能让他以为，自己能对我有所隐藏。”

“我亲自去查。”面具男道。

“你怎么查？”面具男被问得哑口无言，云天也不在意，接着说道，“这些人，要么很有身份，怎么查都一样。要么没有身份，怎么查都查不到。所以，去查，不如去问。”

“去问？”面具男不解，“怎么问？”

“当面问。直截了当地问。”云天解释道，“我推测，那小子这么做，就是想看看我的反应。既然他想看，那我就给他看，让他看个明白。”

面具男有点理解了他的想法，问道：“那让谁去？”

云天平淡地吐出一个名字：“习落花。”

“若是让他看个明白，我去更加合适吧。”面具男道。

“不。”云天直接否认，“他用他和那些人似是而非的关系将了我一军，那我也要用我和你呼之欲出的关系反将回他一军。这样，他才会真正地明白我要让他明白的事情。”

2

大约在三百年前，中原十六国的战事愈演愈烈，到了不可开交的局面。整个天下，生灵涂炭，民不聊生。而为了生存，各国各地都涌现出很多民间势力，其中最强大的，是一个叫作“十三众”的组织。据说他们有十三个首领，共有十三万属下，并且大部分都来自江湖。

很多人都知道，这十三个首领武功卓绝，智慧超群，还各有所长，彼此相辅相成，一路所向披靡。不过，很多人却不知道，他们的武功和智慧都来自两本失传已久的奇书，分别是《推演术》和《无师经》。后来，他们平息了战乱，统一了十六国，建立了大楚帝国。

这就是最开始的萧氏和十二家卫。

再后来，他们发现，由于自己出身江湖，虽然打得了天下，但却治不了天下。于是，便放权重用很有治国才华的元氏。可是没有想到，待他们百年之后，皇权被架空，遭到了元氏致命的背叛。他们被驱逐，一路南下，最后凭借着非凡的战斗力硬是以一座孤城坚守了下来。

元氏见大局已定，又一直强攻不下，便也就放弃了——这就是魏国的建立。

萧氏与十二家卫心有不甘，痛定思痛，决心要把失去的再抢回来。他们用心谋划，休养生息，整整用了一百多年的时间，再加上几代人的心血和努力，最后终于从一座孤城打到了十城百城千城……直到与魏国平分天下——这就是被齐国云氏覆灭的前楚。

关于这段历史，现在仍有很多人知道。

但是掩藏在这段历史下的秘密，当今天下，就没有几个人知道了。

天色刚亮，太阳还没有升起来，两只喜鹊就在枝头“喳喳”地叫个不停。白隐衣推开后院的正门，正准备出去，却看到门外站着一个人，不禁怔住。

“你怎么来了？”白隐衣问。

“是云天让我来的。”来人正是习落花。

“那也是他让你以这种方式来的吧。”白隐衣微叹了一声。

“是的。”习落花回答。

“怪不得喜鹊叫，原来是有客人，进来吧。”白隐衣把她请进来。

“云天肯定是怀疑我了，不然他不会让我来，更不会让我以这种方式来。”习落花道。

“他让你来做什么？”白隐衣问。

“找他。”习落花指向瘦老头，“让我当面问他，他是谁。”

"他这是什么意思？"十一伯非常不解。

"我也不知道。"习落花同样疑惑。

院子里的人，个个都在皱眉沉思，白隐衣来回踱步，然后伸出左手，大拇指在其他四根手指上快速翻飞，他在用掌握乾坤推演。过了一会儿，他的手指和脚步同时停住，道："云天真是难对付啊。他是想让我知道，他已经知道了我知道了他知道了我的真实身份。"

"他这是在向你摊牌吗？"苏迎迎问。

"不。白王孙的这张牌，他并没有摊出来。"白隐衣道。

"可是这张牌，就算不摊出来，我们也知道是什么，所以意义并不大。"苏迎迎道。

"对。意义并不大。这就是他要让我明白的。"白隐衣道。

"什么意思？"十二婆问。

"他在影射你们的真实身份，以及和我的真正关系，或许他不知道那是什么，但对他来说，都没有太大的意义，就像白王孙对我们一样。"白隐衣心里涌出一种莫名的失落感和无力感，"他是在威胁我。拿我的母亲威胁我。所以这一切对他来说，根本没有任何意义。"

"公主说得没错，他肚子里全都是这些阴谋诡计。"孟婆婆道。

"我绝不能让他得逞。"白隐衣咬着牙，又伸出右手，两只手，十根手指，一边掌握乾坤，一边洞彻天机，只见他十指翻飞，推演众生万象。不一会儿的工夫，头上就青筋暴起汗如雨下。紧接着，一口鲜血就喷了出来。

"少主人！"孟婆婆等人惊叫道。

"少爷！"清风和明月连忙上前。

"我没事。"白隐衣轻轻摆了摆手——他的手在颤抖。

"我们谁都可以乱，唯独你不可以乱，因为你一乱，就真的乱了。"苏迎迎走过来，温柔地握住他颤抖的手，"我知道你担心你母亲，但是你也要知道，以你母亲的智慧，根本就不需要你担心。她既然知道云天是什么人，又怎么会轻易被他算计？"她满是深情地望着他，掩饰不住心中的害怕，恳求道，"答应我，以后不要再用下卷。"

白隐衣看着她的眼睛，满是怜惜，不忍拒绝，"好。我答应你。"

3

影杀的死，对很多人都有意义——不管是哪种意义。可是对杜腾和杜平来说，却是哪种意义都没有。因为只是抓住了凶手，并没有侦破了案子。他们现在就像是两只缩在壳里的乌龟，躲在大理寺，不敢出去。一是怕自己会迷路，二是怕别人会追问。

不过，有些人和事，躲是躲不了的。就算你躲了，也还是会被找上门来。

魏贤和侯爷带着众位使臣来到大理寺，他们根本就不等下人通报，直接就闯了进来，到了正堂后，开门见山道："杜大人，陛下承诺的三天期限已到，该给我们公道了吧。"

杜腾心里暗暗叫苦，但表面上却不动声色，道："你们急什么，这第三天才刚刚开始。"

魏贤似乎早就预料到他会这么说，扬起嘴角冷笑着，然后找了一个舒服的椅子坐下来，道："那好，我们就在这等到天黑，到时候看你还有什么话说。"

杜平见他们如此蛮横，便要将人赶出去，可是却被杜腾拦住，道："平儿，上茶。"

杜平一怔，虽有些不情愿，但还是去吩咐下人上茶。而杜腾就像是一个主人，把他们当成了客人，拿出水果和点心，好好招待。一屋子的人，大部分的时间都在沉默和对视，偶尔也会说上几句不痛不痒的话，就这样干坐着，竟然过了整整一个上午。

杜腾让人准备了午饭，虽然比不了天香楼，但还是非常丰盛的。只不过这顿饭大家吃得小心翼翼，甚至有些莫名其妙，魏贤不明白他的意思，席间便有意无意地问了几句，可是他的回答总是含含糊糊、不清不楚，让人听完之后，就更加不明白了。

午饭后，茶、水果、点心，一样都不少。

然后，和上午一样，这些人，又继续无聊和枯燥地坐了一整个下午。

好不容易熬到了天黑，魏贤站起来，先是松了松早就坐麻的腿，随后又清了清干涩的嗓子，道："杜大人，三天期限已到，你还有什么话说？"

"你凭什么说三天期限到了？"杜腾反问道。

"你看看外面，天都黑了。"

"我看到了，天确实黑了，但那又怎么样？"

"天黑了，就说明今天结束了。"

"既然天亮才算新一天的开始，那在明天天亮之前，今天就都不算结束。"

"怎么？你堂堂大理寺卿，要赖一个晚上吗？"

"是你堂堂魏国丞相，要赖一个晚上吧。"

大家听着他们的话，不禁备感无语和尴尬，简直就像两个小孩子在无理取闹地吵架，哪里有一点朝廷大员的风范？不过，面对这种情景，在场的人，愣是没有一个人插话阻止。而就在双方吵得难分难解之时，白隐衣带着清风和明月，还有冷剑秋一起走了进来。

杜腾一见到他，心里可算是松了一口气，拖延了这么久，就是为了等他来。

“我说天香楼怎么没人呢？原来都在这儿。”白隐衣一出场，就把气氛缓和了许多，他看着他们，好奇地问道，“刚才我在老远就听到了声音，好像还很热闹，是在说什么呢？”

魏贤和杜腾都是一滞，几十岁的黑脸上竟然同时泛起了些许臊红。

自从上次的“以商治国”之后，无论是魏贤，还是侯爷，都对白隐衣另眼相看，甚至还有些敬畏。侯爷开口道：“白少楼主，之前陛下承诺过，以三天为限，要给我们小王子一个公道。可是三天时间已到，杜大人却没有给出公道。看来，我们只能进宫去面见陛下了。”

“有道理。”白隐衣微微地点了点头，表示赞同，“既然陛下承诺了，那确实该去问问陛下。”他的这句话，让很多人都是一怔，尤其是杜腾和杜平，他们心里在想，你这是在给陛下分忧，还是陛下在给你分忧？

“不过，说到公道，我倒有一些不同的看法。”白隐衣又道。

“还请赐教。”侯爷道。

“赐教不敢，只是实事求是。”白隐衣一副谦虚的模样，“据我所知，杀死金小王和罗小王的人是毒杀，而杀死康小王的人是影杀。”他诚恳地望着侯爷，又转向魏贤，以及在场的每一个人，最后把目光落到杜腾的身上，“我没有说错吧？”

其他人不知道他到底是什么意思，所以一时也不敢随便接话，而杜腾似乎在他望向自己的目光里看懂了什么，于是开口道：“没错。可以说是证据确凿，铁证如山。”

“那毒杀和影杀人呢？”白隐衣明知故问。

“都被我大理寺当场擒杀了。”杜腾底气十足，又对众位说道，“擒杀影杀的时候，各位可是都在现场，那么多双眼睛看着，应该足够清楚了吧。”

白隐衣神色清明，抱拳行礼，表示尊重，“侯爷，杀人偿命，天经地义。既然凶手都死了，那也算是给诸位小王子一个公道了吧？”

侯爷一脸怒意，道：“白少楼主，你这是在强词夺理。”

白隐衣很是诧异，道：“侯爷此话何意呀？”

“白少楼主可真是会装糊涂啊，那我就跟你说个明白。”侯爷非常生气，完全不在乎和他撕破脸，“毒杀和影杀是什么人？是中原江湖的杀手组织。而我家小王子初入中原，又不涉江湖，怎么可能和这种组织结怨结仇？况且，这种组织杀人，都是受到了雇佣。那雇佣他们的人是谁？不把这幕后的人查出来，哪来的公道可言？”

“呀！是这样啊。”白隐衣连忙赔礼，“都怪我只是一个商人，不懂朝堂，也不懂江湖。只知道杀人偿命，以命抵命的简单道理，真是让侯爷见笑了，也请侯爷息怒。”

面对态度这么好的一个人，侯爷的怒火就是再想烧，也烧不起来了。

4

这时，外面传来一阵嘈杂声，仔细一听，竟然是打斗声。

大家快速走到门口，好奇地向外望去，只见一个疤脸大汉，赤着上身，非常魁梧，势如破竹地走过来。他面对众多拦路的衙差，就像没有任何阻挡一般，轻松干脆的一拳一脚，不带丝毫花哨招式，直接就把他们击飞倒地，重伤不起。

不一会儿的工夫，就来到了正堂门前。

郑权、胡巴和元真三个人都有些害怕，躲在人群的后面。

“你是什么人？”杜腾和杜平站在最前面。

“我是来杀他的人。”疤脸大汉的目光和手指都锁定在胡巴的身上，“其余的人，你们是自己让开，还是我让你们让开？”

“是谁指使你来的？”杜腾问。

“废话真多。”疤脸大汉向正堂的人群里冲杀过去，完全是一副简单粗暴的强杀举动，他大叫道，“挡我者杀，拦我者死，没有什么可以阻碍我。”

杜平只招架了几招，就被打伤，使臣里大多都是文官，毫无招架之力，有几个会武的侍卫，也根本不是对手。侯爷一直没动，因为他没有把握打胜，所以就站在旁边观察破绽。疤脸大汉练的是金刚不坏身，刀枪不入，但这种功夫，一定要留一个气门。

而这个气门，任何刀枪皆可入，是致命的弱点。

明月抽出腰中的软剑，上前阻拦。侯爷看到后，立即就认了出来，他心里一惊，万万没有想到，那天晚上的蒙面人竟然会是她？一个贴身侍女。他神情复杂地望向侍女的主人——白隐衣，却发现白隐衣正望着自己。那眼神仿佛是在说明什么，或者是在证明什么。

明月的软剑，就像是一条灵活的毒蛇，以各种不可思议的刁钻角度咬向疤脸大汉各个有可能是气门的部位——头顶、咽喉、后颈、腋下、正胸、动脉……甚至下阴。可是，每个部位，都坚硬如铁，闭气紧关，无法进入。

冷剑秋见明月渐渐落入了下风，手便握住了剑柄，随时准备拔剑相助。可是白隐衣却向他使了一个眼色，示意他暂时不要动。他看到后，虽然有不解，但是并没有问，又把手从剑柄上拿开，继续若无其事的观战。

“侯爷，”白隐衣上前请教，“这家伙怎么这么硬？”

侯爷完全没有想到他会在这个紧要关头来问话，有些意外，回答道：“因为他练了金刚不坏身，这种武功是调动元气在体内经脉和穴道中运行，所过之处，可刀枪不入。”

“这么霸道！那岂不是天下无敌了？”白隐衣吃惊道。

“没有什么是天下无敌的。”侯爷懒得跟他解释太多。

“都刀枪不入了，难道还不是天下无敌？”白隐衣一脸疑惑的样子，又道，“对了，有一点我不太明白啊，既然是刀枪不入，那他脸上的疤是怎么来的？”

“应该是在练成金刚不坏身之前伤的。”侯爷道。

明月虽然在对战，但是白隐衣说得每一句话，她都听得一清二楚，因为她很明白，在这个时候，白隐衣是不会说毫无意义的话。她身手轻盈，绕到疤脸大汉的身后，一剑刺向已经刺了很多次都刺不进去的后脑。疤脸大汉完全不在意，根本就不去防备。

明月手腕一震，只见那把软剑在半空中画了一条弧线，竟绕过后脑，刺向了正脸。

随后，就听见一声惨叫，还看见一摊鲜血。

在旁边观战的人都是一惊，连忙望过去，他们清楚地看见，明月的软剑刺进了疤脸大汉脸上的伤疤里。这怎么可能？难道这道伤疤才是他的气门？可是，这个部位是不能做气门的啊？所有人都不明白是怎么回事，包括侯爷，也包括明月。

白隐衣从《无师经》里修炼的是内功，从某种意义上讲，金刚不坏身也算是一种内功。只不过一个是将元气运行到体外，一个是将元气运行在体内。脸上的部位原本的确是不能作为气门，这是众所周知的。但是自从受了伤留下疤之后，就又能了，这是众所不知的。而白隐衣之所以知道，是因为他们练的都是内功，并且都练到了一个至高境界，有一些相通而已。

看着疤脸大汉魁梧的身体倒下后，大家都松了一口气。可是，这口气还没松完，魏贤就发难道：“杜大人，你要好好地解释一下了。这杀手为何能如此嚣张？竟然敢在天子脚下行凶，现在又敢只身闯进大理寺来杀人，是何道理？”

杜腾语气强硬，反问道：“魏丞相以为是何道理？”

“哼！我看简直就是有人在故意纵容，甚至指使。”魏贤愤怒到了极点。

“魏丞相，你就这么沉不住气，这么迫不及待吗？”云恪和卫一鸣从外面走进来，看了一眼地上的尸体，又询问了一些情况，了解后，道，“原来这个杀手要杀的是胡巴小王子，并不是你魏国的太子，那你急什么？”云恪语气逼人，又道，“之前我就说过，这本身就是你魏国的阴谋，是想挑起我齐国和外境五族的战争。现在看来，果然是这样。”

“太子殿下，你不要血口喷人。”魏贤道。

“魏丞相，这也是我要对你说的话。”云恪道。

5

云恪和魏贤各持己见，互不退让，一直争执到了半夜，也没有个结果。

当然，他们对这种没有结果的结果是早有所料的。之所以争执，是因为另有目的。魏贤的目的是想刺激侯爷，进而促成外境五族和魏国的联盟。而云恪的目的是想多发些声音，因为他非常清楚，这些声音最后都会传到他父皇云挚的耳朵里。

两个人把该说的话都说完了，便没有了再继续说下去的意义。侯爷站在旁边听着，始终都没有表态。白隐衣知道，他的态度无论对谁来说，都是至关重要。所以，绝不能让他轻易做出决定，于是在他准备开口之前抢先说道：“侯爷，我想向你打听一个人。”

侯爷有些意外，道：“是什么人？”

白隐衣回答：“一个不是亲人，却是家人的人。”

这些天，白隐衣一直在让第二楼收集有关侯爷的一切信息，再加上自己用上卷掌握乾坤的推演，大致把侯爷和“申”卫的关系推演了出来，他接着说道：“他是一个驼背又上了年纪的老头，武功极好。虽然有些神志不清，但是有一件事却记得非常清楚。”

侯爷并没有问是什么事，因为他知道。而且，他还知道白隐衣知道他知道。

“你是要找他吗？”侯爷问。

“不。他应该已经死了，找不到了。”白隐衣道。

“那你要找谁？”侯爷又问。

“我听说，他在两年前，收养了一个孩子，我要找那个孩子。”白隐衣为了避免引起别人的怀疑，故意把二十年前说成了两年前。毕竟在那个时候，他还没有出生，哪里知道有什么亲人或者家人？况且，全天下的人都知道，他是白王孙不知从何处抱养回来的义子，本身来历不明，身世不明，怎么可能突然就凭空冒出来一个亲人或者家人？

侯爷听出了他话里隐藏的真正意思，道：“你找他是要做什么？”

白隐衣不假思索道：“当然是希望他能回家，见见我们这些家人。”

侯爷沉思着，试探道：“都过去了那么久，万一他已经有家了呢？”

白隐衣听得明白，他说的“家”指的是“外境五族”，于是反问道：“家是什么？

家并不是简单的一间房子，而是有家人，才能算是家。”

侯爷犹豫着，道：“但他毕竟只是一个被收养的孩子，能算是真正的家人吗？”

白隐衣肯定道：“当然算。因为他被收养，就是为了家人的传承。”他有意停顿，又加重语气道，“不过，我担心，收养他的人，因为神志不清，有些事情很可能会说不清楚，特别是他记得非常清楚的那件事。就像你说的，毕竟他只是一个被收养的孩子。”

这句话说得很有毛病，但是侯爷却听懂了。他一直都以为，是因为疯老头神志不清，所以有些事情才会说不清楚的，现在终于明白，原来是他神志太清了，是有意说不清楚的。毕竟自己只是他收养的一个孩子，还没有得到他完全绝对的信任。

白隐衣不想他生出太多负面的情绪，道：“我希望找到他，证明他没有被收养错。”

侯爷心里有些莫名的悲哀和愤怒，道：“有些人，是不需要被证明的。”

白隐衣紧接着说道：“但是有些人，是需要被体谅的。尤其是那样的一个老人。”

侯爷回想起了二十年前，那时候外境五族还没有和平罢战，彼此之间经常会有冲突。他的家人，全部都死在冲突中。按照草原的规矩，他的身高已经超过了车轮，需要被处死。是一个老头救了他——那个老头是在把在场的所有人都杀死之后才救得他。

后来，他乞求老头教他武功。

因为他不想再任人宰割，他想要保护他想要保护的一切。

老头对他很好，也很严厉，只是神志不清，说话颠三倒四。

同一件事，今天说是一个样儿，明天说又是另外一个样儿，也不知道哪个是真，哪个是假，权当故事听了。不过，有一件事，不管他说了多少次，却始终都没有变化。那是关于十三枚戒指的主仆关系，以及效忠、使命、守护，还有传承。

但是，他每次说到这件事的时候，都会半遮半掩，说一句留一句，根本听不出个头绪。

“天下人，无论是齐国人，还是魏国人，又或者是外境五族的人，你谁都可以杀，唯独不可以杀戴这种戒指的人。因为他们是你的家人，也是我的家人。切记。切记。”疯老头临死之前，把自己戴的戒指交给了他，这句话是他唯一的遗言。

侯爷很快回过神，颇有触动，道：“我会帮你找到他的。”

白隐衣悬着的心终于落了下来，备感欣慰，道：“那就多谢侯爷了。”

魏贤很郁闷，因为眼看侯爷就要表态了，却被白隐衣突然从中打断。

更郁闷的是，侯爷竟然会对一个陌生人感兴趣，一人一句地说了这么多，而且还完全插不上嘴。他见两个人都停下了对“陌生人”的讨论，连忙开口道：“侯爷，今天幸好有白少楼主和明月姑娘在，不然胡巴小王子恐怕就会被这个狂人给杀害了。我以丞相之位向你承诺，不管这个公道你要如何讨，我魏国都会和你外境五族站在同一条战线上。”

侯爷沉默着，没有说话，因为他在想事情。

按照疯老头的遗言，天下人，无论是齐国人，还是魏国人，又或者是外境五族的人，都可以杀。那就说明，戴戒指的人应该不属于这三方，至少不会效忠这三方。可是眼下白隐衣的处境，似乎有些微妙，他不太确定是怎么回事，所以也不知道该怎么说。

“侯爷，千万不要被仇人利用了。”云恪在旁边提醒道。

死里逃生的胡巴情急道：“侯爷，你倒是说句话啊，我们什么时候被这么欺负过？”

郑权也过来附和道：“是啊，侯爷，这个公道，我们一定要讨回来。”

“都别说了，我自有主张。”侯爷不怒而威。

“呀，天都亮了。”白隐衣望着外面渐亮的天色，很是随意地说道。

“杜大人，让你赖了一个晚上又如何？你说的公道呢？”魏贤见说不动侯爷，就只能回来说杜腾，总之是想尽一切办法要把事情逼到不可逆转的绝路上。

“魏丞相，今天我本来是要查出真相，给外境五族一个公道的。可是却被你生生托住，让我哪也去不了，什么也干不了，只能在这里好吃好喝地招待着，并且还是整整一天一夜。你是什么用意？不用说也清楚。所以说到赖，我是万万比不上你的。”杜腾一本正经道。

“杜腾！”魏贤愤怒地叫道，“你好无耻。”

“彼此彼此。”杜腾不急不躁，不卑不亢。

/ 第十一章 /

未央计

1

魏贤怒气冲冲地离开大理寺后，怕夜长梦多，便想在路上说动侯爷跟他一起进宫面见陛下，讨个公道，至少达成和魏国联盟的协议。可是侯爷却始终沉默，不说话，也不表态，这可真是急坏了他。这时，他们发现街道上涌出了很多官兵，甚至城门都关闭了。

这是怎么回事?

难道齐国的皇帝不讲邦交规则，敢公然对使臣动手?

可是那些官兵从他们身边经过时，并没有采取任何行动，这就更加让人困惑不解了。

魏贤听到了马蹄声，回头一看，是杜腾和杜平骑着快马匆忙赶来。他见此情景，心想一定是出了什么大事，情急之下，挺身走到道路中央，硬是把人和马一起拦了下来。要不是及时勒住了马缰，都有可能从他的身上踩踏过去，不死也残。

杜腾对他此举不但没有恼意，反而还肃然起敬，道："魏丞相，你要当心身体啊。"

魏贤听懂了他话里的意思，回敬道："杜大人，我是一国丞相，三朝元老，尽职尽责而已。"随后他又询问道，"杜大人，到底发生了什么事？"

"魏丞相，这次就算你真的要托住我，那我也不能留下来招待你了。"杜腾说完，一摇马缰，只听骏马嘶叫一声，便绝尘而去。

魏贤没有听到答案，心里很是不安，他又看到白隐衣从后面跟了上来，迎上前问道："白少楼主，能否告诉我，到底发生了什么事？"

白隐衣并没有隐瞒，道："刚刚从宫里传出来的消息，公主失踪了。"

"公主失踪了？是怎么回事？"魏贤问。

白隐衣欲言又止，左顾右看，凑近了一些，压低声音道："实不相瞒，我听说，公主是被劫走的，而劫走她的人，是采花大盗——梅傲雪。"紧接着，他又嘱咐道，"陛下只有这一个女儿，又是皇后的独女，非常疼爱。所以，我奉劝各位一句，不管有什么事，最好都不要在这个时候让陛下烦心。不然触犯了雷霆之怒，帝王之威，恐怕会自讨苦吃。"

魏贤微微点头，表示谢意。最后左右衡量，没有进宫，而是回到了天香楼。

他并不是怕自讨苦吃，也不是怕惹怒天子，他是觉得这件事有些蹊跷。不然三天期限刚过，公主就被劫了，这也太巧合了。不过话又说回来，劫走公主的人是一个采花大盗，这种有损皇室名誉，有辱女人名节的事又不像是假的，真是让人难以捉摸啊。

最重要的，他进宫的目的并不是要云挚给公道，而是要云挚不给公道。说白了，他是要利用这个不给公道的后果来逼侯爷跟自己联盟。可是他发现，侯爷的态度飘忽不定，为了更加有把握，他必须要先确定侯爷的态度，这样才能达到真正的目的。

胡巴捡了一条命，惊魂未定，他想让侯爷快点做出决定，至少快点离开这凶险之地。可是侯爷在外境五族的地位仅次于大族长，他怕自己的意见起不了什么作用，于是便想去找郑权一起。可是没想到，郑权比他还要害怕，率先找上门来，两个人一拍即合，直接去找侯爷。

侯爷听他们说明了来意之后，道："第一，公道是肯定要讨的，只是向谁讨，眼下还不能完全确定；第二，如果我们现在离开，就永远不能确定了。"

"侯爷，可是多待一天，就多一分危险啊。"胡巴道。

"为了给死去的人讨回真正的公道，难道多一分危险都不愿意承担吗？"侯爷道。

"侯爷，你知道我不是那个意思。"胡巴着急地辩解。

"是啊，侯爷，你也看到了，凶手简直无所顾忌，竟然敢明目张胆地闯进大理寺来杀人。这次杀的是胡巴，那下次杀的可能就是我。"郑权的内心有些崩溃。

"再给我一点时间，如果还是不能确定，我会把你们先送回族里。"侯爷道。

天色大亮，侯爷独自离开天香楼，去了虫二院。白隐衣似乎知道他会来，所以从大理寺回来后并没有去休息，而是在等候。后院里，清风、明月、孟婆婆、苏迎迎、十一伯、十二婆也都带着自己的戒指跟着一起等候。

"欢迎回家。"白隐衣道。

"有些事情，我虽然选择了接受，但是不一定就会适应。"侯爷道。

"不急于一时，你终究会适应的。"

“既然选择了接受，那我就应该相信，所以就算有很多不明白，我也不会去问。”

“其实，只要你问，我就会回答，不过这些都不重要。重要的是，你终究会明白的。”

“现在我要知道，你们需要我做什么？”

“现在的情况是，你需要我们做什么。”

侯爷一滞，没想到会是这样的回答，但是又仔细一想，无论是谁帮谁做什么，或许只是说法不同，性质都是相同的，便道：“小王子被杀的事，不能再拖下去了。”

白隐衣没有立即说话，而是伸出左手不停地掐算，他在用上卷掌握乾坤进行推演，过了一会儿，道：“明天天黑之前，我们来了结此事。”

侯爷一怔，心想这个时间是不是太紧了？毕竟这件事很复杂，而不同的结果，会导致完全不同又非常严重的后果，再加上他和白隐衣的立场都比较特殊，不禁担心道：“你有把握？”

“没有绝对的把握，但可以做。”白隐衣道，“不过，明天白天，你要帮我做一件事。”

“什么事？”侯爷问。

“和魏贤一起进宫面见陛下。”白隐衣加重语气，“把胡巴和郑权留在天香楼。”

2

云未央的床头，插着一枝梅花。

这个季节，在江京城里，本不应该有梅花的。

未央殿里，有很多侍卫、太监和宫女都受了伤，因为他们曾经亲眼看到并且亲手阻拦过梅傲雪劫走公主。除此之外，就再也没有任何线索。不过，杜腾和杜平却认为，这种没有线索，本身就是一种线索。只是，这种线索，不能往下追查，只能如实禀报。

云挚听完了禀报之后，立即就听出了其中的蹊跷，他皱着眉头，沉默着，思考着，过了好一会儿，才开口道：“朕本来还在为她担心，现在看来，是多余了。”

此时杜腾和杜平已经离开了御书房，莫缺从阴影中走出来，那苍白的脸色，看上去还是一如既往的阴森，道：“陛下，您怀疑这是公主自导自演的一出戏？”

“如果不是，怎么会被那么多人发现？而被那么多人发现了，又怎么会不惊动朕的禁军？你不觉得这很矛盾吗？未央殿里的那些人，是她故意给朕留下的目击证人啊。”云挚轻轻咳了两声，虽然从面色上看不出阴晴，但是从语气里却能听得出赞赏和一丝微怒，“在朕的几个儿女当中，或许只有她，才能做出让朕意想不到的事情。”

“公主是在表明一种态度——她不想嫁。”莫缺道。

"她还是在表明另外一种态度——她替闯儿给朕争取了一天的时间。"

"陛下，既然这是公主自己的选择，那就随她去吧。"

"事已至此，朕也只能随她去了。"云挚无奈地笑着，咳着，又道，"刚才你也看到了，虽然杜腾嘴上没有说什么，但是心里肯定满是怨言和不解，他这些天过得很辛苦。"

"是啊。杜大人因为心里明白，所以才会装作糊涂。"莫缺的语气里，有着少有的敬意，接着说道，"这件事，真是难为了他，也多亏了他。"

"他拖延不了太久，白隐衣到底准备什么时候结案？"云挚问。

"明天天黑之前。"莫缺回答。

"很好。"云挚点了点头，叮嘱道，"不过，为了以防万一，你要随时做好替补的准备，一定要保证最后的那个真相是我们需要的，千万不能有任何差池。"

"陛下放心，如果他走错一步，我就会让他立即止步，然后由我亲自走下去。"莫缺道。

云未央的失踪，让很多人都困惑不已，这其中也包括白隐衣。他实在是想不出来，隐藏在梅傲雪背后的人，到底是谁？有什么目的？直到冷剑秋送来了大理寺的调查卷宗，他才恍然大悟，原来这个一直困扰他的问题，根本就不是一个问题。

"我的这个妹妹，还真是不寻常啊。如果她是男儿身，恐怕无论是云恪，还是云闯，都要被她玩弄于股掌。"白隐衣的语气中，有着些许同情和怜惜。

"需要我去救她吗？"冷剑秋问。

"这是她自己的选择，就随她去吧。"白隐衣道。

3

云闯本就不想为云未央的事情费心，可她毕竟是刘皇后的独女，而自己又要倚仗刘皇后的支持，所以，他还是去了淑德殿，以表关心。云飞也跟着一起去了，不过，他并不是为了表示关心或者只是单纯的陪同，他是觉得这件事透露着蹊跷。

刘皇后身为后宫之主，一国之母，长期浸淫在政治和权力的中心，一生的经历和成长，不是明争暗斗，就是利用与被利用。所以，她的心性，无论在哪一方面，都远非常人可比。她见云闯和云飞不请自来，心中就已明了，但是表面上却没有显露出任何多余的情绪。

"皇后，未央妹妹有消息了吗？"云闯问。

“还没有。”刘皇后轻轻叹息了一声，带着隐隐地担心。

“皇后，在未央殿里，有没有留下什么线索？”云飞问。

“不清楚。陛下早就封锁了未央殿，没有御旨，任何人都不能进出。”刘皇后道。

“我听说大理寺已经奉旨进去调查了，有结果吗？”云飞又问。

“不知道。我只知道，他们调查完后，就去了陛下的御书房。”刘皇后道。

“这就有些奇怪了。”云飞沉思着，察觉到了一丝不对劲儿，喃喃道，“既然任何人，任何消息，都无法进出未央殿，那关于梅傲雪这个名字，又是怎么传出去的？”

“你怀疑……根本就不是梅傲雪？又或者，这件事……根本就不是真的？”刘皇后道。

“不。我相信是梅傲雪，也相信这件事是真的，因为没有人敢拿皇室的名誉和公主的名节做假。”云飞紧皱着眉头，接着说道，“但是，话又说回来，既然这件事是真的，那又有谁敢泄露出去呢？”他停顿了一下，又道，“我总觉得，是有人故意而为。”

“故意而为？是什么人？有什么目的？”刘皇后道。

“这就是我想不明白的地方。”云飞道。

“也不知道未央现在怎么样了，有没有危险。”刘皇后道。

“请皇后放心，我在来之前，看到大理寺正在全力调查，官兵也在全城搜索，而我也派出了府中的侍卫，相信未央妹妹一定不会有事的。”云闯趁机安慰着。

当刘锦瑞听说了云未央被劫走的消息后，第一时间就赶去了未央殿，可是却被守在殿外的侍卫给拦住了。之后他又去找姑姑刘皇后、父亲刘承志、以及爷爷刘邦国……这些人都是权倾朝堂的大人物，他是希望能借助他们的权势来帮忙救出云未央。

不过，他这么做，无异于病急乱投医。不仅药不对症，还人不对事。他是担心过度，自己乱了阵脚，完全慌了。如果权势大就能救出人的话，那谁的权势会比当朝的皇帝还大？云挚都束手无策，只能命大理寺去调查，那他们除了等候消息外，还能有什么办法？

他不知道怎么做，也不知道做什么，只知道不能停下来，于是就又去找云闯和云飞。结果被告知他们去找刘皇后了，所以他又折回淑德殿。刚一见面，就满是恳求的语气道：“武王，小王爷，你们一定要想办法帮我救出表妹啊。”

他说这话的时候，满头是汗，脸色发白，嘴唇颤抖——是累的，也是饿的，更是被吓的。

“锦瑞，这才半天的工夫，你看看你自己都成什么样了？”刘皇后心疼道。

“我不要紧，表妹要紧。”刘锦瑞有些站立不稳，靠着桌子勉强支撑着。

"听姑姑的话，你先回去好好休息。"刘皇后道。

"表妹还没有救出来，我怎么能休息？"刘锦瑞声音嘶哑，眼泪滚滚而下。

"锦瑞，有一个人，或许能救出未央。"云飞道。

"是谁？我去找他。"刘锦瑞一把抹掉模糊视线的眼泪。

"虫二院的老板——白隐衣。"云飞解释道，"劫走未央的是江湖人，而白隐衣不仅是虫二院的老板，还是第一楼的少楼主。第一楼是天下商主，在朝与官、在野与民、在江湖与江湖人都有生意上的来往和交道，所以以他的人脉，或许知道一些我们不知道的事情。"

"好。我这就去找他。"刘锦瑞都没有行礼告辞，直接匆忙转身离去。

"你说的那个白隐衣，真的能帮忙救出未央吗？"刘皇后问。

"我也不确定，但至少，能让锦瑞安心好过一些。"云飞道。

刘锦瑞赶去了虫二院，见到了白隐衣，他把厚厚的两摞纸放在桌子上，声音里满是恳求和颤抖，道："白老板，这是我所有的银子和店铺的契约。"

白隐衣一脸不解，道："刘公子，你这是什么意思啊？"

"白老板，我知道你在帮太子做事，所以你也一定知道我表妹的事。"

"你表妹？你是说未央公主？"

"对。我表妹被一个江湖人劫走了。"

"我听说了。"

"我希望你能帮我救出我表妹。"

"你怎么会认为，我能帮上你？"白隐衣有些疑惑，"毕竟我只是一个商人。"

"但你不是普通的商人，你是天下商主。"刘锦瑞非常焦急，"第一楼的生意遍及天下，肯定接触了很多江湖人。所以，你一定能帮我，也一定要帮我。"他指着桌子上的那两摞纸，"就当是我跟你做的一个生意，这是我的报酬。"

白隐衣看着那些银票和契约，"我需要一点时间。"

"多久？"刘锦瑞问。

"一天。"白隐衣回答。

"也就是说，明天的这个时候，我就能见到表妹了？"刘锦瑞露出欣喜。

"或许还会更早一些。"白隐衣道。

"白老板，大恩不言谢，我记在心里了。"刘锦瑞感激涕零，他强忍着，待平复后，又接着说道，"白老板，有一件事，我要向你坦白。"

"是什么事？"白隐衣问。

"前些日子，你和余威的矛盾愈演愈烈，其实是被我挑唆的。"刘锦瑞道。

“那你又是被谁挑唆的呢？”白隐衣问，见他一脸惊异的神情，随即表现出不在意的样子，轻松说道，“过去的事情就让它过去吧，现在你要做的，就是回去好好休息一晚，这样等到天亮后，我保证，你就能见到你的表妹了。”

“白老板……告辞！”刘锦瑞向他弓身行了一个大礼。

清风见他用情至深，心里颇受触动，望着他走出门的背影，带着一些责怪的语气道：“少爷，他都这么可怜了，你为什么还要收下他的钱财？”

白隐衣嘴角一扬，淡淡道：“因为他需要的不是钱财，而是心安。所以，我只有收下了他的钱财，他才能从我这里得到心安。这是商人的逻辑，他是商人，我也是商人，这种公平的买和卖会建立起良好的信任关系。”他停顿了一下，又接着道，“不过，又不完全是商人的逻辑，不然，他就不会对我说后面的那些话了。”

清风备感惭愧，低头认错，道：“少爷，对不起。”

白隐衣看着她，满眼怜惜，道：“该说对不起的人是我。”

4

侯爷一日不表态，魏贤就一日不得安宁。

现在的时间对他来说，不仅是夜长梦多的变数，还是一寸光阴一寸金的宝贵。因为十万兵马聚集边境，每一日的消耗都非常巨大。这样的僵持，对魏国而言，就像是慢性中毒，如果不能尽快医治，等到毒性深入了骨髓，恐怕就无药可救了。

他想再去说服侯爷，但又怕会引起怀疑。毕竟眼下的情况，就事实而论，还是属于“事不关己”的状态，他若是表现得太过热心，反而会弄巧成拙、适得其反。元真知道了他的顾虑后，心生一计，道：“魏老，不如我们再安排一次刺杀。”

魏贤不解，问道：“刺杀谁？”

“我。”元真回答。

“你？”魏贤惊疑，但很快就明白过来，“对。这的确是一个办法。”

“我们甚至都不需要杀手露面，只需要做一场戏就可以。”元真道。

“可是只做一场戏，恐怕很难让他们相信。”魏贤担心道。

“那就要看这场戏怎么做了。”元真很有自信，脸上显露出一种杀伐果断的狠劲儿，“简单的苦肉计肯定不行，所以，我们要做出一些牺牲。”

“你要牺牲谁？”魏贤问。

“在这个院子里，除了你和我，谁最合适？”元真道。

魏贤一怔，沉思道：“也只能如此了。”说完，他就把李无计找来。

李无计以为有什么重要的任务，心中窃喜，因为这可是他立功升官的好机会。他走进房间后，小心翼翼地关好房门，恭敬道：“太子殿下，魏丞相，找小人来，有什么吩咐？”

“李大人，有一件事，我需要你去做。”元真走到他的身前，望着他的双眼，与他相近咫尺，道，“事情做完之后，你的家人，都会受到封赏。”

“臣乃魏国之臣，理应为国尽忠，为殿下解忧。”李无计道。

“那就好，我会记住你的。”元真左手拍了拍他的肩膀，右手猛地抽出匕首刺进他的胸膛，同时拍他肩膀的左手又捂住了他的嘴，以防他叫出声来。

他挣扎着，却被死死按住，根本就无法挣脱。直到没了力气，才被放开。

他眼睛里全是困惑，气若游丝道：“为什么？”

“因为这就是我需要你去做的那件事。”元真的身上，被溅满了鲜血，他看了看，并没有擦去，似乎觉得很满意，“你放心，你的一家老小，我会帮你照顾的。”

“李大人，你安心上路吧，你是为国捐躯。”魏贤在旁边安慰道。

“我是为国捐躯……”李无计的语气里，充满了讽刺，他苦笑着，一脸的轻蔑，有泪流出眼眶。他的眼睛睁得很大，却永远失去了光芒，他死不瞑目。

元真开始布置现场，伪装成有杀手进来刺杀又逃跑的假象。为了不出纰漏，他还仔细检查了一遍，确定不会被看出任何破绽后，又用刺死李无计的那把匕首刺伤了自己的肩膀。他把窗户打破，故意制造出声响，然后大叫了两声，喊道：“有刺客！”

住在院子里的人，很快就涌了出来。

侯爷看到了他的伤势，问道：“是怎么回事？”

元真一脸后怕的样子，捂着流血不止的肩膀，声音颤抖又悲痛，道：“终于轮到我了，要不是李大人替我挡了致命的一剑……”

侯爷向房间里望去，看到了李无计的尸体，沉默不语。

魏贤冲了出来，就像燃烧着熊熊怒火，道：“侯爷，我们不能再这样耽搁下去了，这明明就是任人宰割啊。不管怎么样，我明天就进宫面圣，一定要讨个公道。”

侯爷看着他，一脸郑重：“我跟你一起去。”

5

云恪心里非常郁闷，他本来是想利用陷害云未央的机会，进而将云闯彻底打下尘埃。可是万万没有想到，他们不仅轻松化解了危机，还出尽了风头，甚至反将自己推进了险地。他虽然很不愿意承认，但是也不得不承认，这不是实力的差距，这是智力的差距。

同样一件事，双方所看待的角度、深度和广度都不同。

而这些不同，正是决定输赢的关键。

一直以来，他都认为，自己手握权势，可以做到一切事情。可是，他现在深深感受到了力不从心，他从来都没有如此强烈地需要别人的帮助。他需要一个智力超群的人，他需要一个运筹帷幄算尽天下的人——这个人，就是缥缈山知心湖玲珑小筑的主人。

“不管付出什么代价，我一定要见到苏迎迎。”云恪下定了决心。

“不是你要见我，是我要见你。”一个蒙着白色面纱的女子走了进来。

虽然云恪之前没有见过苏迎迎，但是在最近这段日子，却是经常听说。他望着眼前面容被遮掩的女子，仿佛看到了刺眼的锋芒，并且还带着一种看而不透的神秘和高深。他可以肯定，能有这种气质，能给他这种感觉的人，一定就是那个被传成神女的玲珑心。

“真没想到，苏姑娘会来。”云恪又惊又喜。

“你应该想到的。”苏迎迎平淡地回应。

“不知苏姑娘此话是何意？”云恪不解。

“之前我被刺客刺伤，我就说过，我会万倍奉还。”苏迎迎道。

“苏姑娘，你不会是怀疑我吧？”云恪有些心慌。

“怪不得你会一直输。”苏迎迎的这句话虽然很有轻蔑讽刺之意，但是她的语气却没有任何情绪，“刺客是云飞通过第二楼找的，而云飞是替云闯找的。这次我要见你，就是为了帮你对付他们。同时，也是帮我自己。还有，我之前已经接下你的名帖了。”

云恪一听，满脸笑意，这简直就是喜从天降，道：“那苏姑娘想怎么对付他们？”

“云闯和你一样，就像是一棵树，只是他要比你多一些枝叶而已。”苏迎迎的声音没有高低起伏，也没有疑问和感叹，她所有的语句都是陈述，“如果只是剪除这些枝叶，虽然也会伤到树，但是却伤不到根本，并且过不了多长时间，还会有新的枝叶长出来。”

云恪默默听着，思考着她话里的意思，没有插话。

“不过，不管云闯的那棵树，枝叶有多茂盛，他始终都有一个地方比不上你。而这个地方，才是一棵树赖以生存的关键所在。”苏迎迎接着说道，“那就是树的根。

他这棵树，是没有自己的根的，他是嫁接依附在别的根上生长的。”

云恪听明白了，她所说的“根”指的是“母亲”。

“苏姑娘，我懂你的意思。可是，后宫的局势，要么一成不变，要么瞬息万变，就眼下而言，我不能保证，我的根就比他的根扎得更深。”云恪有些担心，没有隐瞒，很坦诚地直接指出，“虽然皇后对他的支持，一直都是名义上的，但是现在，却完全不同了。而我的母亲，也有了自己的烦恼，根本就没有心思理会我。”他停顿了一下，“讽刺的是，她们这种不同的转变，竟然是因为相同的一件事。”

苏迎迎看着他，没有说话——她在等他说话。

云恪接着说道：“我昨天进宫去看望母亲，听她说，父皇的安神殿里，住进了一个名叫霍红颜的女子，还怀了身孕。这种事，在后宫，原本并不算什么事。但是，这个名叫霍红颜的女子，无论容貌气质，还是言谈举止，都和早已死去的萧倾城一模一样。”

苏迎迎心里大惊，但是表面上却不动声色，她一如既往的平淡地说着：“斩断树根，需要利器，而这个名叫霍红颜的女子，就是那把利器。”

回到了虫二院的后院，苏迎迎就把从云恪那里听来的话转说给大家，所有人都非常激动，而其中最为激动的，自然是白隐衣，他抑制不住内心的兴奋，道：“是母亲，一定是母亲。我要想办法去见她，至少要联系她，让她知道我现在的情况。”

十一伯递了一个眼色，十二婆会意，道：“少主人，我认为这样做，有些不妥。”

“哪里不妥？”白隐衣疑惑。

“云天最大的倚仗，就是利用你们母子，相互制约和威胁。所以，只要这种制约和威胁还存在，那你们母子就算身处险地，也不会有真正的危险。”十二婆语气一转，又道，“但是，如果你联系了主人，让云天察觉到了，那就说明这种制约和威胁不存在了。”

“对。那样就真的有危险了。”白隐衣立即省悟过来。

“况且，以主人的智慧，她很可能早就知道了你的情况。”十二婆道。

“对啊。她不来联系你，恐怕也是因为这些顾忌。”十一伯道。

6

晚风徐徐，灯火阑珊的窗檐下，一个男子抚琴而坐。他穿着一件雪白的长袍，胸口处绣着一枝血红的梅花。他的脸，长得异常俊美，并且看不出是什么年纪。在他的身后，是一张大床，床上躺着一个美貌少女——正是齐国唯一的公主云未央。

或许是琴声的原因，也或许是睡了一整天的缘故，她缓缓地睁开眼睛，发现自己在被褥下的身体竟然是一丝不挂，而且还散发着淡淡的梅花香，毫无疑问，一定是刚刚沐浴过。抚琴男子突然止住琴声，动作缓慢地转过身，目光温柔地望着她，淡淡道：“你醒了。”

当云未央看到他的脸时，非常吃惊，不过很快就恢复了平静，道：“我曾经给你幻想过无数张脸，可是却没有一张脸，能符合你现在的样子。”她看着他，仿佛是在欣赏，又带着近乎调戏的语气道，“恐怕谁都不会想到，采花大盗梅傲雪，竟然会长得这么俊俏。”

“只是一副皮囊而已。”梅傲雪毫不在意。

“千万别小看了你的这副皮囊，它可真算得上是一副好皮囊啊。”云未央继续欣赏着，打趣道，“其实，就算你不去采花，也会有很多花自己送上门来，心甘情愿地让你采。”

“那你这朵花会吗？”

“我当然不会。”

“所以我才要去采花。”

“我和其他的花不一样。”

“哪里不一样？”

“我是公主。”

“在我看来，你们并没有什么不一样，因为每一个少女，都是公主。”梅傲雪慢慢地走过去，坐在床边，然后把手伸到被褥里，摸到了她光润滑嫩的肌肤。

虽然云未央能控制自己的心理，但是却不能控制自己的生理。梅傲雪的手，就像是刚刚抚琴一样，在她的皮肤上轻轻弹奏着。她的身体立刻就有了反应，仿佛是在回应，那感觉很奇妙，就像是一个被扔入石块的湖面，泛起了涟漪，正一点一点地荡漾。

“人的身体，才是最诚实的。”梅傲雪一把掀开被褥，望着她如白莲花般的身体。

“你可知道，你这么做的后果？”云未央下意识地用手遮挡，但所有的一切都展露无遗。

“要么我娶了你，要么你杀了我。”梅傲雪低下头，很享受地闻着，吻着。

“我知道你不会娶我。”

“但我知道你会杀我。”

“那你还要继续做下去？”

“我做我的，你杀你的，这是两件事。”梅傲雪说着，就将整个人压在她的身上。

“如果你非要做，那我要在上面。”云未央之前一直没有动，哪怕是被他摸遍全身，闻遍全身，吻遍全身，她都没有动。可是现在，她却动了。她动得很突然，连梅傲雪都觉得很意外，来不及防范。

“还没有哪个女人，能骑在我的身上。”梅傲雪翻身，又把她压在身下。

“我说过，我和其他的女人不一样，我要你记住我。”云未央还想翻身，但是却被牢牢压住，动弹不得。她不死心，抱紧他的腰，让他贴近自己，然后张开嘴，去咬任何能咬到的部位。两个人从床上翻滚到地上，相互撕扯和啃咬，不一会儿的工夫，彼此就鲜血淋漓。

“你真是个疯女人，不过再怎么疯，也还是个女人。”梅傲雪咆哮着，他头发散乱，看上去很是狼狈，胸口处绣着的那枝梅花已经被折断，甚至就连衣服也被撕得碎烂不堪，他索性把剩下的几块破布彻底撕掉。

“这样才公平。”云未央一脸倔强。

“哼！男人和女人，从来都没有公平。”

“啊……”云未央感觉到了不可抗拒的疼痛。

梅傲雪的神情开始扭曲起来，他完全变成了另外一个人，暴躁，贪婪，邪恶……

这是一场战争，一场男人和女人之间的战争。它与情欲无关，也与爱恨无关，只与地位和尊严有关。

不知过了多久，也不知是怎么结束的，仿佛是劫后余生，云未央先睁开了眼睛。

她看到梅傲雪就躺在身边，正在熟睡。

她凝视着梅傲雪，说实话，心里的情绪一点都不复杂。她慢慢地靠过去，越靠越近，但她也只是想把他看得仔细一些，再仔细一些。因为他是她的第一个男人，甚至很可能还会是唯一的男人。所以，她不仅要让他记住，还要记住他。

她伸出手，去摸他的脸。

他一把抓住她的手，睁开眼睛，道：“你这样可杀不了我。”

她把手挣脱开，道：“我一定会杀了你，只不过不是现在。”

“那你现在要干什么？”梅傲雪问。

“我现在要再做一次。”云未央回答，然后就霸道地骑到他的身上。

/ 第十二章 /

阳谋的阴谋

1

刘锦瑞奔波了一整天，没有吃饭，也没有休息，早已心力交瘁。不知不觉，他又游荡到了未央殿外，他忽然发现，守护的侍卫不知道为什么都撤离了。他顾不上询问缘由，还以为是云未央回来了，他心里抱着这一丝希望，赶紧走了进去。

仿佛在一日之间，未央殿就成了一座空殿，里面一个人影都看不到，甚至连太监和宫女都没有。他走到云未央的床前，望着空荡荡的床，一脸难过和失望。他伸手摸着床单，似乎是想感受到云未央留下的体温，可是他感受到的，却只有刺骨的冰冷。

或许是他真的累了，他躺在床上，闭上眼睛，沉沉睡去。

他做了一个梦，在梦里，他看到一个模样俊美的男子走进来，双手抱着一个用雪白床单包裹的女子。那男子先是把女子放到他的身边，然后再把床单打开，露出了一丝不挂的云未央。他看到后，连忙又用床单盖上，激动道："表妹！真的是你，你回来了。"

云未央看着他，有些意外，但是一句话都没有说。

刘锦瑞又把目光转望向那个男子，问道："你是谁？"

那个男子回答："梅傲雪。"

"是你！就是你劫走的我表妹。"刘锦瑞叫道。

"不错，就是我。"梅傲雪不只是平淡，更是冷淡。

刘锦瑞握紧了拳头，满腔怒火，准备冲过去，吼道："我要杀了你。"

云未央从床单里伸出一只光滑赤裸的手臂，抓住他的衣服，道："你不能杀他。"

“为什么？”刘锦瑞不解。

“因为我要亲手杀了他。”云未央语气坚决。

“我等你。”梅傲雪说完，直接走向门外。

云未央神情淡漠，让人看不出有什么情绪，一眼不眨地望着他离开的背影，一句话都没有说。直到他完全消失在渐亮的天色中，才收回目光。她把身上的床单裹了裹，将自己严严实实地裹在里面，然后半坐起身子，道：“表哥，你怎么在这？”

刘锦瑞看到她平安回来，心里是抑制不住的欢喜，兴奋道：“表妹，我今天去了好多地方，求了好多人，一整天都是迷迷糊糊昏昏沉沉的，我也不知道怎么的，就走到这了。”

“求人做什么？”云未央问。

“还能做什么？当然是救你了。”刘锦瑞道。

“救我？”云未央心里微微一顿，“有人答应你吗？”

“没有，他们都不知道该怎么救。”刘锦瑞摇了摇头，“最后是虫二院的老板白隐衣答应了我的请求，他是第一楼的少楼主，有江湖上的关系。他对我说，我很快就能见到你，结果我真的很快就见到你了，我一定要登门去谢谢他。”

“你认为，是他救了我？”

“难道不是吗？”

“当然不是。”

“那是谁？”

“就是你刚才看到的那个人。”

“梅傲雪？他不是劫走你的人吗？”

“是。但他也是送我回来的人。”

“我不明白。如果不是白老板的帮忙，他怎么会劫走了你，又送你回来？”

“那是因为你不清楚他是什么人。”

“我只知道他是江湖人。”

“他是采花大盗，专挑处女下手，得逞之后，就会把人安然送回来，从不伤人性命。”

“表妹，那你……”刘锦瑞欲言又止。

“我能安然回来，自然是已经让他得逞了。”云未央脸色平淡。

“我不相信。”其实刘锦瑞不是不相信，而是不愿意相信，或者说，是不愿意接受。

“我有证据。”云未央把裹在身上的床单打开，裸露出滑嫩洁白的身体。刘锦瑞连忙偏过脸不去看，但却被她伸手给摆正过来，然后指着床单上那一枝血红的梅花，道："这是我破身的血，你看多刺眼，多好看。不过，它只有一次，以后不会再有了。"

"够了，表妹，你不要再说了。"刘锦瑞叫道。

"这是事实，不管怎么逃避，它都存在。"

"表妹，你知道我的心意，我只在乎你。"

"真的只在乎我吗？那你会娶我吗？"

"我当然会。"

"我不相信。"

"我可以证明。我现在就回去，和父亲商量，让他进宫求陛下赐婚。"刘锦瑞一边说一边向门外走去，可是只走了两步，就停了下来。

云未央看着他一脸犹豫、有话要说的样子，道："怎么？这么快就后悔了？"

刘锦瑞往回走了两步，走到她面前，看着她，郑重其事地说道："表妹，我不是后悔，我只是想让你明白，你可以不嫁给我，但是你不可以认为自己不完美。因为你在我心里，一直都是最完美的，而你也应该、也值得、也必须要拥有完美。"

云未央听懂了他的话，心里涌出一股感动和激动，深情回应："谢谢表哥。"

刘锦瑞怔在那儿，迟疑着，过了一会儿，小心翼翼地问道："那……我还要回去吗？"

云未央嫣然一笑，一脸羞红，道："你不回去和舅舅商量，谁来求父皇赐婚？"

刘锦瑞所有的担心瞬间就变成了开心，他蹦蹦跳跳的，就像是一个孩子，或者是一只小动物，快速向门外跑去，可是跑了两步，又停了下来。

"表哥，你又怎么了？"云未央问。

"我忽然想起一件事。"刘锦瑞道。

"什么事？"云未央问。

"我怀疑这是在做梦。"刘锦瑞的脸上有着不确定的认真，"我跑了一整天，没有吃饭，也没有休息，又累又饿，一定是不小心睡着了。"

"表哥，真是辛苦你了。"云未央双手捧着他的脸，然后把自己的脸贴在他的胸前，满是心疼地说道："这不是梦，这是真实的。就算是梦，也是一场永远不会醒来的梦。"

"我怕我走出了这个房间，就会从梦里醒来。"刘锦瑞心里很害怕，"而醒来后，发现你还没有回来，那我就真的不知道该怎么办了！"

"不会的，不会的。"云未央安慰着，"那你就先不要回去，留下来陪我。"

两个人躺在床上，相互依偎着，沉默着，虽然没有再说什么话，但是却很温暖。不知不觉，他们都睡着了，从嘴角扬起的笑意不难看出，一定是做了一个很美的梦。这一觉睡到了中午，刘锦瑞先醒来的，当他第一眼看到身边熟睡的云未央时，满心踏实。

“这真的不是梦，但却更像是梦。”他喃喃自语。

2

云挚昨晚颁下了两道口谕，一暗一明。

暗的是解除对未央殿的封锁，所以那些侍卫才会撤离；明的是取消今天的早朝，所以太极殿才会空空荡荡的，只有他和莫缺两个人。以往的时候，他都是坐在最高处的龙椅上，居高临下地俯视着下面的文武百官，显得他们很渺小。可是现在他站在下面，仰望着上面的龙椅，竟然也是同样的渺小。他微微怔住，不禁自嘲地笑了起来。

“陛下，您在笑什么？”莫缺问。

“朕在笑，位置坐得高，不一定就真的是万人之上。”云挚道。

“虽然万人之上与位置坐得高低无关，但是却与坐位置的人有关。所以，就算陛下躺在床上，也仍然是万人之上。”莫缺本来以为，他是担心自己的身体，怕以后不能上朝，所以才说了这样一番话。可是话刚说出去，就觉得有些不妥，因为陛下在床上御女无数，也算是一种“万人之上”，于是连忙又解释，“陛下，臣好像说错话了。”

云挚看着他，心里猜测出了几分，笑道：“你不是说错话了，你是不识数啊。朕的后宫才有几个人？掰着指头就能数过来吧。”云挚忍不住地大笑起来，又用手指点着他，“老东西，如果你不是太监，肯定就是这个躺在床上的‘万人之上’。”

莫缺跟着一起笑着，一点都不觉得尴尬和难堪，仿佛是故意让云挚消遣。

总管太监冯公公从外面走进来，禀报道：“陛下，他们来了。”

云挚脸上的笑容瞬间全无，他并没有立即理会，而是一步一步稳稳地走到高处，坐在龙椅上，然后居高临下地望着下面空旷的大殿，沉声道：“让他们进来吧。”

不一会儿，魏贤和侯爷就走进了大殿，一起向云挚恭敬行礼道：“外臣拜见陛下。”

“两位大人不必拘礼，有话就直说。”云挚道。

“陛下，那我就开门见山了，我们是来讨要公道的。”魏贤道。

“魏大人，你这开得是哪扇门？见得又是哪座山啊？”云挚语气深沉，“不要把顺序颠倒了，不是你们来讨要公道，而是朕要还给你们公道。”

魏贤一怔，似乎并不介意他的这种说法，道：“陛下，您之前亲口承诺过，三天之内会还给我们一个公道，可是现在期限已经过了，我们却没有看到公道。”

云挚点了点头，表示赞同，道：“的确是这样。”随后他语气一转，又道，“所以，朕想问问你们，如果不能还给你们公道，那会是一个怎样的结果？”

魏贤没有说话，偏过脸望向侯爷，侯爷面无表情，很是沉稳，道：“陛下，我之前就已经说过了，如果不能还给我们公道，那我们就唯有倾族一战，自己来讨。”

“嗯，你是说过，朕记得。”云挚的神情并没有什么变化，语气也是轻描淡写，他把目光转望向魏贤，“魏大人，那你们魏国呢？”

“自然是和外境五族一起，共同对战齐国。”魏贤一副正义凛然的样子。

云挚眯着眼睛，不仅没有怒意和惧意，反而还有一丝得意，道：“算一算，我们真的已经有好些年没有打仗了，看来，也是时候该比划一下了。”

魏贤一惊，没想到他竟然不怕战，于是就用更加不怕战的语气道：“陛下，我要郑重地提醒您，我魏国和外境五族联盟，齐国可是毫无胜算。”

云挚并不在意，问道：“是吗？那你们想怎么战胜我齐国？”

“我们兵多将广，两倍于你们，自然会一战而胜。”魏贤道。

云挚没有说话，只是微微笑了笑。他的这种反应，就像是听了一个不太好笑的笑话，又不得不向讲笑话的人表示一下尊重。不过，这种尊重，更像是轻蔑。

莫缺很合时宜地走上前一步，他的脸原本就显得阴森，再加上诡异的笑容，就更让人毛骨悚然了，道：“魏大人，如果由你来统领，就算是再多十倍的兵将，恐怕也会输。”

魏贤望着他，心想能在皇帝身边，又能随时说话的，肯定不是普通人，道：“你是谁？”

“怎么？你花了三百万两来悬赏我，却不知道我是谁吗？”莫缺道。

“你是天机院的院长莫缺！”魏贤一惊，很是激动。

“你还是叫我莫瘸子吧。”莫缺笑着，“这些年，天机院一共向魏国派出去九百七十二名暗谍，其中暴露了三百六十四名，召回了两百三十八名，也就是说，还有三百七十名在潜伏。我通过他们的潜伏，知道了你人老心不老，在碧水巷里金屋藏娇。我还知道，你藏的娇并不是你的小妾，而是你的女儿，至于你这个女儿的母亲是谁……”

“莫瘸子！”魏贤大声打断他，满是愤怒，“我承认这件事我做得不够光彩，但是如果你认为，这样就能拿国事来威胁我的话，那就大错特错了。”

“魏大人，你放心，对于任何人，任何事，我只会直接动手，绝不会拿来威胁你，这是我对你最基本的尊重。”莫缺就像是一只地府里索命的无常鬼，“我跟你说这些，只是想告诉你，只要前线边境的战争开始，那魏国后院的战争也会暴发。”

“哼！你以为，只有你天机院有暗谍吗？”魏贤道。

“梁振华、陈秀秀、方仕超、顾念平、吕燕儿……”莫缺开始不停地念着名字，他每念一个名字，侯爷和魏贤的神色就会深沉一些，他一直念了二十几个，似乎还有很多没有念出来，但是他不再念了，而是说道，“两位大人，这些人的名字，你们肯定不陌生吧。”

这里面，有十个人是他缩减的暗谍名单，还有几个是他之前就掌握的，剩下的那些，都是他胡编乱造的。魏贤听到了一些熟悉的名字，侯爷也听到了一些熟悉的名字，另外一些自己不熟悉的，他们都以为，是对方熟悉的。两个人相互望着，心里充满了危机。

“莫瘸子，你太危言耸听了。先不说我根本就不相信有那么多暗谍，就算有，比起正面战场的数十万大军，那也是不值一提。”魏贤毫无惧色，态度强硬，“所以，只要我们从正面战胜了，那你们暗地里的那些小伎俩是扭转不了战局的。”

“你误会了，我不是要扭转战局，也不是要雪中送炭，我是要锦上添花。”莫缺道。

“你想以一国之力，胜我两国联盟，凭什么？”魏贤道。

“就凭我们。就凭你们在正面战场上，从来都没有打胜过。”壮亲王云岚和武王云闯一起走进来，他们身穿铠甲，就像是统领兵马的大将军，威风凛凛，“老匹夫，我看你是好日子过久了，把当年的恐惧和疼痛都给忘了，看来我真是有必要敲打敲打了。”

3

自从云雷死了之后，云岚就再也没有进过宫，到现在已经整整有十年了。这件事并不是什么秘密，很多人都知道，并且还知道他和云挚有着不可调和的矛盾。所以，当他走进太极殿的时候，不仅让莫缺和云挚感到意外，就连魏贤和侯爷也同样感到意外。

“壮亲王，我还以为你和宣亲王兄弟同心，感情深厚呢？”魏贤故意戳他的痛处。

“老匹夫，我看你真的是老糊涂了，连自己的身份都搞不清楚了。”云岚没有表现出任何疼痛之意，他一脸的轻蔑和不屑，嘲讽地笑着，厉声说道，“要想管我的家事，你还没有那个资格。而要想管我的国事，你就更没有那个资格了。”

“云岚，你也别太嚣张，毕竟你已经有十年没上过战场了。”魏贤道。

“那是因为，这十年来，还没有一场战事，是值得让我亲自上战场的。”云岚道。

“哼！所谓长江后浪推前浪，我看你这一浪，是早就被推到了沙滩上。”魏贤道。

“哈哈，我看你魏国的后浪是初生牛犊不怕虎，因无知而无畏啊。”云岚道。

“既然如此，那多说无益，我们战场上见胜败。”魏贤故意表现出一副很生气的模样，然后硬拉着身边的侯爷，跟他一起向云挚告辞，准备离去。

“两位大人，不必着急。”云挚留住他们，“再等等，或许事情还有转机。”

“转机？是什么意思？”魏贤心里一怔，有一种不好的预感。

“是这样，今天早上，大理寺的杜大人来向朕复命，他说他本来是可以如期破案，还你们公道的，可是却为了招待你们，耽误了一天。所以，他就又向朕多要了一天的时间，朕也答应了。”云挚语气平淡，说得很轻松，“他还特意强调，这多要的一天时间，不是到明天的天亮，而是到今天的天黑。看外面的天，应该很快就要黑了。”

魏贤担心事情有变，道：“陛下，您之前已经承诺一次，难道还要再承诺一次吗？”

云挚知道他真正要说的并不是“承诺”，而是“不兑现承诺”，便道：“你不相信朕，朕能理解，毕竟朕食言在先。不过，对于这件事，朕仍然坚持。”

魏贤有些为难，他不好拒绝，又不愿同意，于是把目光望向侯爷。

侯爷沉思道：“都等了这么久，也不差再多等一会儿。”

魏贤一怔，一颗心彻底悬了起来。

云挚见他们没有反对，便命人赐座，然后对云岚道：“老四，你能来，朕很欣慰。”

云岚道：“我来不是为了你，而是为了国事。”

“对朕来说，国事和家事都是一件事。”云挚道。

“但对我来说，却是两件事。”云岚道。

“所以，你永远都有选择，而朕永远都没有选择。”

“选择在人，不在事。”

“好吧。那朕……今天也做一个选择。”

“你选择什么？”

“你为国事而来，理所应当。但你为家事而来，就是朕欠你人情了。”

“我说过，我不是为你……”云岚强调道。

“老四，这是朕的选择，不是你的选择。”云挚打断他，“朕欠你的人情，朕会还。”

“我不需要你还。”

“老四，话不要说得太满。”

4

侯爷在进宫之前，故意把胡巴和郑权留在天香楼，而魏贤担心会生出什么变化，便也把元真留了下来。可是，当他们进宫之后，白隐衣就派了几个人，蒙着面，硬闯进去，用武力把胡巴、郑权和元真强行劫走，关在一处隐秘的宅院里。

他们被分开关押，每个人单独一间，身体被绑着，脸被蒙着，不能动，也不能看。

房间外，杜腾有些恼火，他忍了又忍，实在忍无可忍，怒斥："你也太乱来了，无凭无据，怎么能这样就把人给抓回来？你到底想怎么审？"

白隐衣一脸轻松，把这个难题推了回去，嘿嘿笑道："不是我审，而是你审。"

"你这是要让我背黑锅了？"杜腾道。

"或许是要让你立功呢？"白隐衣道。

"你还是直接说吧，到底要让我做什么？"杜腾知道自己无法主导，干脆任凭差遣。

"不是做什么，而是怎么做。"白隐衣一副胸有成竹的样子，"杜大人，我先给你讲一个故事吧。"他似笑非笑，"外境五族中有一族和魏国暗中勾结，密谋一起杀害其他四族，然后再帮助他成功娶到公主，进而成为五族的大族长。这样外境五族和魏国就会联盟，一起对付我齐国。"他顿了顿，又问，"杜大人，你觉得这个故事怎么样？"

这不是故事！这是阴谋论！

杜腾之前听过云恪的"阴谋论"，那是专门针对魏国的，而他的"阴谋论"是连同外境五族一起针对，显得更加阴谋。不过，不管怎么说，这两个"阴谋论"，虽然无凭无据，但是却都有着很清楚的逻辑关系。所以，他有些不确定，犹豫道："难道这是真相？"

"是不是真相，都不是重点。"白隐衣邪气地笑了笑，"如果是真相，那我们就把这个真相公布于众；如果不是真相，那我们就把它变成真相，然后再公布于众。"

"你到底要让我怎么做？"杜腾越来越迷惑。

"很简单，你只要进宫把魏贤和侯爷请来，让他们一起做个见证就可以。"白隐衣道。

"那之后呢？"

"之后的事情，我会交给小杜大人来做。"

"白老板，你不要太过分。虽然我可以给你背黑锅，但是不能涉及我儿子。"

"杜大人，凭良心讲，我什么时候让你背过黑锅？一直以来，我可都是让你立功的。"

杜腾一怔，仔细回想了一下这些天发生的种种事情，虽然有些荒唐和不讲究章法，但是结果却的确如此。不过，就算如此，他还是非常不放心。杜平在旁边走上前一步，道："父亲，就让我来做吧，在这件事上，我信得过白少楼主。"

杜腾无奈，道：“白老板，你可别辜负了我父子的信任。”

白隐衣微微一笑，没有回应，等他离开后，对杜平道：“你真的信得过我？”

杜平很冷静，“我没有选择，也不能拒绝。所以，只能相信你了。”

“原来是被逼无奈啊。”白隐衣叹息了一声，有些失望，“说实话，我真的很不喜欢你这种可怜兮兮的态度，让人感觉很没有担当。”

“白少楼主，请你不要轻易定义我是什么态度，况且，我也不需要你的喜欢。还有，我既然做了，无论是立功，还是背黑锅，我都会承担。”杜平不想跟他继续纠缠这些事情，直奔主题，“按你刚才说得那个故事，谁才是和元真暗中勾结的那个人？”

“你认为会是谁？”白隐衣反问。

“既然强杀的目标是胡巴，那么郑权就比较可疑，或者说，比较合适。”杜平分析道。

“我倒是认为，胡巴更可疑，或者说，更合适。”白隐衣有不同的看法。

“为什么？”杜平不解。

“七杀之前一共出手过三次，并且每次都轻易得手。”白隐衣没有正面回答他，而是反问道，“可是这一次却失手了，你有没有想过，是为什么？”

“他不该和明月姑娘正面交手。”杜平道。

“整整一天的时间，他随时都可以出手，却一直都没有出手。偏偏要等到明月去了，他才出手。你认为，他和明月正面交手，是巧合？还是刻意？”白隐衣道。

“难道是刻意的巧合？”杜平越来越不确定。

“是郑权？还是胡巴？你自己决定。”白隐衣笑了笑，“不要再说你没有选择了。”

5

杜腾进宫之后，向云挚说明了情况，然后把侯爷和魏贤带了过来，一同而来的还有云岚和云闯，而白隐衣也命人通知了云恪和卫一鸣，甚至还把魏国和外境五族的其他使臣也请了过来——既然是要公布于众，当然是人越多越好。

白隐衣见人都到齐了，道：“各位，据说这处宅院是工部的巧匠专门设计的，虽然表面上看不出有什么特别，但是我刚才亲身体验过，还真是很特别。比如我们站在外面，不仅能听到里面的声音，还能看到里面的情景，并且里面的人不会有任何察觉。”

说着，他就把大家带到一间房门外，指着门边的一个竹筒道：“魏丞相，您先来吧。”

魏贤也不谦让，直接走上前，眼睛顺着竹筒望进去，他看到房间里面有两个人，一个是杜平，另一个身体被绳子捆绑着，脸被黑布蒙着，看不出是谁。

“上次让胡巴逃了一命，这次就不能让你也再逃一命了。”杜平用手捏着嗓子，故意变换了声音，明显是不想让人听出来是他。

“你是谁？你要做什么？”这个声音很熟悉，正是郑权。

门外的魏贤大吃一惊，望向杜腾，道：“杜大人，你的胆子也太大了吧！”

侯爷也立即发问，道：“杜大人，难道这就是你让我们来看的公道？”

杜腾有苦难言，但又不得不言，道：“两位大人少安毋躁，还请耐心旁观。”

这时，房间内又传出了杜平奇怪的声音：“我是谁不重要，重要的是，我可以放你一命。”

被蒙在黑暗里的郑权仿佛看到了生机，连忙求饶：“只要你不杀我，让我做什么都可以。”

“让你做外境五族的大族长呢？也可以吗？”杜平道。

“你是什么意思？”郑权很是困惑。

“我会先帮你杀掉胡巴，然后再帮你娶到公主，这样你就能顺理成章地做上大族长了。”

“这对你有什么好处？”

“你做上大族长之后，第一件事就是和魏国联盟，一起讨伐齐国。”杜平就像是一个阴谋家，“而为死去的四族小王子讨回公道，就是出师之名。”

“原来你是魏国人。”郑权明白过来，语气里少了一些软弱，多了一些强硬，“这么说，还真是被齐国的那个草包太子说中了，这一切从头到尾都是你们策划的阴谋。”

门外的魏贤是又惊又怒，他准备推门而入，却被白隐衣拦住。

“你们这是在做什么？简直太过分了！是想诬陷我魏国吗？”魏贤愤怒道。

“魏丞相，所谓假的真不了，真的也假不了。所以，还是继续听下去吧！”白隐衣道。

“魏丞相，我们都有明辨是非的能力，你不用担心会被误导或者是被冤枉。”侯爷道。

魏贤的心里愈发不安，总感觉事情在脱离掌控。他本来是想能够得到侯爷的支持，这样面对云岚、云闯和云恪的时候，就不会处于太大的弱势。可是他没有想到，侯爷竟然会是这种态度，这让他非常无奈，毫无办法，只能硬着头皮继续听下去。

“事情你已经明了了，如果你不答应，我就会去找胡巴。”杜平道。

“如果他答应了，那我就会死。”郑权道。

“正是。”杜平道。

“我不答应。”郑权肯定地回答。

“你不怕死？”杜平问。

“怕。但我更怕生不如死。”郑权回答。

杜平审完之后，并没有从正门出来，而是从里面的侧门直接走进了旁边的房间。门外的众人看到后，也跟着一起走到了旁边的房门外，然后顺着门边的竹筒望进去。这间的情景和之前的那间差不多，也有一个身体被绳子捆绑着、脸被黑布蒙着、看不出是谁的人。

杜平依然捏着嗓子道：“你真的以为，通过第二楼，我就查不到雇主是谁了吗？”

“大侠，有话好好说，这里面一定有误会。”是元真的声音。

门外的魏贤听到后大发雷霆，要硬闯进去，可是却又被白隐衣给拦住。

魏贤大叫道：“难道你们齐国的人都是强盗吗？竟然敢这么对待我魏国的太子！”他的这一声高呼，让在场的所有魏国人都骚动起来，满是愤怒的要破门而入，去救元真。

云岚往前一站，他的身躯就像是一扇城门，简直是牢不可破。他曾经是魏国的噩梦，而在场的魏国人当中，还有很多人都记得他，不禁心底涌出恐惧，停住脚步，止住声音。他不怒而威，又满是杀机：“谁要是再动，那我就让谁再也不能动。”

“云岚，你欺人太甚。”魏贤怒不可遏。

“老匹夫，我欺你又如何？”云岚道。

“侯爷，你倒是说句话啊。”魏贤只能向侯爷求助。

“天还没黑。如果在天黑之后，还是没有公道，那新仇旧恨一起算。”侯爷道。

魏贤的心情非常沉重，侯爷的这句话，让他无言以对，更无计可施。

这时，房间里面又传出来杜平的声音：“我七杀七人，纵横江湖一十三年，一共接了六十六桩生意，杀了两百八十一个人，从来都没有失过手。可是这一次，不仅失了手，还死了三个人。毒杀和影杀是技不如人，和你们无关。不过，强杀的死，就和你们有关了。”

“大侠，你一定是搞错了，我听不懂你在说什么。”元真看似慌乱，实则冷静。

“你们临时更改了刺杀目标，还强调一定要等白隐衣在场时才能动手。你真的以为我什么都不知道吗？我当时就跟强杀说过，白隐衣若在，他身边那个七步剑君的徒弟就在。可是他偏偏不听，结果就丢了性命。”杜平一口江湖腔调，惟妙惟肖，“其实，我并不是要给强杀报仇，我只是很不喜欢被人算计，而你们却偏偏做了这样的事情。”

“大侠，你说的这些，真……”元真死不承认。

“是真是假并不重要，重要的是，我当真了。”杜平根本就没有兴趣听他的辩解，直接打断他的话，“所以，我会杀了你。只是我还在考虑，该用哪种方式而已。”

6

杜平又从里面的侧门走进下一个房间，门外的人连忙跟了上去。几乎和之前的那两间一样，也捆绑着一个脸被黑布蒙着的人。不过，也有不一样的，那就是杜平没有再捏着嗓子说话，而是用回了自己的声音，道："胡巴小王子，你隐藏得可真是够深的呀。"

"小杜大人？"是胡巴的声音，他听出了对方是谁，道："你是来救我的吗？"

"我本来是想救你的，但现在，恐怕谁也救不了你了。"杜平道。

"你这话是什么意思？"胡巴不解。

"你为了娶到公主，成为新任的大族长，竟然不择手段地和魏国暗中勾结，杀害其他四族的小王子，还嫁祸给我齐国，这种大罪，谁能救得了你？"杜平道。

"小杜大人，这话可不能乱说。"胡巴心中大惊。

"我会为自己说的话负责，而你也会为自己做的事负责。"

"小杜大人，真是冤枉啊。难道你忘了，在大理寺，我可是差点被强杀杀死啊。"

"这就是你的聪明之处，把自己作为被刺杀的目标，这样就不会有人怀疑你了。"

"无凭无据，你不能这样诬陷我。"

"我既然敢和你说这些话，那自然就是有凭有据。"

"什么凭据？"

"你以为，我是怎么怀疑你的？还知道了整件事情？"杜平故意停顿，见他不接话，继续说道，"其实是元真和魏丞相主动说的，他们愿意做人证，而且还提供了物证，我们现在正在核实，如果属实，那魏国和齐国就会联盟，一起灭掉和瓜分你外境五族。"杜平加重了语气，又道，"到那时，你就是外境五族的千古罪人了。"

胡巴沉默着，思考着，他在分析杜平说的话，是真是假。

如果是假，他知道的这么清楚，就不好解释；而如果是真，那一切就好解释了。难道魏国从一开始就是这么计划的？和自己合作只是表象、假象？或者又是临时更改的主意，他们怕事情败露，进而陷入险地，所以才会临阵倒戈，把污水和矛头都指向自己？

胡巴越想越恐惧，因为不管是一开始的计划，还是临时更改的主意，结果都对魏国有利。

所以，这一切，很可能是真的。而如果是真的，那他就被彻底地推向了万劫不复。

他心里不禁涌出了一种无奈的自嘲和悲伤，暗自叹息道：元真啊元真，你真是好深的心机啊；胡巴啊胡巴，你真是愚蠢到自掘坟墓啊。不过，就算如此，我也要拉着你一起陪葬。

“我可以死，但是外境五族不可以灭。”胡巴道。

“你给我一个不可以灭的理由。”杜平道。

“我承认和元真勾结，但是，我不承认是我的主意。”

“你说得再明白一些。”

“是元真主动找得我，是他的主意，七杀也是他请的。”

“你这空口白牙说出来的话，可没有多少说服力。”

“我有证据。”

“什么证据。”

“这半年来，他给我写的每一封信，我都有保留。”

“他有证据，你也有证据。看来，我真的要好好权衡一下了。”

“你说的是‘权衡’，而不是‘核实’，到底是什么意思？”胡巴察觉到了一丝异样。

“挺敏锐嘛。”杜平笑了笑，“如果他的证据通过‘核实’，那齐国就会和魏国联盟攻打外境五族；而如果你的证据通过‘核实’，那齐国就会和外境五族联盟攻打魏国。所以，我要‘权衡’一下，攻打魏国和攻打外境五族，到底哪一个才对齐国更加有利可图。”

/ 第十三章 /

有情人终成眷属

1

胡巴本来还抱有一丝希望，他想用自己的“坦白”和“证据”来试探杜平的反应，然后再根据这种反应做出适当的判断和应对。也就是说，如果杜平的反应，让他察觉到一丝一毫的不对劲儿，那他就会立即否认之前所说的一切，死不认账。

可是，杜平的反应却偏偏很平淡，没有一点渴望，甚至都不感兴趣。他就像是一个居高临下的胜利者，仿佛对真相并不在乎。那似乎就能够说明，他已经有了真相。所以在面对自己坦白的真相时，他首先想到的才不是证明，而是选择，也就是权衡。

胡巴见大势已去，终于放开了最后一丝希望，同时，也更加陷入了绝望之中。

门外的魏贤变得出奇的安静，因为他知道，眼下的情况，是任何反抗都阻止不了的。所以，他在思考对策，希望能扭转局面。可是他发现，自己已经被逼上了死路，而要寻得一线生机，就必须先要稳住侯爷，至少不能让他只听齐国一家之言。

“你们真是无耻到前无古人，后无来者啊。”魏贤的语气并没有表现出太多的愤怒，但是却流露出满满的轻蔑和不屑，“这算什么？诓骗吗？诱导吗？你给出的那两条路，恐怕无论是谁，都会选择相同的走法。所以，这根本就和真相无关。如果你认为，大家会相信，那不是在侮辱我们的智商，而是在侮辱你们的智商。”

“这的确和真相无关。”杜平不知道从哪里走了出来，道，“但这也和智商无关，所以根本就没有打算让大家相信。不过，一旦胡巴提供的证据核实了，那一切就都核实了。到了那个时候，就和真相和智商有关了。在确凿的证据面前，相信大家会很容易分辨。”

案情进展到这个地步，无论是云恪还是云闯，都清楚地意识到，大理寺即将会立下一件奇功。于是便纷纷上前拉拢亲近，说着各种赞美之言。而一向中立的杜平，却一改往日为人行事的风格，很热情的和他们打成一片，那得意忘形的模样，就像是小人得志一般。

白隐衣趁机张罗起来，命人准备了茶水和点心，然后把大家带到正堂休息。可是，就在这热闹的混乱中，魏贤突然破门而入，拿出匕首，直接刺死了那个被捆绑蒙脸的胡巴。众人发觉的时候，已经来不及阻止，只能传出一阵惊呼。

“老匹夫，你好大的胆子！”云岚怒道。

“哼！此人诬陷我魏国，绝不能留。”魏贤道。

被捧在人群中的杜平向白隐衣望了一眼，心里充满了佩服。他走进房间，又从侧门走进旁边的房间，然后带过来两个被捆绑和蒙脸的人。他当着众人的面，给他们松绑，并摘下脸上的黑布。当大家看清这两个人的脸时，全都是一副惊讶和困惑的神情。

因为这两个人是郑权和胡巴。

魏贤面露恐惧，望着眼前被自己刚刚刺死的人，他的心和他的手都在剧烈地颤抖，他慢慢地掀开死者脸上的黑布——竟然是魏国的太子元真！

这是怎么回事?

这个房间里刚才还是胡巴，怎么转眼就变成了元真?

他瞬间瘫倒在地，就像是一个无助又可怜的老人，满脸痛苦和不解。

白隐衣看着他，有些于心不忍，可是若不让他明白，恐怕只会更加残忍，于是开口解释道：“我刚才忘记说了，这几个门边的竹筒，都是工部的巧匠专门设计的，它通过几次拐弯和折射的原理，制造出了一些错觉。比如我们在看这个房间，但看到的其实是旁边的房间。”

魏贤站起身，抹掉脸上的痛苦，取而代之的是一种像石头一般的顽强和坚硬。他咬着牙道：“够狠。够绝。够高明。”说着，他就命人把元真的尸体抬走，同时自己也准备离开。

“老匹夫，你做出这样的事情，我完全可以不让你走。”云岚叫住他。

“怎么?你想杀我?”魏贤道。

“我是一个军人，不会以阴谋的政治手段杀你，这是我给你的尊重。”云岚看着他，郑重道，“而你是三朝元老，劳苦功高，相信元巅也不会就此杀你。不过，从今以后，你恐怕无法再在朝堂之上立足了。所以，我希望能在战场上看到你。”

“好。我们战场上见。”魏贤答应道。

胡巴走到侯爷面前，直接跪在地上，道：“侯爷，我任凭你处置。”

侯爷面无表情，沉声道："不是任凭我处置，而是任凭齐国处置。"

2

云挚并没有处置胡巴，而是让侯爷带回外境五族，由大族长亲自处置。他这么做，就是要表明自己对联盟的态度以及诚意。魏贤和侯爷带着他们的人离开之后，云挚就重赏了大理寺的杜腾和杜平，也夸奖了云恪和云闯，甚至还召见了白隐衣。

虽然白隐衣是如假包换的皇子，但是他出生在青鸾别院，成长在青鸾别院，从来都没有进过皇宫。所以，他对皇宫里的一切都非常陌生。冯公公在前面带路，他小心翼翼地跟在后面，心里有一些忐忑，毕竟他即将要见到的那个人，不仅仅是皇帝，更是他的父亲。

不过，父亲对他来说，只是一个名词，并不像母亲那样，有很多牵挂。

其实，在小时候，云挚对他的陪伴和宠爱远要比其他的皇子多。可是，他对父亲却始终都没有感情。关于这一点，他之前一直想不明白，本来以为是帝王之家天生冷酷，不讲父子亲情，只讲血脉传承。后来他才渐渐明白，原来是因为有母亲横在中间，有意淡化。

冯公公把他带到御书房的侧厅，没有说什么，他也没有问什么，就这样安静地站着，等着。不一会儿，他就清楚地听到主厅里传来云恪激动的声音："父皇，儿臣认为，应该立即追回魏贤，治他重罪，就算不杀他，也要关住他，绝不能放虎归山，不然后患无穷啊。"他的言外之意，就是责怪云岚私自放了魏贤，而责怪云岚，就是责怪云闯。

"父皇，魏贤已经不足为惧，就算放他回去，也掀不起什么风浪。"云闯道。

"父皇，魏贤是三朝元老，根深叶茂，甚有威望，千万不能小觑。所谓百足之虫，死而不僵，谁能保证他不会死灰复燃？更何况，他现在还没有死。"云恪道。

"父皇，儿臣愿意出征魏国，为齐国再打下一片江山。"云闯道。

"父皇，儿臣愿意出使外境五族，尽快达成联盟协议。"云恪道。

"你们今天来找朕，就是要说这些吗？"云挚轻咳了两声，显得有些疲惫。

"父皇，眼下是天赐良机，万万不能错过呀。"云恪激动道。

"是啊，父皇，一定要把握住，将魏国彻底打垮。"云闯道。

"虽然外境五族是一定要联盟的，魏国也是一定要打的。但是，你们却把事情想得太简单了。只知其然，却不知其所以然。所以，还是回去好好再想一想吧。"云挚沉声道。

云恪和云闯都是一怔，相互对视，满脸困惑。等他们走了之后，冯公公就带着白隐衣直接从侧门走进主厅，然后又单独从正门退了出去。通过这扇侧门，白隐衣知道了云挚对自己的期望，同时，他也知道了，在接下来的表现中，一定要符合这种期望。

当他亲眼看到云挚的时候，心里的忐忑瞬间全无。虽然那张脸并不陌生，但是却没有任何感情依附。云挚对他而言，真的只是皇帝，不是父亲。而皇帝，是绝不能让他忐忑的。他弓身微微行礼，道："陛下，您是想让我回答，您给两位皇子出的考题吗？"

云挚看着他，没想到他会这么年轻，心里难免有些惊讶。不过，最难能可贵的，是他在第一次面见自己的时候，竟然就能表现得如此镇定，没有丝毫的激动或者畏惧，不禁很是欣赏，"和亲使团一案，你办得漂亮，所以你有资格回答。"

"陛下，和亲使团一案，本来就是一件水到渠成的事，而且还是您事先挖好的渠，只不过把放水的机会给了我而已。"白隐衣不卑不亢，不骄不躁，沉稳道，"也就是说，如果把放水的机会给了别人，那事情依然会圆满。所以，我不敢居功。"

"你倒是挺谦虚。"

"实事求是而已。"

"就算是朕挖得渠，也没有挖得那么深。"

"我只是接着陛下挖得渠，又挖了一小段。"

"难道那一小段就不是功劳吗？"

"不是。顶多算是苦劳。就像是站在巨人的肩膀上摘月亮一样。"

"呵呵，你真是好大的胆子啊，竟然把朕当成垫脚石了。"云挚轻松地笑了笑，语气里并没有怪罪，很明显，他的心情很好，对眼前这个年轻人，也是越来越喜欢，"说说吧，朕想听听你的见解。这份考题，可不只是给朕的那两个儿子出的，更是给整个齐国出的。"

"魏国的三朝元老魏贤，在众目睽睽之下，亲手杀死了魏国的太子元真，这中间无论有什么曲折，结果都是铁证如山无法争辩的事实。所以，用此做文章，魏国朝中内部的争斗和矛盾一定会演变得非常激烈，甚至连原有的权势格局也会发生巨大的震荡和改变。"白隐衣直奔主题，切中要害，"不过，要想把这一切最大化，就必须先要放魏贤回去，因为他才是这一切的核心，这也是为什么陛下没有阻止壮亲王放走魏贤的原因。"

"很好，接着说。"云挚赞赏道。

"魏国共有十三个皇子，一直以来，党争都是非常激烈，如今太子死了，而支持太子最大的丞相势力也即将要倒塌，那其他的皇子为了争夺王位，必将会掀起一阵腥风血雨。这是他们的内忧，如果再加上外患，按常理来讲，就是雪上加霜了。”白隐衣微微停顿，语气一转，又道，“所以，太子和武王才认为，现在是出兵的最佳时机。”

“难道你不这么认为吗？”云挚问。

“魏国的根基雄厚，国力强盛，有兵，有粮，还有很多才华出众的臣子和皇子。”白隐衣表现得非常冷静和沉稳，“因此，我认为，对他们而言，内忧是毒，外患也是毒。但是，内忧加外患却不是毒上加毒，而是以毒攻毒。也就是说，一旦我们出兵征战，很可能就给了他们一个摒弃内忧的契机，然后团结起来，一起对抗外患。”

云挚望着他，眼睛渐渐发亮。这段话，他没有从云恪和云闯的嘴里听到，却从白隐衣的嘴里听到了，也算是一种安慰，不禁有些感慨，轻轻叹息了一声，道：“你多挖得那一小段渠，虽然让朕有了一个更好的选择，但是，朕并不愿坐享其成。”

“陛下，其实您并不是不愿坐享其成，而是担心不能坐享其成。”白隐衣道。

“咳咳咳……”云挚似乎被说中了痛处，剧烈地咳嗽着，“真是不知道，你是哪来的胆子，竟然敢在朕的面前，跟朕说这样的话。”

“回陛下，正是因为我胆子小，不敢欺君，所以说的都是真话。”白隐衣道。

“呵呵，不错，你说得的确都是真话。”云挚无奈地笑了笑，面色沉重，略带一丝苦涩，“坐享其成，需要太多时间，而朕，却没有太多时间。”

“陛下，现在和外境五族联盟，一起出兵魏国，虽然能胜，但也是惨胜。”白隐衣道。

“朕何尝不知啊，只是……朕不甘心。”说着，云挚又咳嗽起来。

“陛下，我认为，世上的任何事，都是有因果的，并不存在坐享其成。所以，魏国今后得的果，也是您之前种的因。”白隐衣看着他过度操劳和苍老的脸，心里忽然生出了一种同情和不忍，还有一些理解，“陛下，您原本可是想御驾亲征？”

云挚目光闪烁，想起了先皇的死，颇有触动，道：“朕只是不想就这样病死在皇宫里。”

3

白隐衣离开御书房的时候，天色已经黑了。

他抬起头，望着夜空上刚刚升起的那一轮弯月，心里忽然变得不安起来。倒不是因为他和云挚说的那些话，而是因为第二楼里关于七杀的第二份契约，雇主是谁？目标又是谁？为什么还不动手？冯公公亲自把他送出皇宫，在宫门口，他看到了明月，才稍稍有些心安。

“少爷，刚才冷剑秋来过。”明月道。

“他有什么事？”白隐衣问。

“他说莫缺在城南山上的观音庙等你。”

“又是观音庙，这个时间，有点奇怪啊。”

“那我们还去吗？”

“去。我倒要看看，那个老家伙在搞什么鬼。”

江京城内，灯火通明，人潮汹涌，是一片热闹和繁华的景象。可是江京城外，却恰恰相反，尤其是山上。不仅没有灯火，还没有人潮，只有空旷的寂静和荒凉，最多偶尔再有几声鸦雀的鸣叫。明月点着一盏灯笼，走在山路上，白隐衣不远不近地跟在后面。

走了很长的一段路，明月忽然停下脚步，她提高灯笼，照亮前面稍远一点的地方，竟然发现是一片悬崖，道：“少爷，怎么没有路了？”

白隐衣皱着眉头，很是困惑，道：“不应该啊。”

“或许是天黑，我不小心迷了路。”明月道。

“也或许是有人故意让我们迷了路。”白隐衣道。

“你们不是迷了路，也不是没有路。这就是你们的路，只不过是一条死路。”四句话，四个声音。白隐衣和明月转过身，看到了四个人，两男两女。

“原来是这样。”白隐衣似乎明白了什么。

“看来你已经有了无命的觉悟了。”一个男人道。

“绝杀无命，无的不一定就是我的命，也有可能，是你们自己的命。”白隐衣道。

“我七杀七人，纵横江湖一十三年，一共接了六十六桩生意，杀了两百八十一个人，从来都没有失过手。可是这一次，不仅失了手，还死了三个人……”这是一个女人说的话，竟然和之前杜平伪装时说得一模一样，一字不差。

白隐衣听着，嘴角轻轻扬起，不自觉地笑了起来。

“怎么？很好笑吗？”还是那个女人。

“是有点。不过，不是你想的那样。”白隐衣解释道，“不是因为你说的话好笑，而是因为你说的话……好笑。”他发现，他越想解释，就越解释不清了，不禁有点尴尬，最后干脆不解释了，反正都是一些没有意义的事情。

“我们做了调查，毒杀、影杀和强杀三个人的死，都和你有关。”

“如果不想你们的死也和我有关，那就快点离开吧。”

“你到底是哪来的自信？”

“与生俱来。”

话不再多说，双方开始动起手来。

明月的剑法，更注重挑战，也就是一对一的对决。在两个人公平的决斗中，她总是能占尽优势，找出对方破绽。可是，以一敌四，优势就变成了劣势。她把软剑舞成无数条如闪电般的银蛇，在空夜里编织出一张风雨不透的网，然后再用自己的身体护住白隐衣。

“少爷，我拦不住他们。”明月吃力道。

“那你走。”白隐衣道。

“我不走，你走。”明月道。

白隐衣知道多说无益，两个人看了一眼身后的悬崖，同时道：“一起走。”

就在他们准备跳崖的时候，一把剑从天外飞来，紧接着，一个人随剑而至，正是冷剑秋。

“你怎么来了？”白隐衣问。

“是莫缺让我来的。”冷剑秋回答。

“他还在观音庙？”

“他刚刚离开。”

“那我就不明白了。”

以二敌四，虽然局势有些改善，却无法扭转。他们被绝杀四人步步紧逼，离身后的悬崖越来越近。这时，又有两个人飞来，加入战局。一个是龙五，白隐衣并不认识。但另一个他却认识，正是戴着面具的白王孙，脱口叫道：“义父！”

以四敌四，就是四个以一敌一，局势很快就被扭转过来。双方又打了一会儿，绝杀四人都受了重伤，其中一个人大口地吐着鲜血道：“看来还真被这小子说中了。”

白隐衣从明月的身后走出来，道：“如果你们就此离开，可以不用死。”

“哼！既然是绝杀无命，那你还有命，而我们也还有命，又怎么能离开？”绝杀四人个个面目狰狞，陷入疯狂，继续再战，直到无命再战，全部战死当场。

“像这么有原则的人，现在已经不多了。”白隐衣走上前，看着他们血肉模糊的尸体，道：“回头命人过来，把他们给埋了吧。”

“是。少爷。”明月道。

“义父，你怎么来了？”白隐衣问。

“十年前，有人不想你死。十年后，也是如此。”白王孙道。

白隐衣走向龙五，道：“前辈，多谢出手相救，不知……”

龙五打断他的话，道：“同样也是有人不想你死，我们后会有期。”说完，龙五和白王孙便一起消失在夜色中。不过，他们是一左一右，两个方向，并不同路。

4

魏贤带着元真的尸体回到魏国之后，朝中或明或暗或强或弱的各种势力都统统涌到台前，然后以他为中心，展开了一系列的矛盾和争斗。有的人说他是中了奸计，有的人说他是包藏祸心……不过，不管怎么说，他始终无法绕过亲手杀了太子的事实。

于是，他为了避开锋芒，也为了避免内斗，便主动解除了自己身上的一切职务和权力。

可是，他的政敌却不想轻易放过他，都要借此机会让他变成真正的死人。至于魏国的皇帝元巅，虽然毫不质疑他的忠诚，但是也不能为他说情，毕竟死的是魏国的太子。所以，就以齐国和外境五族联盟为由，要团结一致，共同对外，算是强行保住了他的一条性命。

同时，也算是强行压住了朝中的乱局——至少不会乱得那么明目张胆和理所当然。

然而，齐国只做了一件事，就又让魏国朝中暗流涌动的局势变得激烈起来。那就是云恪出使外境五族，虽然签订了联盟契约，但是却没有出兵，也没有攻魏，边境上一切如常。这不禁引发了各种猜测和流言，都不用潜伏的暗谍散播，魏国自己人就添油加醋了。

其中流传最广的，就是魏贤为了某种不为人知的目的，和齐国合谋，一起害死了魏国的太子。而齐国之所以没有和外境五族出兵攻魏，正是因为他们之前合谋时达成了某种不战的协议，不然齐国怎么可能会错过这种千载难逢的好机会？

有人顺着这个逻辑继续深挖下去，在分析魏贤那种不为人知的目的到底是什么。也有人很快就给出了答案，说一直以来，魏贤真正支持的人根本就不是元真，而是其他皇子，这次正好借着齐国的手，把元真除掉，让出太子之位。

一时间，无官无权的魏贤又被推到了风口浪尖。

而那几个最有势力的皇子，也一起被推了起来。

深夜，一辆马车悄然而至，停在魏贤冷清的府外。然后从马车里面下来一个男人，虽然穿着便装，但是却显露出高贵和霸道的气势，正是魏国的皇帝元巅。他走进府内，看到了一脸疲惫和憔悴的魏贤，不禁有些感慨，道：“魏老，委屈你了。”

魏贤跪地行礼，似痛哭流涕，又似欲哭无泪，道：“陛下，是臣有罪啊，让太子……”

元巅挥挥手，把他扶起来，同时也示意他不要再说下去了，道：“魏老，你应该知道，在朕的十三个儿子中，老二并不算优秀，甚至可以说，他很平庸。而朕虽然立他做了太子，但是心里却从来都没有想过要把魏国的江山交给他。”

魏贤只听懂了前半句，并没有听懂后半句，问道：“陛下，您这是什么意思？”

元巅没有回答他，而是直接反问道：“魏老，你认为，谁更适合做太子？”

魏贤仔细想了想，认真回答道：“燕王德才兼备，甚得人心；雍王文武双全，勇猛坚毅；晋王胸有城府，深藏不露。他们三个，都是最好的人选。”

“是啊。就是因为他们三个都是最好的人选，所以朕才谁都没有选。”

“陛下，臣听不懂。”

“无论朕选了谁，一是对另外两个不公平，二是会过早地成为攻击和依附的目标，不好评判个人的能力。最重要的，是朕需要一些时间，确定他们到底谁最合适。”

“陛下，那您现在确定了吗？”

“还没有。”

“陛下，当务之急，应该尽早确立太子，以平朝中乱局啊。”

“魏老，其实事情并没有想象得那么严重，朝中的局势也没有想象得那么乱。”元巅很冷静，甚至还有些冷酷，他沉稳道，“眼下是个不错的机会，无论是对内还是对外，朕都可以借此好好地观察和考核。只要有朕在，他们是不敢太过分的。换句话说，就是他们的任何争斗，都是朕默许的。”他冷笑着，又道，“齐国的云挚，不也是在做这样的事情吗？据说他病得很严重，熬不了多久了。单单从这一点上，朕就比他有优势，他是耗不过朕的，所以他要比朕更加着急。而一统天下，根本就不是一朝一夕的事情。”

魏贤听他这么一说，心中豁然开朗，面露喜色，道：“陛下，您至少还有一个优势。”

“是什么？”元巅问。

“云挚只有两个儿子，而且据臣观察，他们德才不及燕王，文武不及雍王，城府不及晋王。”魏贤说着，忽然想到了白隐衣，面色沉重，又道，“不过，有一个人，臣始终看不透。”

“是谁？”

“第一楼的少楼主，白隐衣。他绝不简单。”

“一个商人，的确是大大的出乎了朕的意料啊。”

“陛下，臣认为，我们不能过于被动，也要主动一些才行。”

“老九已经在齐国了。”

5

苏迎迎给云恪献的第一计，就是“只联盟，不出兵”，这才让他能出使外境五族，白捡了一个大功劳。最重要的，是得到了云挚的赞赏，夸他想明白了“其所以然”。而云闯的情况恰恰相反，因为他主张联盟之后立即出兵攻打魏国，所以被训斥回府继续想。

虽然云恪并没有真正明白“其所以然”的意思，但是他却彻底明白了苏迎迎的高明。他从外境五族回来之后，也顾不上好好休息，直接换了一件衣服，就要去登门道谢。可是，刚刚走到门口，就看到了脸上蒙着白色面纱、如同仙子一般的苏迎迎迎面走来。

“苏姑娘，我正要去找你。”云恪面露喜色。

“我之前已经说过，需要见面的时候，我自然会来找你。”苏迎迎淡淡道。

“我只是想向你表达谢意。”

“我们各取所需，不存在任何谢意。”

云恪恭敬地把她请进殿内，道：“苏姑娘，不知你这次来，有何吩咐？”

苏迎迎听出了他的谦卑，语气依然平淡，道：“请陛下赐婚。”

“赐婚？”云恪一怔，道：“赐谁的婚？”

“公主云未央和户部尚书的公子刘锦瑞。”苏迎迎道。

“为什么？”云恪不解，满是困惑。

“我让你做的，你可以不做，我是不会解释的。”

“我做。只要是苏姑娘吩咐的，我都照做。”

不管是“赐婚”，还是“只联盟，不出兵”，都是置魏国于不顾。这样更能激化他们内部的矛盾和争斗，让朝中针对魏贤和几个皇子“阴谋”的猜测和流言愈演愈烈。云挚是非常清楚这其中的关系，所以当云恪提到赐婚时，他很爽快的就答应了，并且还给予了夸奖。

在这个敏感的时期，最活跃的，非暗谍莫属。魏国通过暗谍，知道了齐国的“只联盟，不出兵”和“赐婚”，从而引发了朝中的乱局。而齐国通过暗谍，知道了魏国的九皇子来了。

“关于九皇子，你了解多少？”虫二院里，白隐衣问道。

“只有两个字——神秘。”苏迎迎回答道，“据说在他出生时，西方雷电交加，却彩霞满天，滴雨未落。母亲因难产而死，他也差点夭折。当时整个太医院都束手无策，最后是被护国寺的高僧接走，说他是佛子转世，要历经九劫九难。”

“魏国臣民信奉佛教，这个佛子转世，真是高明啊。”

“怎么？你怀疑是元巅自己杜撰的？”

“至少我不相信佛子转世这种无稽之谈。”

“那是因为你没有信仰。”

“我有。只不过我信仰的是我自己而已。”白隐衣稍有停顿，认真道，“以我对佛的理解，我认为，佛教的根本，佛法的本质，证到究竟，其实都是人的事。所以，人只要把人的事做明白了，那就是佛。不然，就只剩下一句‘阿弥陀佛’了。”

“凭你这句话，我看你更像是佛子转世。”苏迎迎调笑道。

白隐衣挥手笑了笑，道：“虽然我不信佛，但是也不能亵渎佛。”他神色渐渐变得郑重起来，“不过话说回来，这个九皇子，的确很神秘。就连无孔不入的天机院，都查不到任何蛛丝马迹，一切事情只是捕风捉影，没有任何实质性的证据。”

“那是因为他从未回过皇宫，也从未以皇子的身份露面。所以，普天之下，没有人知道他是谁。”苏迎迎语气一转，又道，“但是，所有人又都知道他是谁。”

“是啊。一次瘟疫，一次洪灾，一次地震，拯救千万条性命的功德都算在他的头上，再加上佛子转世的光环，怎么可能让人不知道他是谁呢？”白隐衣意味深长道。

6

八月十五，中秋节，刘锦瑞和云未央大婚。他们原本就是姑舅亲，现在成了亲，更是亲上加亲。按照礼制，公主结婚，一切都由宫中操办，婚礼和婚宴都在未央殿举行。白隐衣接到了双重邀请，一个是云挚念他的功劳，一个是刘锦瑞念他的恩情。

云未央作为皇帝唯一的女儿，皇后唯一的孩子，她的婚事自然是非常隆重。不仅文武百官全部到场，就连外境五族和魏国都派出使臣送来贺礼道喜。因此，皇宫里的守卫远要比以往更加森严，每一个进出的人都要搜身检查、登记姓名，并且核实身份。

在礼部负责主持完一系列复杂的礼仪程序之后，云挚特许，大家可以开怀畅饮，不用太多拘束。其实，这“赐婚”还有另外一个目的，就是白隐衣想借此机会联系一下自己的母亲。在这个特别的场合，有特别的人群，再加上特别的守卫，应该不会被察觉。

他一直想溜出去，可是总被各种人和事缠的脱不开身。先是大理寺的杜平，向他敬酒道谢，然后是杜腾，之后是云恪和卫一鸣，还有很多其他官员，看来他们已经察觉到，在和亲使臣一案中，他所扮演的角色以及手段和功劳，都想表示一下亲近之意。

刘锦瑞举杯而来，道：“白老板，我有今日大喜，最应该感谢的人是你。”

白隐衣举杯回敬，道：“刘公子，你言重了。你对公主一片真心，是众人皆知的。”说着，身边的清风便递上一个精致的盒子。

刘锦瑞看着盒子，微微一怔，道：“白老板，你这是何意？”

白隐衣笑了笑，道：“你大喜的日子，我怎么能空手而来？”

刘锦瑞也不推辞，大方接过来，道：“那就多谢白老板了。”

白隐衣道：“刘公子不用客气，我只是物归原主而已。”

刘锦瑞略有迟疑，然后打开盒子，只见里面是厚厚的一摞纸，正是他之前请求白隐衣救云未央时所给的报酬，连忙推辞道：“白老板，这我不能收。”

“是我不能收，这本来就是你的。”

“可是，这是我跟你做的一个生意。”

“刘公子，你应该知道，我什么都没有做。”

“那不重要，重要的是，我表妹平安回来了。”

“刘公子人品高尚，明知与我无关，却还是真心谢我。”白隐衣夸赞着，然后又道，“如果我收了这份报酬，那我的人品又怎么能担当起刘公子的一个‘谢’字呢？”

“好。我收下。”刘锦瑞显得有些激动。

敬酒的人断断续续，这让白隐衣心里有苦难言，他见实在是不好脱身，便吩咐明月替他去见自己的母亲，有戒指为证，应该比什么都有说服力。明月刚走不久，他在角落摆放糕点的位置看到了一个素衣打扮的女孩儿，心想她怎么来了，不禁看得有些入神。

“少爷，你认识那个姑娘？”清风发现了他的异常。

“第一楼的生意遍及天下，几乎各行各业或多或少都有涉及。”白隐衣说着，语气微微一转，又道，“但是，有一种生意，却是一丁点都没有做的。”

“是什么生意？”清风问。

“赌场。”白隐衣回答。

“这和她有什么关系？”清风不解。

“她叫慕容素，是做赌场生意的，并且只做赌场生意。她的赌场生意和我第一楼的生意一样，都是遍及天下，只要有人的地方，就一定有她赌场的金字招牌。”白隐衣解释道，“两年前，我想做赌场的生意，因为那里更加龙蛇混杂，三教九流什么人都有，非常适合做情报。可是要想做赌场的生意，就必须要遵守赌场的规矩，也就是跟她赌一把，而且要赢。”

“你赌输了？”清风问。

“是的。”白隐衣回答。

“能赌赢你的人，一定不简单。”清风很是好奇，又问，“你们赌的是什么？”

“是什么不重要了，重要的是，她怎么会在这？”白隐衣有些疑惑。

这时，岳一诺走到她身边，道：“素素姐姐，怪不得找不到你，原来你在这偷嘴。”

慕容素拿起一块糕点，向她的嘴里递过去，嬉笑道：“你也尝一尝，很好吃的。”

“看来，她是你表妹带来的。”清风道。

“那就更奇怪了，她这种人，是绝不会无缘无故和一诺做朋友。”白隐衣眯起眼睛道。

岳一诺和慕容素每人拿了几块糕点，彼此有说有笑，然后一起向门外走去。白隐衣越想越觉得蹊跷，便要亲自去检查一番。可是，他刚迈出第一步，就看到角落位置有一个女人正拿着一块糕点，而那个女人，让他再也无法迈出第二步。

因为她正是霍红颜，虽然过去了十年，但是那模样相貌却没有多少改变。

两个人四目相对，相互凝望，愣在那里。过了一会儿，霍红颜先回过神，拿着糕点，匆忙离开。白隐衣立即跟了上去，在他的记忆中，母亲是不吃糕点的，而她也的确没有吃，只是拿走了。这太奇怪了，不吃为什么又要拿走呢?

白隐衣从正厅追到侧厅，再从侧门追出去，却没有追到人。不过，他在路边的垃圾桶里发现了被捏碎的糕点。他翻出来仔细检查，除了糕点和一些正常的垃圾之外，他还翻到了一张小纸条，上面有糕点的油腻和甜香，看样子，应该是藏在糕点里面的。

纸条上写着一个字——九。

“九？是什么意思？”白隐衣喃喃道，忽然心中一惊，“九皇子！”

/ 第十四章 /

九皇子的九

1

新任的禁军统领马渊，虽然是云闯军中的将领，但更是十二家卫中的“午”卫。也正因如此，明月才能在守卫森严的皇宫里顺利潜入安神殿。可是，她每个房间都找了一遍，却没有找到霍红颜的身影。无奈之下，她只好先回到未央殿，如实向白隐衣禀报情况。

白隐衣皱着眉头，心悬了起来。然后假装醉酒，被清风和明月搀扶离开。

刚出了皇宫的大门，白隐衣就清醒过来，道：“去二哥那。”

第二楼最近调动了很多资源，一直在收集九皇子的情报，不过跟天机院的结果一样，一切事情只是捕风捉影，没有任何实质性的证据。白隐衣心里非常清楚，这是因为所有关于九皇子的消息，都是九皇子自己故意让大家知道的，所以才会那么无懈可击。

“查金字招牌，或许能查到九皇子的蛛丝马迹。”接着，白隐衣便把在未央殿里发生的事情告诉了他们，然后又道：“我怀疑，我母亲很可能在和九皇子合作，正密谋着什么。如果真的是这样，那她的目的就不只是要复仇，而是要复国。”

“复国就太危险了。”牛栏山担心道。

“不只是危险的问题。”白隐衣心有顾虑，接着说道：“复仇是私，说到底，就是我们自己的事。但复国却是公，是所有人的事。我还没有资格替他们做主，更没有资格把他们卷进来，因为这很有可能会演变成一场涉及数十万人生死的杀戮。”

“那怎么办？”关系到两位主人，牛栏山彻底没了主意。

“我绝不能让这种事情发生。”白隐衣沉思着，郑重道：“明月，明天你去联系一下七哥，就说我一定要和我母亲见上一面。至于怎么见面，让他去想办法安排。”他所说的“七哥”，自然是“午”卫马渊，也就是新任的禁军统领。

“好。”明月答应道。

“这样老七会不会暴露？”牛栏山有些不放心。

“没事的，七哥能处理好。”苏迎迎在旁边道。

几天后，马渊有了回复，说霍红颜已经不在安神殿了，也不在皇宫里，整个人就像凭空消失了一般。于是白隐衣又让苏迎迎去云恪那里打听，心想或许卫贵妃能知道些什么。可是只知道了云挚的心情变得很差，病情也变得很严重，连续两日都没有上朝。

牛栏山递过来一些资料，道：“少主人，关于金字招牌，的确查到了一些蹊跷。”

白隐衣接过来仔细看着，道：“看来，我有必要去见一见慕容素了。”

赌场的门上，挂着一块牌匾，绝金打造，上面刻着“金字招牌”四个字，名副其实。白隐衣走进去，清风和明月跟在身后。赌官见他们的穿着打扮，就知道是贵人，至少是不差钱的主儿，于是很殷勤地走上前招呼：“这位老板，你要赌什么？”

白隐衣道：“我这个人懒得动脑，就赌最简单的吧。”

“那赌大小怎么样？”赌官问。

“好。听起来很简单。”白隐衣道。

赌场里面有很多张赌桌，而每张赌桌上又有很多人，显得非常嘈杂。不过，赌官却在一个安静处给白隐衣单独开了一张赌桌，并且只有他一个人，这是对特别的“贵客”特别的招待。赌官摇起骰盅，动作一气呵成，落桌道：“老板，你可以下注了，是赌大？还是赌小？”

白隐衣问：“除了大小，还能赌什么？”

“豹子。”赌官回答。

“那就赌豹子。”白隐衣随手拿出一两银子，扔在赌桌上。

赌官看到只有一两银子，面露不悦，道：“老板，在这张桌子上，最低的赌注是一百两。”

白隐衣又拿出一百两银子，有意和之前的那一两银子分开，道：“如果你赢了，这一百两就算是赌注，归你。如果我赢了，这一百两就不算赌注。也就是说，你再赔我一两银子就行。因为我就是想从一两银子开始赌起，这样比较好算账。”

赌官听完一怔，心想他不是懒得动脑，而是没有脑子，不禁暗自窃喜。

开盅，豹子，白隐衣赢——赢了一两银子。

赌官见他并没有收银子，又摇完了一次骰盅道：“老板，这次赌多少？”

“我自己的一两，再加上刚赢的一两，赌二两。”白隐衣道。

“这回赌什么？”赌官问。

“还赌豹子。”白隐衣道。

开盅，豹子，白隐衣赢——赢了二两银子。

赌官见他还是没有收银子，便在摇完骰盅后问：“老板，这次赌四两吗？”

白隐衣笑了笑，道：“对，赌四两。看吧，我就说这样比较好算账。”

赌官赔笑着，又问：“老板，还赌豹子吗？”

白隐衣回答：“对，还赌豹子，这样比较简单。”

开盅，豹子，白隐衣赢——赢了四两银子。

他们一连赌了十把，一连开了十把豹子，赌官觉得非常邪门儿，但是也没有太在意，毕竟只有一千多两银子而已。再就是按照这种赌注的方式，不管前面输了多少把，只要后面能赢一把，那就会把输的所有银子，都一次全部赢回来。

可是，他们又赌了十把，他就不这么想了。

现在的赌桌上，一共有一百零四万八千五百七十六两银子。而这些银子，都是白隐衣用一两银子赢来的。赌官的心在滴血，脸在流汗，手在颤抖，他已经不敢再摇骰盅了，他万万没有想到，区区的一两银子，只赌了二十把，竟然就能翻滚到这么恐怖的一个数字。

“怎么不摇了？”白隐衣疑问，一副懒得动脑的模样，道：“我在来之前就算过了，如果我的运气足够好，再赢一把的话，那就是两百零九万七千一百五十二两银子。”

“老板，我的资格，只够赌一百万两。”赌官强行冷静下来，终于恍然大悟，连开二十把豹子，绝对不是什么运气，而是遇到了真正的高手。他突然觉得自己就是一头猪，并且还是一头自作聪明、反应迟钝的猪，“如果您还要继续赌，那我就去请更有资格的人来。”

“赌。当然要继续赌。”白隐衣的态度非常坚定，又道：“你最好直接把你们的大当家请来，不然省着一会还要再请人。”他一副理所当然的语气，接着说道：“我既然来了，就不能白来。要么赢下你们的金字招牌，要么输掉我的那一两银子。”

赌官暗暗叫苦，心想都要惊动大当家了，竟然只是赢一两银子，而且这还是最好的结果。

过了一会儿，慕容素被赌官请来，她一眼就认出了白隐衣，道：“原来是白少楼主，怪不得能有连开二十把豹子的运气。”其实，连开二十把豹子并不是运气，而是白隐衣运用《无师经》的内功，把盅内的骰子改变了点数。

当然，慕容素并不知道真相。不过，她却知道，肯定不是运气。

“大当家，别来无恙啊。”白隐衣道。

“多谢白少楼主的关心，确实无恙。”慕容素道。

“那陪我赌几把如何？”白隐衣一副反客为主的态度。

“白少楼主，今天恐怕要让你白来了，因为我约好了客人。”慕容素以主人的姿态下了逐客令，道：“这一百零四万八千五百七十六两银子，我会让人亲自送到虫二院。”

“大当家，我也是你的客人啊。”白隐衣并没有要走的意思。

“白少楼主，你这是在故意为难我啊。”

“大当家说笑了，你这块金字招牌，有佛光普照，有帝王之相，我哪敢为难？”

“是白少楼主说笑了，只是一块金字招牌而已。”慕容素虽然听出了他的言外之意，但是却假装没有听出来，因为她不确定他知道多少，所以还是以不变应万变为好。

“大当家，你是魏国人吧。”

“是的。”

“那你信佛吗？”

“当然信。魏国人都信。”

“那你也一定信九皇子吧。”白隐衣有意停顿，温柔而坚定地望着她，那目光似乎能洞穿一切事物，让人无所隐藏，“我听说他是佛子转世。”

“白少楼主，你到底想说什么？”

“大当家，你不是已经知道了吗？”

慕容素看着他，沉思道：“你是要钱？还是要命？”

白隐衣回望她，认真道：“你不是敌人，不要命。而我是商人，只要钱。”

“你想合作？”慕容素问。

“无功不受禄，我不能白要钱。”白隐衣道。

“我需要一些时间，跟金字招牌后面的人禀报。”慕容素道。

“好。那我等你的消息。”白隐衣说完，起身离开。

走出赌场门口的时候，白隐衣与迎面走来的一个人擦肩而过，正是之前出手救过他的龙五。虽然他们都认出了对方，但是却假装成陌生人，直接走过去。白隐衣心想，原来他就是慕容素约好的客人，同时也终于明白了，原来他是母亲的人。

白隐衣并没有走远，而是在附近一个僻静的地方等他。大约过了半个时辰，龙五从赌场里走出来，很快就找了过来，道：“少主人，你真的不应该去金字招牌找慕容素。”

“我找的不是慕容素，而是九皇子。”白隐衣转而又道：“我母亲呢？”

“云天知道你们见了面，怕失去威胁的意义，所以就把她关了起来。”龙五回答。

白隐衣松了一口气，因为只要还有威胁的意义，那就没有生命危险。他想了想，道：“你如实回答我，我母亲是不是在和魏国合作？”

“不是。”龙五纠正道：“她是在和九皇子合作。”

“合作什么？”

“复仇。复国。”

2

时间回到几天前，大婚当晚。当霍红颜与白隐衣四目相对的瞬间，她就已经知道，自己在皇宫里的日子结束了。她走出未央殿之后，并没有直接回安神殿，而是先去了御花园，找到龙五，开口说道：“没错。的确是九皇子。”

“他在这个时候找上我们，看来魏国朝中的局势确实是乱了。”龙五道。

“乱只是表象，只要元巅还活着，那就动摇不了根基。”霍红颜道。

“那我们是应？还是不应？”龙五问。

“应。当然要应。”霍红颜一脸媚色，在月光下更显动人，道：“不过，之前是我们找他合作，而现在是他找我们合作，既然局势不一样了，自然条件也不一样了。”

“主人想提什么条件？”龙五问。

“我不提。让他来提。”霍红颜想了想，又道：“你千万要记住，与他合作，最重要的并不是合作本身，而是要查清九皇子的底细。”

“我记住了。”龙五道。

云挚今天的心情很好，不知不觉就多喝了几杯。虽然他心里还算清醒，但是身体却有些醉意，不太听使唤。他回到安神殿后，没有看到霍红颜，不禁低落起来。这时，霍红颜推门而入，他带着担心的语气问道：“你去哪了？”

“我去未央殿了。”霍红颜回答。

“早知道你要去，朕带你去多好。”

“陛下，我有事情要跟你说。”

“什么事？说吧。”

“我见到君临了。”

“什么？”云挚非常吃惊，道：“你确定？”

“虽然他模样大变，但是母子连心。所以，我确定。”霍红颜显得非常激动，又道：

“况且，我的模样并没有多少变化，他很确定的就认出了我。”

“他是谁？”

“陛下，你还是不知道的好。这样……对你，对我，对他，都安全。”

“你怕老三？”

“我们母子相见，肯定是瞒不过云天的。所以，他为了能继续威胁，一定会让我回去。”

“你要离开朕？”

“我会再回来。”

“你不告诉朕的儿子是谁，还要把朕未出生的骨肉带走，朕不准。”

“陛下，其实我完全可以什么都不说，悄悄地走。”

“那你为什么又要说？而既然说了，朕又怎么能让你走？”

“陛下，我要走，你是留不住我的。难道你也要像云天那样，把我关起来吗？”

“哼！朕不关你，朕关老三。”

“陛下，你应该很清楚，如果现在动云天，那你之前所有的心血就都白费了。”

“你不就是要让朕和老三相斗吗？那朕就如你所愿。”

“陛下，你喝醉了。”霍红颜不再与他争辩，而是温柔地服侍他躺下，然后再轻轻地趴在他的胸前，满含深情道：“陛下，如果明天醒来，你还坚持，那我就依了你。”

云挚胃里的酒，翻涌的越来越快，而他的醉意，也变得越来越浓，于是很快就睡着了。

第二天他醒来时，发现床上已经没有了霍红颜的身影，不过却有一张她留下的纸条，上面有着她写的字迹：陛下，你是从来都不说梦话的，可是昨晚你却说了，也做了决定。我走了，我会保重我自己，还有我肚子里的胎儿，你也要保重。

霍红颜回到慧亲王府，这个曾经关了她十年的地方。她每走出一步，都会在心里暗暗发一次毒誓——我以后一定要亲手毁了这里，片瓦不留。云天坐在院子里的竹椅上，和她相隔的并不远，但也不近，静静地看着她走进房间，彼此一句话都没有说。

戴着面具的白王孙出现在身边，道：“王爷，余正回来了。”

云天眯着眼睛，道：“很好。那接下来的事，就让他去做吧。”

白王孙略显犹豫，道：“王爷，我有句话不知当讲不当讲。”

“是话就没有不当讲的，讲吧。”

“关于房间里的那个女人，王爷千万要小心提防，我总感觉，她太危险。”

“我懂你的意思，我还不会愚蠢到去相信一个女人。况且，还是她那样的一个女人。”云天不自觉地望向霍红颜的房间，又道：“她表现出来的母子情深是假的，她对她的儿子，更多的是利用。而且，她担心一个不够利用，还要再生一个利用。”

3

最近这几天，白隐衣一边在等九皇子的消息，一边在监视岳府的动静。因为他怀疑，慕容素之所以会和岳一诺做朋友，很可能是对岳风有什么企图。要知道，在眼下这个随时都有可能爆发战争的敏感时期，兵部尚书是极其重要的。

黄昏，夕阳西下，落日的余晖把整座江京城都映得一片辉煌。岳一诺走出岳府，然后坐上了停在府外的马车。她并没有去别的地方，而是直接来到了虫二院。白隐衣事先就接到了禀报，见她进来，上前招呼，夸赞道：“小郡主，你穿女装的样子真是漂亮。”

岳一诺脸上一片羞红，娇声道：“老板，是素素姐姐让我来接你的。”

白隐衣面露疑惑，心想怎么会让她来？问道：“去哪？”

“素素姐姐没有特别交代，我想应该是去赌场吧。”

“你也一起去吗？”

“是啊，我经常去，赌场很好玩的。”

“我很好奇，你和慕容姑娘是怎么认识的。”

“在赌场，当然是赌博认识的。”

“你赌博？”

“对啊，我赌博很厉害的，摇骰子可以摇出任何我想要的点数。”

“那的确很厉害。”

他们一边说一边走到门外，白隐衣亲手拉开车帘，让岳一诺先上去，然后自己再上，可是却被车夫给拦住，轻声道：“白少楼主，大当家特别交代，只能你一个人去，如果发现有任何人跟踪或者监视，那就取消这次的约见。”

白隐衣回头看了看明月，略有迟疑，道：“那小郡主也不用去了吧。”

“她可以去。”车夫回答。

白隐衣有一种不好的预感，在分析“她可以去”的意思，心想难道是慕容素要利用她达到某种目的？又或者，她本身就是九皇子的人？他嗅到了危险的味道，可是，为了能接近九皇子，进而破坏与母亲的合作，他又不得不去。

“明月，你留下来吧。”白隐衣道。

“少爷……”明月很担心。

“如果我一个时辰还没有回来，那你就去找十一伯。”白隐衣道。

马车一路前行，穿街过巷，白隐衣安静地坐在车里面，虽然他没有揭开车帘向外看，但是却能通过车速、时间，以及附近的声音，清楚地分析出车经过了哪里，又在哪里拐弯。他在心中默默地画了一条路线图，发现这并不是去赌场的路。

马车里就他们两个人，相对而坐，又是少男少女，气氛难免暧昧和尴尬。岳一诺只感觉自己脸上火热，目光到处游离，不知道该看向哪里。忽然，她从一个角度不经意间瞥到了白隐衣的侧脸，然后整个人就呆住了，痴痴地望着，一动一动，一眨不眨。

白隐衣轻咳了一声，道：“小郡主，看什么呢？是不是我脸上的疤吓到你了？”

岳一诺连忙解释道：“不是不是，我是突然觉得，你长得好像我的小表哥。”

白隐衣心中一惊，立即用笑来掩饰，道：“那我可真是荣幸啊。”

岳一诺很激动，早就忘了少女的矜持和羞涩，她伸出手，一边半遮半挡白隐衣脸上的那个“十”字疤痕，一边变换不同的角度看着，充满了回忆和伤感，喃喃自语：“真像。”这时，她才发觉自己的举动很不礼貌，于是快速把手收回来，背到身后，低着头，不停地道歉。

“小郡主，没关系的。”白隐衣表示不在意，“看来你很在意你的小表哥啊。”

“我小的时候，都是小表哥带我玩儿的。”

“那小王爷呢？我见你和他的感情很好。”

“我表哥啊，虽然他稍大一些，但是小时候被欺负，都是小表哥帮忙报仇的。”

“那肯定是一段很快乐的时光。”白隐衣想起了往事，不禁有些感慨。

“是啊，那时候……”岳一诺说着说着，前一秒还是笑的，后一秒就哭了出来。

白隐衣最见不得女孩子哭，正愁不知道该怎么办才好，恰巧马车停了，然后听车夫在外面说道：“两位，下车吧。”岳一诺赶紧擦了擦眼泪，假装什么事都没有发生过，她望向白隐衣，“嘿嘿”地硬挤出了一个笑容，这让白隐衣看的是非常心疼。

“咦？怎么到这来了？”岳一诺下了车，发现他们已经出了城。

“你知道这？”白隐衣问。

“这是一个鱼塘，鱼苗还是我和父亲一起放的呢。”岳一诺指着面前的湖，又指着湖边的小木屋，道，“那房子是父亲叫人建的，我也帮了不少忙。”

“你和你父亲经常来吗？”白隐衣觉得有些蹊跷。

“不经常来，大约半个月来一次吧。”岳一诺回答。

车夫把他们带进小木屋，里面的空间并不大，一目了然。不过，在角落的位置，有一块地板被撬开了，下面是一个洞，还有下去的台阶。岳一诺看到后，非常吃惊，道：“我怎么不知道这里还有一个暗门？是父亲留的吗？”

“这个暗门，恐怕你父亲也不知道。”白隐衣道。

“那是怎么回事？”岳一诺很困惑。

“你离我近一些，可能会有危险。”白隐衣说着就抓住了她的手。

岳一诺只感觉手上传来一阵暖意，还有一种莫名的安全感。她微微一怔，并没有拒绝。然后两个人一起沿着台阶走下去，下面有好几间石室，看上去要比上面大很多，也坚固很多。在第一间石室里，有一张长方形的石桌，就像是赌桌，慕容素就坐在对面的中间位置。

在她的左右两边，还各坐着四个男人。

白隐衣与她隔桌而坐，以二对九，显得非常势单力薄。而岳一诺因为气氛实在太过诡异，所以一直都不敢说话。过了一会儿，白隐衣轻松地笑了笑，竟然点着手指数了起来：“一、二、三、四、五、六、七、八、九，不多不少，刚好九个，难道魏国的九皇子是九个人不成？”

“白少楼主，我认为，你知道得越多，就越危险。”慕容素道。

“大当家，我倒是认为，我知道得越少，才越危险。”

“那你现在是危险？还是不危险？”

“我是带着合作的诚意而来，所以危不危险，完全取决于你们。”

“白少楼主，和亲使团一案，魏国大败，而你在其中扮演了一个怎样的角色，又扭转了一个怎样的乾坤，我们都已经知道得一清二楚。”

“那又如何？”

“九皇子认为，你太过危险，与你合作，等于引狼入室。”

“哈哈哈，我还以为，佛子转世的九皇子会是一个人物，没想到却是一个废物。”

“怎么？说得不对吗？”

“对。说得都对。不过，如果自己是一头猛虎，又怎么会惧怕一只恶狼？”

“不是惧怕，而是得不偿失。”

“与萧倾城合作，才是真正的得不偿失吧。”

“你知道的还真不少。”

“她能做到的，我都能做到，她不能做到的，我也能做到。所以，我比她更加合适。”

“与她合作，我知道她所图所求。与你合作，你图什么？求什么？”

“我义父让第一楼站在了商人和金钱的顶端，而我不想做一个守财奴，我想让第一楼在政治和权利上也站在一个相对高的位置。”

“那你为什么选择魏国？在我看来，你更像是选择了齐国。”

“那你的眼神儿还真是不太好。”白隐衣毫不遮掩对她的嘲讽之意，“虽然齐国的皇帝有纵横之才，但是他病入膏肓，撑不了多久了。而他死后，不管是太子继位，还是武王继位，都是后继无人。再反观魏国，则根基牢固，后续有力，燕王、雍王、晋王任何一个人都可以继承天下。”他语气凌厉又坚定，顿了顿，接着说道：“你们真应该看出来，和亲使臣一案，我并不是在针对魏国，而是在证明我有与魏国合作的资格和能力。”

“九皇子说得果然没错，真是不能听你说话。”慕容素道。

“在来之前，我就知道，九皇子的本意是要杀我，可是，我还是来了。”白隐衣表现得非常沉稳而自信，没有一丝畏惧，“这是我的诚意。所以，你们最好还是问一问，陷害一个兵部尚书，却得罪了和齐国天机院合作的第一楼，是不是得不偿失？”

慕容素心有犹豫，一时拿不定主意。她沉思片刻，然后眉眼一瞥，望向白隐衣身边楚楚可怜战战兢兢的岳一诺，道：“如果你真要表达诚意，那就杀了她。”

白隐衣邪气一笑，随后猛地将岳一诺搂在怀里，把她吓了一跳，道：“这份礼物太轻了，我会送一份重礼给你们。只不过，一切都要等到正式合作开始了才行。”

4

这场谈话，自始至终，从头到尾，岳一诺一句话都没有说，也一句话都没有听懂。慕容素带着人离开后，石室里就只剩下她和白隐衣两个人。她很害怕，不自觉地挪动脚步，躲到角落的位置。她紧靠着墙壁，不说话，也不动，就是身体一直在瑟瑟发抖。

白隐衣担心吓到她，便故意和她拉开距离，坐在稍远一点的地方，声音很轻，道：“慕容素是魏国九皇子的人，她接近你，其实是为了对付你父亲。而我这次自投罗网，正好给了她这个机会。她想先杀了我，然后再通过你，陷害给你父亲。”

岳一诺只是听着，还是不说话。

“我有天机院的身份，在为陛下做事，刚才和他们说的合作，其实是想查清九皇子的底细。”白隐衣心想，她之所以恐惧，主要是因为对人和事的未知，所以尽量解释，“我不会伤害你，也不会让他们伤害你。我会救你出去，把你平安送回家。”

岳一诺的神色缓和了许多，怯声道：“你们刚才好像说到了萧倾城……是怎么回事？”

“如果你是想问她是否还活着……是的，她还活着。”白隐衣道。

“那我小表哥呢？就是她的儿子，云君临，是否也活着？”岳一诺激动道。

“是的，他也活着。”

"那他在哪？"

"小郡主，你要明白，关于这个的消息，越多的人知道，他们就越危险。"

"我不明白。"岳一诺确实不明白，她现在心里想的全都是小表哥，"他们是陛下最宠爱的妃子和最疼爱的皇子，怎么会有危险呢？"

"十年前，他们也是陛下最宠爱的妃子和最疼爱的皇子，可是结果呢？"白隐衣加重了语气，紧接着又道，"宣亲王只是替罪羊，真凶一直都没有抓到。"

"真凶是谁？"

"还不确定，没有证据，他隐藏得很深。"

虽然岳一诺很想问，但是又强行克制着不问，因为她害怕再遇到像慕容素那样的人。她无法分辨好坏，也无法防范，万一不小心泄露了小表哥的消息，那该怎么办？所以，最好的办法，就是连自己都不知道，这样想泄露都不能泄露。

"小表哥……还活着，真好。"岳一诺笑了，笑出了眼泪。

"用不了多久，他就会来找你的。"白隐衣心疼道。

"咣当……"上面传来挪动石板的声音，白隐衣神色变得凝重，喃喃道："不好，十一伯没那么快，看来我们要想办法拖延一点时间了。"

"是他们。"岳一诺看到慕容素带着人走下来，害怕道："他们会不会杀了我们？"

"大当家，你回来得可真是够快呀。"白隐衣笑脸相迎。

"哼！差点就被你的花言巧语给骗了。"慕容素冷笑着，道，"我根本就不需要去问九皇子怎么做，因为九皇子早就交代了怎么做。"

"说来说去，还是你想杀我。"白隐衣略显无奈，道，"听起来，更像是私人恩怨。"

"白少楼主，你不要太自作多情了，我和你能有什么私人恩怨？是你知道的太多了，又太危险，所以必须要死。"慕容素望着他们，接着说道，"况且，杀了你，又正好能陷害岳风，一箭双雕，省了很多麻烦，我自然是很愿意去做的。"

"大家当，你还记得我们曾经赌过吧？"白隐衣忽然问。

"当然记得。"慕容素回答。

"那我们再赌一次如何？"

"你要赌什么？"

"赌命。赌我的命。是生是死，是有是无。"

"你要怎么赌？"

"赌注就是赌法。"

"你确定你不会死？"

"确定。"

"上次你可是赌输了。"

"这次我一定会赌赢。"

"有什么规则？"

"我只要说三句话，你就杀不了我。"

"哦？那我倒是要认真地听一听了。"

白隐衣把一只手很自然地背到身后，然后开始快速掐算，之前因为资料不够，所以无法运用"掌握乾坤"，可是通过刚才的对话和试探，现在已经够了，于是道："九皇子并不是一个人，而是一个组织，就像是天机院。只不过，它隐藏的更深，还被镀上了一层佛光。其实，真正的九皇子在出生的时候就死了，活下来的只是他的名字。不得不说，元巅的这步棋很高明，不仅让一个死人永远活着，还活成了整个国家的信仰和希望。"

慕容素越听越震惊，她强行让自己冷静，淡淡道："第一句。"

"只需要短短几天的时间，每一座城市里的每一块金字招牌附近的每一家店铺，都会成为第一楼的产业。到时候进出赌场的每一个人，都不会有任何秘密。"白隐衣道。

"威胁我吗？"虽然慕容素的心里非常清楚，第一楼确实有能力做到，而她自己也因此感觉到了刺骨的寒意，但是表面上却不动声色，道，"你还有最后一句。"

白隐衣望着她，认真道："我出来的时间足够长了。"

慕容素没有听懂，满脸困惑，疑问道："难道这也算一句？"

"算。当然算。只要是我说的，都算。"白隐衣坚定道。

"你浪费了一句话。不，是三句话。"慕容素也很坚定，道，"我没有听出来不杀你的理由，相反，我却听出来了非杀你不可的理由。"

"你搞错了，不是你不杀我，而是你杀不了我。"白隐衣纠正道。

"有什么区别吗？"慕容问。

"你试一试就知道了。"白隐衣道。

"我带来的这八个人，就是确保能杀死你。"慕容素不敢掉以轻心，然后又对她身边的那八个男人道，"你们一起上，务必要杀死他。"

白隐衣面对八个男人，面不改色，毫无惧意。他伸手把岳一诺护在身后，自己没有退，也没有进，就是站在原地。这时，有三个人影快速闪来，挡在他身前，也挡住了那八个男人。

正是明月、十一伯和十二婆。

"原来你是在拖延时间。"慕容素明白过来。

以八对三，双方大打出手。虽然那八个男人也算是功夫中的好手，但是这三个人，却是好手中的好手，他们只打了几个回合，就分出了胜负。

“大当家，我不会杀你，也不会带着官兵查封你的金字招牌。”白隐衣看着她，一副居高临下的态度，道，“我会再给你一次机会，我之前说的话，依然有效，你回去问一问九皇子后面的那个人，与我第一楼，是敌是友，让他来选择。”

“这也是你的诚意？”慕容素道。

“是的，但却是最后一次。”白隐衣道。

“那她呢？你想怎么处置？”慕容素指的自然是岳一诺，怕她会泄露金字招牌的秘密。

“那是我的事，就用不着你来过问了。”白隐衣道。

“好吧，话我会带到。”慕容素嫣然一笑，一脸期待的样子，道，“其实，不管与你是为敌，还是为友，对我来说，都是一件有趣的事。”

/ 第十五章 /

敌人的敌人不是朋友

1

天已经黑了，夜色正浓。

因为共同经历了一场生死，再加上“小表哥”的缘故，所以岳一诺对白隐衣有一种特别的亲切感。而白隐衣对她也是呵护备至，不仅亲自送她回家，还不停地跟她说笑。毕竟她才刚刚从死里逃生，难免会受到惊吓，这样会让她的情绪好过一些。

他们在经过一条巷子的时候，发现里面人流涌动，甚是嘈杂，原来是官兵在抓人。这件事本身并不奇怪，但奇怪的是，负责抓人的人，是卫一鸣。白隐衣走上前，主动问道：“卫公子，到底发生了什么事？竟然需要劳你的大驾？”

卫一鸣一看是他，也不隐瞒，兴奋道：“白兄，我抓到了魏国的暗谍。”

白隐衣心里是又惊又疑，面露赞赏，恭喜道：“卫公子，这可是一件大功劳啊。”

“是啊。”卫一鸣很高兴，认真道，“白兄，我先办正事儿，回头请你喝酒。”

“好。卫公子去忙吧。”白隐衣目送他离开，略有沉思，然后走向慕容素，轻声道，“大当家，看来你家的后院起火了。”

“难道不是你放的？”慕容素道。

“如果是我放的，你早就被烧成灰了。”

“白少楼主，我要回去救火了，就先行告辞了。”

“如果你需要帮忙，可以来找我。”

“我会的。”

白隐衣把岳一诺送到了兵部尚书府的大门口，道：“小郡主，今天的事，我希望你能保密，不要对任何人提起，包括你的父亲。”他见她神色犹疑，似乎有些担心，又道，“我保证你的父亲不会受到任何人的陷害，我说到做到。”

岳一诺纠结了好一会儿，最后终于做了艰难的决定，道：“好。我答应你。”

回到虫二院后，白隐衣从苏迎迎那里知道了事情的来龙去脉。原来就在不久之前，云恪接到了一封匿名的密报，说是有魏国的暗谍活动。他对这种来源不明的信息并不相信，可是又担心会错过什么，于是便让卫一鸣去走了一趟，结果却走出了意外的惊喜。

这件事从头到尾都充满了诡异，不过，更加诡异的是，几天之后，又有一个暗谍被抓到了。这次负责去抓人的并不是卫一鸣，而是云飞。白隐衣在暗中仔细调查过，云闯知道这个消息的方式和云恪是一模一样，都是接到了一封匿名的密报，再无其他。

诡异还在继续，每隔几天，云闯和云恪就会轮流收到一封匿名的密报，然后再轮流去抓暗谍，最后又轮流向云挚请功。虽然他们对这件事也产生了深深地怀疑，但是面对给自己加分的功劳，自然是万万不能错过的，一定要先牢牢地抢到手里。

白隐衣一直都在关注，不过，却一直都没有行动，甚至连门都没有出过，因为他在等人上门来找他。果然，有两个人先后找上门来，一个是天机院的院长莫缺，一个是金字招牌的大当家慕容素。有这两个人的背景撑腰，那他的调查就无所顾忌了。

虫二院的后院，白隐衣把大家召集过来，道：“这件事，我怎么看都像一个阴谋，只是不知道，是谁的阴谋，又是阴谋谁。”他一副忧心忡忡的样子，有些不安地说道，“如果不把它调查清楚，恐怕会出现一些我们无法掌控的意外。”

苏迎迎分析道：“既然莫缺和慕容素都找上门来了，那似乎就能够说明，不是九皇子的人，也不是天机院的人。可是除了他们，谁还会有这样的能力呢？”

白隐衣毫无头绪，沉思片刻，突然道：“云天。我怀疑是他出手了。”

“如果真的是他，那他这么做的目的又是什么呢？”

“他的心机深不可测，不到最后，恐怕没有人能猜得出来。”

白隐衣的调查是双向的，对外，他是调查这件事的幕后黑手；对内，他是调查天机院和九皇子更多的资料信息。虽然这内和外的调查可以相互利用相互掩饰，但是他们对他还是有诸多防备，不管是什么原因和借口，都没有让他接触到真正的核心。

因为无法深入，所以进展缓慢，甚至都步入了僵局。

白隐衣为了尽快打破僵局，便到赌场去找慕容素，道：“大当家，所谓日防夜防，家贼难防。而九皇子后院的墙又那么高，如果不是监守自盗，外人是不容易进去的。”他的言外之意，就是想查看九皇子内部的机密信息。

“那也要看是什么样的外人。如果是你这样的，又或者是天机院那样的，别说是翻一座高墙，就是翻一座高山，应该也不是什么难事。”慕容素非常清楚他的心思，道，“九皇子已经彻底清查过，我可以保证，绝对不是我们的人泄的密。”

“天机院那边我也彻底清查过，虽然被抓的那些暗谍，有几个早就暴露了，但并不是他们动的手。”白隐衣沉思着，话锋一转，又道，“你可知道，在齐国，隐藏最深的人是谁？”

“难道不是莫缺？”

“是云天。”

“那个病了快二十年都没有出过门的慧亲王？”

“正是。”

“你怀疑是他做的？”

“他值得怀疑。”

“我不相信，一个足不出户的病人，竟然能掌握九皇子这么多的暗谍机密。”

“关于被抓的那些暗谍，连天机院都没有能完全掌握，所以，我也不相信，云天能掌握。”白隐衣加重语气，又道，“其实，我是不相信，有任何外人能掌握。”

“说来说去，你还是怀疑是我们九皇子的人？”

“我的确怀疑是你们的人，但却不是九皇子的人。”

“什么意思？”

“是魏国的人，九皇子的兄弟，比如那几个王爷。”

“这倒是有可能。”

“更有可能的是，他已经和云天合作了。”

2

白隐衣非常清楚水至清则无鱼的道理，所以他才会对慕容素说那些话，目的就是为了先把水搅浑，然后再找机会浑水摸鱼。不过，他忽然又有另外一种猜测，就是九皇子已经知道了那只幕后的黑手是谁，只是自己不方便去揭穿，于是才找上门来，让他帮忙。

白隐衣回到虫二院后，发现岳一诺正在客房里等他，便道：“小郡主，你怎么来了？”

岳一诺支支吾吾道：“老板，我有事。我不知道该找谁，想来想去，只能来找你了。”

白隐衣认真道：“小郡主，你能来找我，是对我的信任，我感到很荣幸。”

岳一诺犹豫道：“可这是一件麻烦事，一定会让你很为难。”

“没关系的，我现在做的，就是让我为难的麻烦事。”白隐衣道。

“我有一个朋友，叫小鱼……”岳一诺显得非常迟疑，“她来找我，向我表明身份，说她是魏国的暗谍，还说有人要杀她，希望我能帮她。”

“你想帮她，但又怕自己帮不了，所以才来找我。”

“是的。”

“让我来处理吧，不然很可能会牵连到你的父亲。”

“我也是害怕这样。”

如果说流光巷是最有名的风流之地，那墨香河便是最有名的风雅之地。站在岸边远远望过去，只见河面上飘荡着无数舟船，它们全部都是随波逐流，随风而动，随遇而安。在舟船上，坐着的都是一些文人墨客，才子雅士，云飞就曾常常混迹于此。

白隐衣和岳一诺站在一叶小舟上，明月撑起长长的竹竿，穿行其中。

此时正是黄昏，夕阳美景，甚是宜人，只听一人吟道：“墨香十万里，水天一色间。”

紧接着，就有另外一人接道：“日落长河中，水漫无尽天。”

先前那人道：“兄台，我们同船共饮如何？”

之后那人道：“正合心意。”

白隐衣看着美景，闻着酒香，听着诗词……满脸笑意和享受，道：“其实，我早就想来这里见识一番了，可是一直都没有机会来，今天托小郡主的福，终于来了。”

“老板，难道你喜欢这个调调？”岳一诺道。

“怎么？你不喜欢吗？”

“不喜欢。”

“为什么？”

“我总觉得，这里的风雅，透露着一种酸腐味儿。”

“哈哈哈，小郡主，你的嗅觉可真是够敏锐的呀。”白隐衣开心地笑着，随后又道：“对了，这句话，你有没有对你表哥说过？”

“说过。”岳一诺回答。

“那他当时有什么反应？”

“好像没有什么反应，就是把他的船送给我了。”

小鱼就在船上，她非常警觉，看到除了岳一诺之外，还有两个人上了船，不禁心里有些慌张，但是表现得却很镇定，道：“你们是来抓我的吗？”

岳一诺连忙解释，道：“小鱼，你误会了，他们是来帮你的。”

“一诺，是你误会了，他们根本就不会帮我。”小鱼道。

“为什么？”说话的是白隐衣。

“因为我知道你是谁，也知道你做过什么事。”小鱼回答。

“那你更应该知道，我有帮你的能力。”白隐衣道。

“但你更有抓我的能力。”小鱼道。

“看来你这条漏网之鱼真的是被吓坏了。”白隐衣同情的语气，接着说道：“你可以放心，我不是来抓你的，不过，能不能帮上你，还要取决于你自己。”

“你是想要策反我？让我倒戈做叛徒？”小鱼道。

“不。那么做无论是对你还是对我都太不尊重了。”白隐衣道。

“那你想要我做什么？”小鱼面露疑惑。

“是你自己想要做什么？”白隐衣反问。

“我想要把叛徒揪出来。”

“为什么偏偏是叛徒？”

“因为只有叛徒，才能知道的这么深入。”

“从今天起，你就跟在我身边吧。”

“我可不会对你言听计从。”

“我也不需要你对我言听计从。”

因为小鱼的身份过于敏感，所以白隐衣的行为就变得非常冒险。把一个暗谍留在自己的身边，一旦被发现，无论是对魏国，还是对齐国，他都不好解释。其实，他这么做，无异于引火烧身。不过，这也正是他的目的——要灭火，就必须先要让火烧起来。

小鱼住在虫二院二楼的客房里，虽然来往的客人很多，但是只要关好房门，就像与世隔绝一般。她过了几天安稳的日子，而白隐衣过得更加安稳，仿佛除了吃喝玩乐之外，就没有做其他的事情，这让她渐渐不安和着急起来，道：“白老板，你不是说要帮我吗？”

“我已经在帮你了，不然，你哪里会过得这么安稳？”白隐衣道。

“我说的是，帮我揪出叛徒。”

“这个就要取决于你了，我没有线索，也没有方向，有心无力。”

“你不用套我的话，我是什么都不会跟你说的。”

“那我就爱莫能助了。”

小鱼见指望不上他，只好自己去调查。过了午夜，客人都走光了，她乔装打扮，穿着夜行衣，蒙着面，偷偷地溜出虫二院。其实，白隐衣对她的一举一动都了如指掌，只不过睁一只眼闭一只眼，假装没有看到，也没有派人跟踪，就这么任由她随意折腾。

到了黎明，快天亮了，她才回来，一连几天，都是如此。可是，没过多久，她就又开始过起了安稳的日子。白隐衣知道，她是受了伤，于是敲开房门，递上两瓶药，道:

“内服治内伤，外敷治外伤。如果你认为，还有什么是我能帮上忙的，可以跟我说。”

“少跟我假惺惺。”小鱼语气生硬，接过药瓶，又道：“我没什么跟你说的。”

“那你可要好好保重了，别到时候想说都没命说了。”

“如果我没命了，恐怕你也活不成。”

“为什么？”

“你窝藏暗谍，这可是通敌卖国的大罪。”

“果然是最毒妇人心。”白隐衣笑了笑，似乎并不在意。

3

夜晚，整条流光巷灯火通明，客人们陆陆续续地走进来。白隐衣在人群中看到了卫一鸣，起身相迎，笑着说道：“卫公子，喝你一顿酒，可真是不容易啊。”

卫一鸣赔笑着，一脸歉意，道：“白兄啊，是我的不是，怪我，怪我。”

“呵呵呵，只是一句玩笑话，千万不要当真。”白隐衣把他请到二楼的雅间，道：“我知道卫公子最近很忙，还立了大功劳，所以应该是我去登门贺喜才对。”

“唉！功劳的本身确实不假，但是，这功劳的意义却是假的。”卫一鸣显得很无奈。

“这是什么意思？”白隐衣假装很困惑。

“白兄啊，你说功劳的意义何在？”卫一鸣自问自答，“不就是我有而别人没有吗？可是现在的情况，偏偏是我有别人也有，这种大家都有的功劳，你说还有什么意义？”

“卫公子说得极是。”白隐衣表示赞同，道：“我也听说了武王抓暗谍的事情。”随即，他又安慰道：“不过，不管怎么说，毕竟是功劳，那就应该高兴。”

“也不是不高兴。”卫一鸣心里很矛盾，道：“就是没那么高兴，不够尽兴。”

“那就喝酒，我陪你喝个尽兴。”白隐衣笑道。

酒菜上桌后，两个人边喝边聊。但几乎都是卫一鸣一个人在说，白隐衣很难插上嘴，他也不想插嘴，于是就安分地扮演着听众的角色。他们聊的事情大多都和暗谍有关，开始如何接到匿名的密报，然后再如何去抓捕，最后又如何立功封赏。

卫一鸣的语气里充满了激动和兴奋，可是，又总有一丝无奈。

就像他说的——不够尽兴。

不知不觉，虽然菜没怎么吃，但是酒却喝了不少，两个人都有了微微的醉意。这时，听到楼下传来一阵嘈杂声，清风推门进来，禀报道：“少爷，是武王和云飞小王爷，他们带着官兵把虫二院包围了起来，说是要抓捕魏国的暗谍。”

白隐衣和卫一鸣相视一望，都是一怔，“我们下去看看。”

白隐衣走下楼，他看到客人们都受到了惊吓，乱作一团，而大门又被官兵给堵住，不允许任何人进出，不禁非常生气，质问道：“武王殿下，你这是要干什么？”

“白老板，本王接到密报，说你这里有暗谍活动。”云闯道。

“那你查我就好了，何必为难我的客人？”

“你能保证你的客人里没有暗谍？”

“你能保证我的客人里有暗谍？”

“不能，所以才需要一一排查。”

“武王殿下，或许我应该说明，第一楼做生意的规矩——不管是什么人，只要是进了我虫二院，那就是我虫二院的客人。”白隐衣语气非常强硬，不忍不让，“所以，在我虫二院里面，根本就不存在除了客人以外的其他人。”

云闯听明白了，这言外之意，就是说在虫二院里，没有暗谍，也没有官兵，更没有他这个武王——有也是没有。他无法忍受一个地位卑贱的商人敢当面这么无视自己，怒道：“白老板，你窝藏暗谍，这可是通敌卖国的大罪，我完全可以将你入狱审问。”

“武王，你真是好大的官威啊。”云恪带着官兵从外面走进来，气势比他更盛，“别人不清楚，难道你也不清楚吗？白少楼主不仅对国有功，还对民有恩，你这样无凭无据地说他窝藏暗谍，通敌卖国，那和诬陷又有什么区别？你的行为简直让人寒心。”

“太子，你是在替他说话了？”云闯道。

“我是在替公道说话。”云恪心里早有算计，“如果白少楼主真的窝藏暗谍，通敌卖国，那不用武王出面，本太子自会将他入狱审问。”

“既然太子和白老板都自认清白，那又何惧本王搜查？”云闯道。

白隐衣略有思索，道：“也好，让你搜一搜也无妨。”

云恪连忙把他叫到一边，悄声道：“白少楼主，你真的没有窝藏暗谍？”

“当然没有。”白隐衣假装惊讶，“太子不信我？”

“不是我不信你，而是这件事有蹊跷。”说着，云恪就拿出一封密报，上面写着“白隐衣把暗谍藏在虫二院”，“我肯定，云闯也接到了这封密报，不然他是不会来的。”

白隐衣皱眉回想，一脸困惑，道：“我确实没有窝藏什么暗谍啊！”

云恪在旁边提醒道：“会不会是他向你隐瞒了真实身份？又或者他是你这里的一个常客？”

“我身边的人，都跟了我好久了，应该不存在隐瞒身份这种事。”白隐衣继续回想，仍然没有头绪，“至于常客，那就太多了，实在不好分辨。”忽然，他神色恍惚，又道，“对了，我想起来了，前些天，我这里住进来一个人。”

“是谁？在哪？”云恪问。

“是一个女孩，叫小鱼，就住在二楼的客房。”白隐衣道。

云恪听完，立刻带着官兵冲上二楼，云闯的反应非常迅速，直接带着人跟在后面。一瞬间，整个虫二院里的人，都乱作一团。他们推门而入，只见屋内空无一人，但是窗户却是打开的，随后听到楼下的官兵喊道：“有人跳窗逃跑了。”

“追。一定要追上。”云恪和云闯探头望向窗外，同时命令道。

云闯看着跟上来的白隐衣，又望了云恪一眼，强声道：“来人，把白老板拿下。”

云恪厉声道：“谁敢？”

“太子，事到如今，你还要袒护包庇吗？”

“哼！无凭无据，你就这么拿人，不合适吧？”

“人都跑了，有目共睹，就算没有真凭实据，那也有重大嫌疑。”

“就算如此，有本太子在，也轮不到你来拿人。”

“太子，你和白老板的关系，在朝中可不是什么秘密，你来拿人，更不合适吧。”

“你……”云恪气极，竟无言以对。

“来人，把白老板拿下。”云闯又说了一次，云恪没有再阻止。

白隐衣似乎从醉酒中清醒过来，一脸惊慌失措的样子。他看到两个官兵刚刚靠近自己，就被明月一掌打飞，然后就再也没有人敢靠近。

“白老板，你这是要公然拒捕吗？”云闯道。

“拒什么捕？我什么都不知道啊。”白隐衣道。

“白少楼主，”云恪走过来，安慰道，“你放心，你不会有事的，我一定会救你出来。”

4

武王府位于城东，紧临城门，和其他王公贵族的府邸相比，位置算是很偏僻了。虽然府内的占地很广，但是里面的宅院却很少，因为大多的空地都被修建成了训练场。有训练士兵的，有训练战马的，还有训练个人体能和团队配合的。

白隐衣看到这番景象之后，不禁感叹道：“武王，你这是把住所当成兵营了。”

云闯直接说道：“以前在边境的时候，无论是驻守还是交战，兵营就是住所。”

“武王，看来你只是人离开了战场，心并没有离开啊。”白隐衣道。

“确切地说，是人也没有离开，只不过是换了一个战场而已。”云闯语气沉重，明显不愿再多说，便让云飞去安排后面的事情，然后自己就先行离开了。

云飞带着白隐衣走进一个房间，道："白少楼主，恐怕要委屈你在这里住上几天了。"

白隐衣随意扫了一眼，发现房间很大，虽然布置得很简单，但是却很干净，并且生活用品都一应俱全，他略带疑惑道："小王爷，这应该不是武王府的监牢吧？"

"白少楼主说笑了，在武王府里，根本就没有监牢。"

"那就奇怪了，你们不是说要将我入狱审问吗？"

"我想白少楼主是误会了，我们的意思是，请你来做客。"

"做客？哈哈哈，有趣，我还是第一次做这样的客。"

"我知道白少楼主习惯清风和明月在身边服侍，所以稍后我会把她们都接过来。"

"小王爷，你还真是周到啊。"

"只要白少楼主不觉得怠慢就好。"

白隐衣的身份特殊，再加上他窝藏暗谍的罪行又太过模糊，最重要的，是入狱审问不仅对他不会起任何作用，还会彻底得罪他。而像他这种人，就算不能做朋友，也千万不能做敌人，不然就太不明智了。把他请回武王府，其实是另有目的，是做一场戏，给朝中的那些官员看，让他们明白，武王有不弱于太子的能力和气魄，完全有资格继承齐国的江山。

对于这件事，无论是云挚还是天机院，都没有任何说法，也没有任何态度。不过，朝中的官员们却是议论纷纷，颇有争执。也不知道是有意还是无意，总之这场寻常的议论，很快就演变成了对太子和武王的评判。有的说太子无能，竟然在武王面前，连自己的人都保护不了；有的说武王霸气，竟然在太子面前，敢把他的人带走……

武王府的生活很单调，每天都是各种训练，而且还没有风景可以观赏。不过，白隐衣却过得有滋有味，兴致勃勃，丝毫不觉得乏味。秋风渐凉，吹在人的身上特别舒爽，清风跟在他的身边，悄声问道："少爷，我们什么时候离开这？"

"怎么？待闷了？"白隐衣问。

"闷倒是不闷，就是总感觉这里不安全。"清风道。

"其实，这里可要比外面安全多了。"白隐衣笑了笑，"说到离开，也应该快了。只是，进来得容易，离开就没有那么容易了。"

"难道少爷想离开，他们还能拦得住？"

"你理解错了，不是我想离开，而是他们想我离开。"

"我不明白。"

"我们在这里已经有好几天了，虽然过得很悠闲，但是对外界来说，却是入狱审问，而既然是入狱审问，那就应该有个结果才对。”白隐衣解释着，慢悠悠地接着说道，“可是看现在的情况，是不会有什么结果了。所以，如果让我们轻易离开，一是他们会没有面子，二是会给太子留下口舌，弄不好还会把刚刚挣过来的人心反送回去。”

“听起来还真是麻烦。”清风有些明白了，“那他们会让我们怎么离开？”

“我也很好奇。”白隐衣嘴角轻轻一扬，满是邪气。

自从白隐衣被“入狱审问”之后，最担心和最着急的人是岳一诺，毕竟是因为小鱼的事情，所以她心里充满了愧疚。这些天，她一直在尝试各种办法，她去找过云飞和云闯，也去找过岳风和云渺，可是由于她有不能说的秘密，最后都无疾而终、无济于事。

她思来想去，只能去找慕容素了。不过，这个曾经和她姐妹相称的人，如今却是她最害怕的人。她站在马路对面，远远地望着金字招牌的大门，心里满是犹豫和颤抖，她真想转过身头也不回地逃跑，但是一想到白隐衣，又壮起胆子，一步一步地走过去。

慕容素见她走进来，热情地招呼道：“妹妹，你又想赌上几把了。”

岳一诺胆怯道：“我……是来找你帮忙的。”

“帮忙？你是想让我帮忙救白隐衣？”慕容素看穿了她的来意。

“是。”岳一诺见她一眼就看穿了自己，心里更加害怕了。

“我为什么要帮他？”

“因为他在和你合作，你们是一伙的，所以你要帮他。”

“哈哈哈，妹妹，你太天真了。如果他没有能力救出自己，那就没有资格和我合作。再说，即使是合作，我和他也永远不会是一伙的，顶多算是相互利用、各取所需。”

“如果你不救他，我就把你的事情告诉给我父亲。”

“威胁我？”慕容素笑里藏刀，向前走着，“难道你就不怕我杀了你灭口？”

“你……别过来……”岳一诺连忙向后退，“在石室里，老板是有机会杀你的，但是他却放了你，你欠他一条命，你应该去救他。”

“那现在我也有机会杀你，要不要一命抵一命呢？”慕容素停下脚步，反问道。

岳一诺的脑袋里一片空白，又全都被恐惧填满，她不记得是怎么离开赌场的，也不记得是怎么回来的，当她记得的时候，她已经站在了岳府的大门口。她一脸恍惚，看到刘锦瑞匆忙地走出来，焦急地对她说道：“小郡主，你可算回来了。”

“锦瑞哥哥……哦，我现在应该叫你表姐夫了，你找我有事吗？”岳一诺问。

“小郡主，我想求你帮个忙。”刘锦瑞诚恳道。

“什么忙？”

“不知道你有没有听说，虫二院的白老板，被武王关进了武王府。”

“我听说了。”

“因为我之前欠白老板人情，所以我想把他救出来。”

“啊？你也想救他？”岳一诺吃惊道。

“怎么？还有人想救他？”刘锦瑞问。

“没有没有，我就是感到很意外。”岳一诺赶紧把话转过来。

“我知道这很强人所难，但是我实在……”刘锦瑞满是犹豫。

“我帮你。”岳一诺打断他的话。

“你答应了？”刘锦瑞一怔。

“嗯。”岳一诺语气肯定，“只是我不知道，该怎么帮你？”

“今天晚上，姑姑会在淑德殿宴请武王和小王爷，我和表妹都在，”刘锦瑞边说边拿出一块令牌，递给岳一诺，“这是我从武王那里偷来的，到时候你就拿着它，去武王府救人。事后一旦有人追究，你就把事情都推给我，说是我让你去的，其他的什么都不要说。”

5

起风了，只见空中乌云翻滚，天色很快就黑了下来。

虽然白隐衣在武王府的生活很单调，但是还算自由，除了不能出府外，几乎是可以随意走动的，士兵们都不会阻拦，真的就像是客人一般。他经常带着清风和明月，一个训练场接着一个训练场地观看各种训练，有时候还会亲自上去凑凑热闹。

眼看一场大雨将至，几个人便回到了房间。清风点上蜡烛，烛光下，她抚琴唱曲，明月以剑伴舞，而白隐衣则坐在旁边欣赏着。这是最美的风景，也是最好的享受，再配上几道可口的小菜，和天香楼的太白佳酿，简直就是神仙过的日子。

突然，外面亮起了一道闪电，紧接着，就听到了轰鸣的雷声。清风直接被吓到了，停止了琴声和歌声，明月也停止了舞剑，但她并不是被吓到的，而是接到了一个从窗外飞进来的纸团。她把纸团打开，看了一眼，道：“少爷，是三哥，他说查到了神秘人的身份。”

所谓的“神秘人”，就是给云恪和云闯匿名送密报的人。

白隐衣接过纸条，看到了一个熟悉的名字——余正。不禁皱起眉头，喃喃自语：“竟然会是他！怎么会是他？”说着，就运用起内功真气，将纸条化成粉尘，不留一丝痕迹。

“当当当……”是敲门声。

明月去开门，看到来人后，微微一怔。

“请问……白少楼主在吗？”正是岳一诺，她身后还跟着两个府内的士兵。

“小郡主？你怎么来了？”白隐衣表现得很意外，也很惊喜。其实，他心里很清楚，她一向称呼自己为“老板”，这“白少楼主”似乎就能够说明，她是替别人来的。

“是表哥让我来接你的，说是皇后要见你。”岳一诺一边说一边挤着眼睛做暗示。

“哦哦……”白隐衣心领神会，“那我们走吧。”

接下来的事情，顺利地简直是不可想象，或者说，是如同想象。武王府的士兵，竟然都没有跟随，只是眼睁睁地看着岳一诺一个人把他们三个人带走。白隐衣心里暗自苦笑，没想到云闯和云飞会是以这样一种简单到随意的方式让自己离开。

出了武王府，又坚持走了一段路，岳一诺是又紧张又惊喜，胸间憋着的一口气终于松了下来，她双腿颤抖，整个人瞬间瘫软，白隐衣连忙扶住她，道：“小郡主，你没事吧？”

岳一诺脸上露出笑容，道：“老板，我竟然真的把你给救出来了！”接着，她就把刘锦瑞如何找她帮忙的事情说了，不过，自己如何奔走的事情却是一字未提。

白隐衣大概了解了情况，应该是刘锦瑞想救自己，然后和云未央商量，最后想出了让皇后宴请云闯和云飞，进而把他们调走的计策。可是毫无疑问，云未央把这个计策泄露了，而他们也正好顺水推舟。或许，从一开始，他们就是想利用刘锦瑞来让自己离开了。

白隐衣满是感激，道：“真是多谢刘公子和小郡主冒险相救。”

岳一诺低着头，小声道：“都是锦瑞哥哥……我……其实没做什么。”

“小郡主，你做的已经足够多了。”白隐衣疼惜地拍了拍她的肩膀。

“对了，老板，你还是赶紧走吧，不然又被抓进去怎么办？”岳一诺担心道。

“放心，既然出来了，就不会再把我抓进去了。”白隐衣笑道。

“为什么？”岳一诺不解。

“这件事，无论是推到你的身上，还是推到刘公子的身上，最后都会推到你们的父亲的身上。而武王不管是念及情分，还是顾及势力，他都不会追究。相比起户部尚书和兵部尚书的人情，我这个做生意的商人就显得太微不足道了。”白隐衣解释道。

“这么说，锦瑞哥哥也不会有事了？”岳一诺问。

“谁都不会有事。”白隐衣肯定道。

“白少楼主，你这话说得太早了一些。”空荡黑暗的街角，突然出现了一个人。

“余大人，别来无恙啊。”白隐衣听出了他的声音，正是前禁军统领——余正。

“早就不是什么大人了，说来说去，还是拜你所赐。”余正道。

“余公子可好？”白隐衣问。

“他死了。”这简简单单、清清楚楚的三个字，听起来是那么沧桑和悲凉。

“这么说，你是回来报仇的？”

“我总要做点什么。白发人送黑发人的痛苦，你现在是不会理解的。”

天空划过一道闪电，伴随着轰鸣的雷声，把街角照亮，白隐衣发现在余正的身后，还有一群人，他数了数，一共十七个，其中一个他还认识，正是刁落花。他顿时知道了他们的身份，也大概知道了让他们来的用意，道：“你在替慧亲王做事。”

“慧亲王让我来请你——只请你一个人。”余正道。

“我跟你去。”白隐衣道。

“少爷……”清风和明月满是担心。

“放心，他是不会杀我的。”白隐衣道。

/ 第十六章 /

最意外的暴露

1

白隐衣被余正带进了一户普通的人家，可是走过一条密道之后，再出来的时候，就到了慧亲王府。后来他才知道，在江京城里，像这样的人家，至少有十几户，其中包括了各行各业各个阶层。他们平时只过自己的生活，除了秘道以外，和慧亲王府再无任何瓜葛。

云天坐在竹椅上，空中电闪雷鸣，周围忽明忽暗，他一脸泰然，不为所动，道：“一场秋雨一场寒，这场雨过后，就真的要冷了。”

白隐衣虽然从未见过他，但还是一眼就认出了他，道：“慧亲王，我们终于见面了。”

“终于？嗯……这个词用得好。”云天面露笑意，满是赞赏，同时余正和侍卫也都退了下去，院子里只剩下他们两个人，“我腿脚有些不方便，你过来推推我吧。”

白隐衣很自然地走上前推着竹椅，然后直接开口道：“十年前，青鸾别院的惨案，是不是你做的。”他说得也很自然，还很随意，甚至都没有疑问和质问的语气。

云天微滞，多少有些意外，道：“这个问题我不能回答，因为怎么回答都是错的，所以你若是想知道真相，那就要自己去调查，去证明。”

“我会的。”白隐衣语气肯定。他一直推着云天，在院子里慢步走着，不知不觉，就走到一个房间外，他发现里面亮着灯，看到了窗户上映着一个独孤的身影，异常美丽，他备感熟悉和亲切，便停下了脚步，脸上难掩激动，“是我母亲？”

“是。”云天道。

“我能见她吗？”白隐衣问。

“能。但现在不能。”云天道。

“她还好吗？”白隐衣又问。

“应该比以前要好吧，至少怀了一个有可能继承皇位的龙种。”云天道。

白隐衣望着窗户上的那个影子，心里百感交集，那是自己的母亲，近在咫尺，却不能相见。他非常矛盾，一边是冲动，一边又是极力地克制冲动。他张开嘴，喉咙干涩，一时竟然说不出任何话来。或许，他是不知道该说些什么吧。

“往前面走走，我带你逛逛。”云天道。

白隐衣回过神，继续推着竹椅，慧亲王府很大，房间很多，还有假山、花园和池塘。云天很有兴致地介绍着，他发觉这里的一草一木一砖一瓦的布局和方位都很有讲究，仿佛是暗藏了五行八卦的玄理精妙，就像是某种机关阵术。

“这就是奇门遁甲，可以遮掩天机，隐藏气息。”云天道。

“怪不得你能在天机院的眼皮子底下做这些事情。”白隐衣道。

“我知道你有很多话想问，你尽管问。只要是能回答的，我都会回答。”

“那不能回答的呢？”

“不能回答的，我不会乱回答，这样才能保证你听到的都是真话。”

“是真是假，我自己分辨。”

“嗯，很好。看来你已经明白，在这个世界上，唯一能相信的人，就是自己。”

“我只是不相信你而已。”

“你最好也不要相信你的母亲。”

“你什么意思？”

“以后你自然会懂。”

白隐衣的心里有一种奇怪的感觉，是对云天的感觉，不仅没有仇恨和恐惧，反而还有一种无法表明的一见如故。这和见面之前，完全是天差地别。可是，他见到的云天，和他想象中的云天，又没有太大的差别，不然也不能一眼就认出来了。

既然人没有太大的差别，那感觉为什么会有这么大的差别呢？

“我想知道，你是怎么知道，魏国那么多的暗谍的。”白隐衣问。

“是魏国的晋王，给我的名单。”云天道。

“你们果然在合作。”

“不错。我帮他削弱九皇子的势力，他帮我搅乱皇位的继承。”

“我一直以为，躲在九皇子背后的人是晋王，毕竟他的性格特征最为符合。可是现在看来，深藏不露的是另有其人啊。是燕王？还是雍王？”

“这我就不得而知了。不过，用不了多久，不管是谁，都会被晋王取而代之。”

"既然你要搅乱皇位的继承，那请太子和武王就好了，何必又要把我牵扯进来？"

"哈哈哈，你才是核心，没有你，就算请了他们过来，也谈不上搅乱。"

"我听不明白。"

"其实你应该明白的，只是你不愿意明白而已。"

"那你就说得再明白一些。"

"只有暴露了你的身份，才能算是真正的搅乱皇位的继承。"

白隐衣一怔，心里满是困惑，因为对于云天到底会怎么做，他曾经想过一万种可能，但是唯独没有想过暴露身份这一种可能。他甚至坚信，云天还会想尽办法隐瞒他的身份，不让任何人知道。他非常不解地问道："你不会是真的想让我当皇帝吧？"

"为什么不会？"云天反问，"能不能当上皇帝，要看你的造化。"

"我当上皇帝对你有什么好处？这不合乎逻辑。"白隐衣道。

"想要合乎逻辑，一句话就能解释清楚。"云天意味深长道，"不过，这句话，我要等到你查明了十年前的真相之后再告诉你。"

"就算如此，只要我不承认，那就没有人会相信。"

"我既然能把你请来，那自然就能让你承认，也能让别人相信。"

2

虽然空中一直雷鸣不断，但是却始终都没有落下一滴雨。就像是在积蓄力量，等待爆发的时机。白隐衣在云天的指引下，来到了一个假山旁，又在他的指引下，按动了机关，随后只见假山左右分开，露出了一个洞口，正是通往府外的一条密道。

"你就从这里走吧。"云天道。

"你就这么放我走？"白隐衣疑惑道。

"虽然我放了你，但是你能不能走得了，却还是要取决于你自己。"

"什么意思？"

"我请你来是有目的的，在目的没有达成之前，你又怎么能走得了呢？"

这条秘道很长，而且还有很多岔路，不过不用担心会迷路，因为每条岔路最终都会回到主路上。白隐衣举着火把在里面走着，一边走，一边计算着时间、方位和路程，大概过了半个时辰，他推算出应该是出了城，在城北树林的下面。

"老板，老板……"前面传来一个熟悉的声音。

"小郡主？"白隐衣以为听错了，又提高了声音，"是你吗？小郡主。"

“是我是我……”岳一诺举着火把循声跑过来，看到他后，满是惊喜，“老板，总算找到你了，你没事真是太好了。”

“你怎么在这？”白隐衣问。

“是小鱼，她告诉我能在这找到你。”岳一诺道。

白隐衣瞬间明白过来，原来小鱼并不是一条漏网之鱼，而是一只钓鱼的诱饵，她的真实身份，应该是晋王或者是云天安插在九皇子里的双面暗谍。同时，他也明白过来，自己的一举一动，甚至连还没有发生的举动，都已经被人看穿猜透了。

“小郡主，你独自来找我，难道就不害怕吗？”白隐衣怜惜道。

“现在想想，倒真是有点害怕了。”岳一诺脸上露出一些后怕的神色。

“表妹，表妹……”又传来一个熟悉的声音。

“是锦瑞哥哥。”岳一诺听出来了，大声回应道，“锦瑞哥哥，我们在这里。”

“小郡主，白老板，你们怎么在这？”刘锦瑞见到他们后，非常意外。

“我们说来话长，还是说说你吧，怎么会在这？”白隐衣问。

“我只记得，宴会结束后，就和表妹一起回家了，可是不知道怎么的，就突然到这了。”刘锦瑞一边说着，一边摸着后颈，感觉有一种肿胀的疼痛。

“看来你们是被人打晕了，然后又被抬到这来的。”白隐衣道。

“是什么人做的？”刘锦瑞满是困惑，却又担心道，“不好，我表妹……”

“刘公子请放心，既然你没事，那公主也不会有事的。”白隐衣安慰道。

三个人结伴前行，又走了一段路，隐约听到有人呼救的声音，然后循声而去，拐进了一条岔路。越往里走就越开阔，还听到了“哗哗”的流水声。最后，他们看到了一个数十丈方圆的大坑。坑里面有很多块石头，排列有序，形成了一个非常复杂的迷宫。而水，正在往迷宫里灌溉，顺着石头排列出来的“渠”快速流淌着，涨高着。

“这是什么东西？”刘锦瑞好奇地问道。

白隐衣面色凝重，没有说话。

“表哥，是你吗？”附近传来云未央的声音。

“表妹，你在哪？”刘锦瑞叫着，眼睛慌张地到处寻找。

“在那儿，表姐在那儿。”岳一诺眼尖，用手指向坑里的一个位置。

“还有我们。”是云飞的声音。

这坑里面一共有五个人，分别是云恪、云闯、云飞、云未央和卫一鸣，他们又分别被绑在五个不同的位置，动弹不得，只能眼睁睁地看着水一点一点地涨上来，完全无能为力。这五个人，除了云未央的情况不一样之外，其他的四个人，都是先被一封匿名的密报引到了城北的树林，然后又遭受到了伏击，最后才被带到了这里。

刘锦瑞担心地喊道："表妹，你不要怕，我现在就下去救你。"说着，他就要跳下去。

白隐衣连忙拦住他，道："刘公子，这下面好像是一个非常复杂的迷宫，你这样贸然下去，不仅救不到人，恐怕连自己都会被困在里面。"

"那怎么办？"刘锦瑞心急如焚，无计可施，只犹豫了片刻，就坚决道，"管不了那么多了，不管怎么样，我都要和表妹在一起。"说着，他又要跳下去。

"表哥，你别乱来，看这水往上涨的速度，我们应该还是有时间想办法的。"云未央道。

"我们每个人的脚下都踩着一个机关，一旦离开，就会触发，到时候水就会瞬间淹没所有人。"云飞表现得很冷静，"所以，你们要想救我们，就不能直接救我们。"

"机关？"云恪特意低下头看了看，虽然没有看出什么名堂，但是也不敢轻举妄动，他话里藏针，"云飞，你怎么知道得这么清楚，你不会和伏击我们的人是一伙的吧？"

"太子，你难道就一点印象都没有吗？"云飞反问。

"我能有什么印象？"云恪道。

"十年前，魏国洪灾，黄河泛滥，无数田地和房屋被冲毁。可是在水势最大的一处，却安然无恙。据说是因为佛主转世的九皇子经过那里，布下了九转黄河阵，将黄河的水分流引流，在决堤之前，绕过了附近最危险的五个村庄流到了安全的别处。"云飞道。

"哼！这件事被魏国传得神乎其神，还把九皇子捧上了天，我当然有印象。不过，它和我们眼下的处境又有什么关系？"云恪道。

"我们五个人，便是那五个村庄；而这渐渐高涨的水，便是那泛滥的黄河。"云飞眯着眼睛，想起了小时候的人和事，不禁有些感慨，他接着说道，"我之所以对它有印象，是因为十年前，魏国使臣来齐，纸上谈兵，和我们对阵了一战。"

"我想起来了，我还记得，当时满朝文武，没有一个人能破阵。"云闯道。

"那个阵，就是我们现在所处的迷宫。而这个迷宫，正是从九转黄河阵演变而来。据说是九皇子为了防备我齐国趁着洪灾入侵，闭关冥思了七七四十九天，然后亲自封堵了阵里的所有生门，还把通往生门的道路都改成了通往地狱的死路。所以，你们要想救我们，就要赶在水漫过头顶之前，正确地移动石块，重新铺出一条能打开生门的活路才行。"云飞道。

"小王爷，听你这么一说，那我们岂不是死定了？"卫一鸣在旁边叫着，丧气道，"满朝文武都破不了的阵，我们几个人哪能破得了？"

"其实，十年前，有一个人在事后破了那个阵。"云飞道。

"是谁？"大家仿佛看到了希望。

“云君临。”云飞道。

3

自从白隐衣第一眼看到迷宫的时候，他就已经明白了云天的用意。不过，他并不想乖乖就范，他还想反抗一番。虽然他很清楚，云天心机深沉，绝不做没有把握的事情，但是他现在直接面对的人并不是云天，所以有些心存侥幸，想尝试着蒙混过去。

“咦！真是巧了，这个阵，我曾经破过。”白隐衣道。

“白兄，你真的破过？”卫一鸣激动道。

“其实，是苏姑娘破过，而我当时就在旁边。”白隐衣道。

“当年君临破阵的时候，我也在旁边，可是我却什么都看不懂。”云飞道。

“小王爷，十年前，你才多大？”白隐衣为了消除大家的疑虑，又道，“我是在两年前看苏姑娘破的阵，而且，后来我还在她的指点下，独自破过。”

“那太好了，白兄，你赶紧把阵破了，把我们救出去呀。”卫一鸣道。

白隐衣一直在反复强调苏姑娘，就是要减轻自己的作用，他看着水位已经涨到了他们的膝盖，心里计算着时间，道：“要想破阵，就要先移动九九八十一块石头，让水流历经九转循环，然后再九九归一。九九是重新铺成的活路，归一是出水的生门。”

云飞听出了他的担心，道：“你一个人移动九九八十一块石头，恐怕时间不够。”

“白老板，我可以帮忙。”刘锦瑞道。

“我也可以。”岳一诺道。

“那好。”白隐衣非常清楚时间紧迫，便把他们带到了一个角落位置，“一会儿你们从这里跳下去，然后相背而行。刘公子走左边，每拐一个单数的弯，就移动一块双数的石头，封堵现有的活路；小郡主走右边，每拐一个双数的弯，就移动一块单数的石头，打通现有的死路。以九数为一个循环，相互交替，刘公子循环三次，小郡主循环两次。”

白隐衣看着他们，又郑重道：“都记住了吗？”

刘锦瑞和岳一诺点了点头，肯定道：“记住了。”

“那有问题吗？”白隐衣问。

“没有。”两个人同时道。

“千万要注意，只要一块石头错了，那就全都错了。”白隐衣还是有些不放心，又嘱咐道，“下面的水位会越涨越高，到时候可能需要游泳和潜水，你们都会吧？”

“我会。”刘锦瑞道。

“我也会。只是……我好久没游了。”岳一诺道。

“当水漫过胸部的时候，会产生一些压力，你会因此感到呼吸困难，那是正常现象，千万不要紧张。”白隐衣轻轻抓着她的双肩，鼓励道，“游泳的时候，动作不要快，要一下一下地慢慢来，潜水的时候，要憋一口气，绝对不能呼吸。”

岳一诺听着，不由得呆住了，因为十年前，云君临曾经这样教过她。

当时在场的，还有云飞，所以云飞也呆住了。

白隐衣意识到自己说错了话，连忙改口道：“时间不多了，我们分头行动吧。”

刘锦瑞和岳一诺先后跳了下去，然后一左一右，相背而行。白隐衣走到另一个位置，也跳了下去。他跳下去之后做的第一件事，就是把水先封堵在自己的那片区域里，这样才能给其他两个人争取更多的浅水时间。他一共要移动四个循环，也就是三十六块石头，是工作量最大的。不过好在他修炼了内功，所以多少会容易一些。

相比起来，刘锦瑞和岳一诺就困难多了。当白隐衣移动了十八块石头的时候，他们一个移动了九块，一个移动了四块。要不是因为在水里，有一些浮力，恐怕还会更少。他们这边的水，刚刚涨过大腿，而白隐衣那边，却已经涨到了胸部。

卫一鸣和他在同一个区域，见水涨得这么快这么高，不禁有些慌张，道：“白兄啊，阵破得怎么样了？我好像感觉自己有点喘不上气了，我可是不会游泳啊。”

“卫公子请放心，一切都很顺利，我先放放水，给你降降压。”白隐衣说完，就打开了封堵的地方，让水位慢慢地降到了腹部。

刘锦瑞和岳一诺的心思都在石头上，根本就没有留意水位的快慢和深浅，他们每移动一块石头，都要经过反复的检查，是单数还是双数？是封堵还是打通？生怕自己不小心给弄错了。当白隐衣把三十六块石头都移动完成后，水位已经涨过了肩膀。

“刘公子，小郡主，你们还差多少？”白隐衣叫道。

“我还差九块。”刘锦瑞回答。

“我还差八块。”岳一诺回答。

“刘公子，你继续，我先去帮小郡主。”白隐衣说完，深吸了一口气，然后便潜入水中，像鱼一样，在迷宫里快速游动。他一边游，一边掐算，进而推演出最快、最短的路线。

白隐衣很快就游到了岳一诺的身边，见水位已经涨过了她的下巴，突然意识到自己忽略了一件事，那就是身高，于是连忙叫道：“公主，你对穴位可有了解？”

“只有一些……简单的……了解。”云未央比岳一诺还要矮一些，所以水位已经涨过了她的嘴巴，她说话时，是仰着头，尽量不让水灌进去，但还是呛了几口。

白隐衣真的是有些佩服她，心想都到了命悬一线的地步，竟然还能一声不吭，不呼救，也不催促，这种冷静和坚定，恐怕连在战场上拼杀过来的云闯都比不了。

“胸前的膻中穴，头顶的百会穴，后腰的命门穴，你用力依次按下。”白隐衣怕她心生疑虑，毕竟这三个都是涉及生死的大穴，便又解释道，“按完之后，在短时间内，你会进入假死状态，肺不呼吸，心不跳动，这样即使水漫过了你，也不会对你造成伤害。”

“好。我信你。”云未央知道情势危急，一句话都没有再问，直接照做。

在白隐衣的帮助下，岳一诺的十八块石头很快就移动完成了，这时的水位已经漫过了她的鼻子，好在她会游泳，可以漂浮在水面上。白隐衣嘱咐了几句，又去帮刘锦瑞。当把最后一块石头移动完成后，只见顺流的水突然静止，然后再逆转倒流，非常诡异。

九九八十一块石头的移动，先是把一股水流分成了九股，再是历经了九转循环，汇集成一股，最终铺成了一条活路，冲开了一扇生门。涨满的水快速倾泻而下，转眼间就露出了脚背。水退了之后，捆绑云恪几个人的机关就自动解除了，虽然他们身在迷宫里，但是眼前只有一条路，并且没有任何岔路，于是就大胆地走出来，竟然走到了一起。

白隐衣带着刘锦瑞穿行迷宫，来到昏迷不醒的云未央身边，他见其他四个人都在，便让他们让开一些空间，道：“刘公子，你一只手捏住公主的鼻子，一只手掰开公主的嘴，然后用自己的嘴大口地往里面吹气，再按压公主的胸部，以三数为一个循环，反复不停，直到公主醒来为止。要快，再晚一点，恐怕就很难救回来了。”

刘锦瑞认真听着，当听到最后一句话的时候，是又急又怕，他什么都没有问，直接就做了起来。两个循环过后，毫无效果，他的心和手都在颤抖，一边用力按压着，一边带着哭腔说道：“表妹，你一定要醒过来啊，你千万不能有事啊。”

又过了两个循环，还是毫无效果。

“让我来。”白隐衣神情凝重，他见云未央面色苍白，也顾不上太多礼节，他先把刘锦瑞拉开，然后一只手从脐向上，另一只手从喉向下，量出一个中间交汇的距离，正是胸肺之间。他运用无师经，将真气灌于手掌，猛地拍下。

“啊……”云未央倒吸了一口气，睁开眼睛，苍白的脸上很快就有了血色。

“表妹……”刘锦瑞喜极而泣。

云飞望着活过来的云未央，整个人都呆住了，因为他想起了十年前，有一次去游泳，结果岳一诺不小心溺了水，当时云君临就是用这种方法把人救回来的。他转眼望向白隐衣，越看越觉得熟悉，也越觉得神秘，便道：“白少楼主，你这救人的方法可真是特别。”

“哈哈哈，也没什么。”白隐衣尽量遮掩，“第一楼的生意遍及天下，而我这个少楼主，虽然有些不学无术，但是对待楼里的生意，还是很上心的。这些年，我走南闯北，几乎什么地方都去过，长了不少见识。这种救人的方法，就是我在南海的一个小渔村里学的。”

“白少楼主，我听说你是被老楼主收养的孤儿。”

“这是人尽皆知的事情，并不是什么秘密。”

“敢问……你是在什么时候被收养的？”

“不太记得了，大概十多年前吧。”

“那你可还记得，在被收养之前的事情？”

“记得一些，就是家里受了灾，到处逃亡，在街上乞讨，要饭，吃了上顿没下顿。”

“白少楼主气质高贵，与生俱来，可不像是普通的灾民。”

“在第一楼当了十多年的少楼主，就算是一粒粗砂，也该被磨成珍珠了。”

“老楼主还真是慧眼啊。”

4

白隐衣不想和云飞继续说下去，便以要去接小郡主为由，暂时逃开。回来的时候，没有人再提起，也就算是蒙混过去了。虽然他们脱离了险境，但是却没有脱离困境。毕竟这是一个非常复杂的迷宫，要想顺利地走出去，恐怕还需要多费些周折才行。

“人终于都到齐了。”一个声音从上面传下来。

大家不约而同地抬起头，看到了一个人，正是小鱼，在她身后，还有一群蒙着面的黑衣人。卫一鸣表现得非常激动，道：“是他们！就是他们伏击的我们。”

本来岳一诺看到小鱼还很高兴，正要打招呼，可是卫一鸣的话直接吓得她闭上了嘴，什么话都不敢再说了。不过白隐衣却丝毫不避讳，直接说道：“她这些天一直都住在我虫二院的二楼，你们之前要去抓的那个暗谍想必就是她了。”

“白老板，说到这个，我还要报答你的收留之恩呢。”小鱼道。

“你报答的方式，更像是报复。”白隐衣道。

“我有一件事想不明白。”云飞打断了他们的对话，因为他心里一直很困惑，需要一个答案，于是说道，“既然你们能抓了我们，那就应该能杀了我们，可是你们却只抓不杀，这是为什么？要知道齐国帝家的血脉都在这里，一旦杀了，齐国的江山就会后继无人，这不正是魏国梦寐以求的吗？你们真正的目的到底是什么？”

“你们把自己想得太重要了。”小鱼脸上露出不屑的笑意，“只要云挚还活着，就算是杀了你们，齐国也不会乱。至于江山的继承问题，那就更不是问题了，即便是没有你们这些儿女，他还有兄弟。其实，有没有人做皇帝并不重要，重要的是，有没有人能稳住齐国。”

白隐衣默默听着，没有出声，他心里非常清楚，并不是他们不想杀，而是不能杀，因为云天不允许。在齐国，尤其是在这江京城里，如果没有云天的帮助，就算九皇子和晋王再厉害，也不可能抓到云恪和云闯。所以，对于这件事，他们根本就没有掌控权。

“你的解释，也太自欺欺人、自圆其说了吧。”云飞道。

“那好，我换另外一种解释。”小鱼笑了笑，并不介意他的说法，“之所以对你们只抓不杀，是因为抓要比杀对魏国更加有利益。”

“这不可能。”云飞道。

“没有什么是不可能的。”小鱼居高临下地看着他，就像是一个胜利者，“你们杀了我魏国的太子，导致储位悬空，进而引得几个皇子明争暗斗。所谓来而不往非礼也，所以我们也要回礼。只不过，这回的礼不是让你们少一个皇子，而是让你们多一个皇子。”

“你什么意思？”

“小王爷，如果别人不明白，还说得过去，可你要是不明白，那就说不过去了。”

云飞一边听着，一边偷偷瞄着白隐衣，见他一副云淡风轻、波澜不惊、事不关己的模样，完全看不出任何破绽。虽然心里有怀疑，但也只能是怀疑而已，得不到任何证实。

“白老板，这个迷宫，你还要继续走下去吗？”小鱼问。

“当然要，我还要看看你们到底准备了多少花样呢。”白隐衣道。

“你刚才说，多一个皇子，是什么意思，我没有听明白。”云恪道。

“只抓不杀，是为了让你们能继续内斗下去，自己来消耗齐国的国力，因为只有这样，才会对我魏国更加有利益。”小鱼认真地解释着，不怀好意地笑了笑，又继续说道，“但是，两个皇子的内斗，让朝臣很容易选择和站队，而在势均力敌的情况下，就没有多少破坏力。所以，要想打破这个平衡，那就要再多加一个皇子进去，和你们一起内斗。”

“哼！真是异想天开。”云恪语气轻蔑，“皇子岂是你说多就多的？”

“历朝历代，皇子是说少就少，要么死于腹中，要么死于非命。在不久之前，我魏国不就少了一个皇子吗？而且还是太子。”小鱼的语气同样轻蔑，似乎还带着一些怜悯，“所以，既然皇子可以说少就少，那自然也可以说多就多。”

“真是荒谬！简直是无稽之谈。”云恪觉得自己受到了侮辱，心生愤怒，“全天下的人都知道，我齐国只有两个皇子，我倒要看看，你魏国如何让我们再多出来一个皇子。”

“我听说，云挚老当益壮，金屋藏娇，还让其怀了身孕。”

“哼！你魏国不会是想让一个还未出生的婴儿跟我们争夺皇位吧？”

“我还听说，云挚最宠爱、也最优秀的皇子并不是你们，而是云君临。”

“那你也应该听说，云君临早在十年前就已经死了。”

“我的确听说了，不过我也听说了，他又活过来了。”

“这不可能。”

“太子殿下，我之前就说过，没有什么是不可能的。”小鱼意味深长地笑着，然后一言不发，直接把目光从他的身上移开——移到了白隐衣的身上，并且变得非常肯定和坚定。其他人都注意到了这个细节，心里满是疑惑，也一起望了过去。

他们的目光，就像是带着某种炙热，仿佛要把白隐衣遮掩的外衣燃烧掉一般。

云未央道：“白老板，这里面，只有你一个是外人。”

白隐衣道：“以天下为界，谁都不是外人；以自己为界，谁都是外人。”

“你明知道我是什么意思。”

“知道又怎么样？别说没有证据，就算有证据，即便我承认了，你们也不会承认的。”

“这么说，你还是承认了。”

“你们在说什么？”刘锦瑞和岳一诺满是困惑，“你们要让白老板承认什么？”

“既然如此，那好吧，我承认，我就是云君临。”白隐衣道。

/ 第十七章 /

大争之前的不争

1

白隐衣的这句话，就像是外面轰隆的雷声，震得人耳朵发麻，心神荡漾。

虽然云飞和云未央已经有了怀疑，但是听到他亲口说出来，还是非常震惊。而刘锦瑞和岳一诺，完全陷入了更深的困惑当中，呆呆地愣在那儿，根本就不清楚发生了什么事。至于云恪、云闯和卫一鸣，算是后知后觉，除了困惑和震惊，还有深深的危机感。

小鱼的神色明显一滞，没有想到他会这么痛快地就承认了，不禁有些意外，但更多的还是得意，“白老板，我还以为，你不会这么配合。”

“我是一个商人，知道做生意的关键并不是能赚你多少银子，而是能给你多少方便。”白隐衣语气一转，又道，“所以，为了日后能多赚你一些银子，我今天就给你行个方便。”

“白老板，如果你把它当成生意，恐怕是要亏本了。”小鱼道。

“天下的所有事，都是生意，而第一楼做的生意，是从来都不会亏本的。”白隐衣道。

“那好，我拭目以待。”小鱼说完，没有再做任何为难，直接带着她的人转身离开。同时，迷宫也自动打开了一条通道，一直通到坑的上面。

几个人望着眼前的活路生门，各有所思，竟然谁都没有动，僵持了一会儿，云飞终于忍不住了，走过来，走到白隐衣的面前，盯着他的眼睛，问道：“你……真的是君临？”

白隐衣毫不回避，也盯着他的眼睛，道：“大飞，我还是不习惯叫你堂哥。”

云飞听到“大飞”这个称呼，内心瞬间崩溃，眼圈里顿时就通红一片。

岳一诺连忙跑过来，她还是很困惑，满是不解地问道：“表哥，到底是怎么回事？老板怎么就突然变成……小表哥了？小表哥不是早就已经死了吗？”

云飞没有回答她，一是他不知道该怎么回答，二是他现在根本就说不出话来。

白隐衣温柔地看着她，眼里满是怜惜和疼爱，然后用食指轻轻地刮了一下她的鼻子，她整个人立刻愣住，除了眼泪毫无征兆地流下来，其他的部位都是一动不动，就像是一座流泪的雕像一般，因为这是她和她小表哥之间独有的亲昵动作。

“你不是说过，我像你的小表哥吗？”白隐衣道。

“我是说过，但是……这怎么可能？”岳一诺神情恍惚。

“小诺，大飞，我欠你们一个解释。”白隐衣满是歉意。

核实身份是一件非常复杂的事情，尤其是核实白隐衣是云君临的身份。因为这里面牵涉太多人，太多事，太多势力，太多利益——不仅是齐国，还包括了整个天下。有的人想打破现有的局面，有的人则不想打破，至少不想用他的这个身份打破。

白隐衣被秘密召见，他一个人来到御书房，看着书桌前坐着的那个男人，不算陌生，也不算熟悉。虽然他心里有些微妙的变化，但是还和上次一样，依然没有任何感情依附，依然只是皇帝，不是父亲。他弓身微微行礼，“拜见陛下。”

云挚看着他，道：“怎么？不叫一声父皇吗？”

“我的身份还没有核实。”

“核实身份是给外人看的，是给天下人看的，朕不需要看。”

“陛下凭什么确定？”

“凭你的母亲。”

白隐衣沉思片刻，然后跪地行大礼，“孩儿拜见父皇。”

云挚走过来，亲自扶他起来，“你自称‘孩儿’，而不是‘儿臣’，你是在向朕表明不想做官，也不想称臣的态度吗？”

“我更喜欢，也更习惯，过第一楼少楼主的生活。”白隐衣道。

“那是在你还没有核实皇子的身份之前，一旦核实了皇子的身份，不做官，不称臣，那就只能当皇帝了。”虽然云挚的话里暗藏着风浪，但是他说得却很平静，不起波澜。

“这就是我为什么明明活着，明明知道自己的身份，却又不来相认的原因。”白隐衣道。

“既然你不想相认，那又为何靠得这么近？”

“为了我的母亲。”

“可你的母亲想让你当皇帝。”

“我不想。”白隐衣坚决道。

“所以说来说去，归根结底，你还是为了自己。”云挚目光深邃，让人无法看透，“所谓人不为己，天诛地灭，这样很好。因为只有为自己，才不会被其他左右。”

“你是执意要把我扔进火里烧了？”白隐衣有些怒意。

“皇家的血脉，本就稀少，所以你也不能太为自己了。”云挚的语气里，带着一种身不由己的无奈和悲凉，“就算不能证明你是不怕火炼的真金，也要证明你不是。”

当白隐衣身份暴露的时候，他就已经有了觉悟，“你想怎么证明？”

云挚难得露出笑容，“听说你和九皇子做了一笔生意？”

在太极殿上，云挚面对着满朝文武，亲自颁布圣旨，公告天下，命天机院、大理寺、礼部、刑部、翰林院、太医院、兵部、壮亲王府共同核实白隐衣的身份。他这么做，就是要让所有人都不能对白隐衣的皇子身份有任何一丝一毫的怀疑。

在核实身份的过程中，各种流言飞起，试图影响核实的结果。其中流传最广的一个，是说白隐衣是魏国精心培养出来的奸细，处心积虑经营了这么多年，布下这么大的一个局，目的就是要打进齐国的内部，进行破坏，甚至掌控。

不过，核实的结果出来之后，这种流言就再也听不到了，因为没有人敢再传了。

深夜，莫缺如鬼魅一般来到御书房，道：“陛下，臣请罪。”

云挚心情很好，批阅奏折，没有抬头，道：“老东西，你请什么罪？”

“臣之前，雇佣七杀，刺杀过怀王。”

“之前可没有什么怀王。”

“如果刺杀成功，那之后也不会有怀王了。”

“朕知道，你之所以要刺杀他，其实并不是真的想要他的命，而是想试探和考验他。从现在的情况来看，你对他的怀疑是对的，他真的不只是第一楼的少楼主那么简单。”

2

九月的最后一天，白隐衣的身份被正式核实，云挚封他为怀王，胸怀天下的怀，并任命他为天机院的副院长，专门对付九皇子。走下太极殿之后，很多官员前来主动示好，可是他一改往日少楼主八面玲珑的做派，全部都冷面拒绝，很明显，他是不想结党争斗。

出了皇宫，他就来到了慧亲王府，青天白日，众目睽睽，他丝毫不避讳，直接敲响了大门。而那扇关闭了近二十年的大门，竟然缓缓地打开了。云天优哉地坐在竹椅上，正提着一个小水壶给院子里的那棵参天大树浇水，白隐衣走上前，行礼道："侄儿见过三皇叔。"

云天满意地笑了笑，"不错，你真的很不错。"

"都在你的算计之中，当然不会错。"

"我还没有那么自大，很可能，我和你都在你母亲的算计之中。"

"挑拨可有失你的身份和水准。"

"所以这不是挑拨。"

"为什么你总是怀疑我母亲？"

"因为她值得怀疑。"

"这也是我母亲对你的态度。"

"是啊。我们一直都在相互怀疑，相互算计，相互利用。"

"难道你们就没有相互爱过吗？"

"有。这一点，是我辜负了她。"云天表现出一丝愧疚，似乎还有一些感慨，"一个女人因爱生出的力量真的非常庞大，尤其生出的这份力量是恨、是怨、是报复的时候。这些年，我把你母亲留在身边，本想好好补偿她，但后来，我发现了一个又一个真相，才知道自己是多么愚蠢。破镜重圆是有裂缝的，而裂缝里照出来的人，样子是很恐怖的。"

"我母亲到底做了什么？"白隐衣问。

"这个要你去调查，或者要她来回答，因为我说什么，你都不会相信。"云天道。

白隐衣没有追问，定了定神，语气一转，道："我今天来，是想问你九皇子的事。"

云天心中早有所料，道："你问吧，只要我知道的，都会告诉你。"

"自从我的身份暴露之后，整个齐国境内的金字招牌，在一夜之间，全部关门，慕容素也不知所踪。而这个时候的江京城，又是进入了多事之秋，虽然对他们而言有危机，但是更有时机，所以九皇子的暗谍绝对不会全部撤离，工作也绝对不会全部停止。"

"据晋王给我的消息，九皇子在江京城里的暗谍，撤离了一大半，留下了一小半。而这一小半，也全部都进入了沉睡的状态，不执行也不参与任何任务，直到被唤醒。而能唤醒他们的，在这江京城里，只有一个人，或者说，只有一只鸟。"

"什么鸟？"

“黄雀。这是他的代号。”

“螳螂捕蝉，黄雀在后。”

“正是。”

“可知道他的身份？”

“不知道。据晋王所说，这只黄雀并没有进入魏国的系统，也就是说，除了九皇子自己之外，再也没有其他人知道他的身份。所以我推测，这只黄雀和九皇子的关系，就像是我和晋王的关系，不是上下级的隶属，而是平等的相互合作，各取所需。”

“那就很有可能是我们齐国内部的人了。”

“不错。尤其是那些位高权重的皇亲国戚。”

“要想抓到一只永远躲在后面的黄雀，恐怕是要费点心思了。”

白隐衣刚从慧亲王府的正门里走出来，就听到身后传来沉重的关门声，他回头望着已经关上的大门，就像是从来都没有打开过一般。他心里很清楚，今天这一行，势必会引起朝中众臣的诸多猜测和议论，甚至还会借题发挥大做文章，让他在朝中举步维艰。

不过，他一点都不在意。

真正让他在意的，其实只有一件事，那就是青鸾别院惨案的真相。

天色渐渐黑了，天气也渐渐冷了，毕竟再过几天，就入冬了。他又来到了壮亲王府，在门口遇到了云飞，两个人在这一个月核实身份的时间里，多有交集，感情恢复得很好。一阵简单地谈笑过后，白隐衣问道：“大飞，你家老爷子在吗？”

“老爷子”是他们小时候的称呼，显得非常亲切。

“你找他？”云飞表露出一些担心。

虽然白隐衣和他从小交好，但是和云岚却没有什么交情。相反，还有一些交恶。因为当初云雷曾多次带领朝中大臣一起上奏请杀萧倾城母子，后来又因为青鸾别院的惨案被云挚满门抄斩，而云岚和云雷的感情最好，难免会有心结。

“放心吧，上一辈的事情，老爷子是不会为难我这个小辈的，不然也不会任由我们交往了。而我也早就理解了他们当初的立场，对他们，没有仇恨，也没有责怪。”白隐衣很是释然，“况且，我和他的目的是一样的，都是想查清楚当年青鸾别院惨案的真相。”

“那好，我带你去。”云飞道。

白隐衣进门后，恭敬行礼，道：“侄儿见过四皇叔。”

云岚望着他，脸上的神情渐渐由阴转晴，最后开怀大笑，道：“原来是你这个臭小子，长大了，有出息了，我还记得，之前你来到我府上，可是狠狠地把我教育了一番。”

“四皇叔，我这不是负荆请罪来了吗。”

“请个屁罪啊，本来就是我的不对。你让我很惭愧啊，无论是当初，还是现在。”

“四皇叔言重了，在皇室权力斗争的漩涡里，没有人能置身事外，所以也没有人能做到出淤泥而不染。就算是恪守本心，有时候也要不得不做一些违心的事情。”

“哎！这就是身在帝王家的悲哀啊。”云岚叹息道。

“四皇叔，我今天来，是想问你当年青鸾别院的事情。”白隐衣进入正题。

“你想知道什么？”

“因果，细节，你知道的和你怀疑的所有的一切。”

“这……该从何说起呢？”云岚皱着眉头，在心中整理思路，“二哥之所以执意要请杀你们母子，一是因为你母亲的真实身份，又太过受宠；二是因为你从小就太聪慧；三是因为他听说你母亲的手里握有前楚留下来的一笔数目庞大的宝藏，据说是用来复国的。”

“宝藏？母亲可从来都没有跟我提起过。”白隐衣道。

“这件事，她似乎只对老三说过，而二哥，就是从老三那里听说的。”云岚道。

“按理说，三伯和陛下的私交最好，但是他为什么没有和陛下说，反而和二伯说？这有点反常和奇怪啊。”站在一旁的云飞突然开口道。

“结合后面发生的事情，我猜测，这应该是老三有意而为，他算计了二哥。”云岚道。

白隐衣认真听着，没有插话，他觉得云岚说得很有道理，关于复国宝藏的秘密，云雷听到的，很有可能就是云天故意说的。但是，云天听到的呢？会不会也很有可能是母亲故意说的呢？如果真的是这样，那青鸾别院的局就不是云天布的，而是母亲布的。

不可能！

绝不可能！

白隐衣本能地拒绝，不愿意相信。

“还有就是，老三和二哥都曾怀疑过，先皇的死，很可能和老大有关。虽然先皇身有不治的顽疾，但是太医说过，只要按时服药，就不会有性命之危。”云岚道。

3

虽然白隐衣被封为怀王，还被任命为天机院的副院长，但是他自己要求，不要府邸，也不要其他的任何赏赐。而朝中的大臣都已经知道，他是天下商主第一楼的少楼主，像衣食住行金银财宝这些身外之物，肯定是应有尽有，绝不会有损皇室的颜面，所以就没有反对。

夜晚，正是虫二院客人最多的时候，白隐衣绕过灯火通明的流光巷，走到后面的那一条街，从后院的正门走进去。他这样做，一是不想在院里应酬，二是考虑到现在的身份。一个皇子，来这里寻欢作乐倒也没什么，但是要过夜长住就不太合适了。

“你回来了。”苏迎迎正在等他。

“这么晚了，你还没睡。”白隐衣关心道。

“哪里睡得着，虽然局势没有逆转，但是很多事情都在意料之外，我们现在不仅失去了掌控权，而且还成为被掌控的人，这让我很担心。”苏迎迎道。

“我也很担心，不过，我的担心和你的担心不一样。”白隐衣道。

“什么意思？”

“你担心的，是我的安全。而我担心的，是一直以来想知道的真相，恐怕是我最不想知道的真相。可是真相就是真相，是唯一的，不管我想不想知道，它都存在。”

“你是不是查到了什么？”

白隐衣把之前在壮亲王府里云岚的话说给她听，然后又道：“结合云天说的，再加上我自己的推演，应该可以证明这些话的真实性。”

“如果是真的，那宝藏呢？”苏迎迎问。

“第一楼就是在那几年迅速崛起，成为天下商主。”

“你怀疑宝藏流入了第一楼？”

“嗯，这样一切就都说得通了。”白隐衣点了点头，沉思道，“云天为了得到宝藏，一边派人血洗了青鸾别院，一边派人救了我们母子，而整件事，很有可能是我母亲布的局，引诱他做的。所以他才会跟我说，怎么回答都是错的。”

“难道他当时没有看穿吗？”

“看不看穿，都不影响行动和结果，因为他确实需要宝藏。”

“那把宝藏流入第一楼，是云天的将计就计？还是你母亲的连环局？”

“恐怕是都有吧，他们两个人，谁都不会让对方独占宝藏的。就现在的情形来看，云天有白王孙，我母亲有我。而我和他，都有着对第一楼的掌控权。”

“这么说，我们只是一颗棋子，他们才是决定胜败的对弈者。”

“棋子若不听他们指挥，那他们就决定不了胜败。”

“你想怎么做？”

“人不为己，天诛地灭。只要我胜了，那其他人，就无法再胜。”

4

毫无疑问，现在的白隐衣，是全天下的焦点。他的一举一动，都被各种不同的人，用各种不同的目光，时刻关注着。他在皇子身份被核实的当天，先是拒绝了朝中官员的示好，又是亲自去了慧亲王府和壮亲王府，这让所有人都看不懂、猜不透。

御书房里，云挚似乎很有兴致，道："这种做事的风格，还真是够随心所欲的，难道在他的心里，就没有一点禁忌吗？"他说着，嘴角不自觉地露出一丝笑意，又赞赏道。"百无禁忌，鬼神不侵。看来，他是对自己有着绝对强大的信心啊。"

"陛下，魏国传来消息，九皇子暗谍的暴露，很可能是他们的内战。"莫缺道。

"就算是内战，也一定有我们的人参与，而且还不是一般的人。不然他们根本就不可能在江京城里搞出这么大的动静，而搞出了这么大的动静也不可能是这个结果。"云挚神色深沉，目光深邃，"明显是有人在帮助和限制他们，掌控着局面。"

"陛下是怀疑慧亲王？"

"在齐国，有能力做这种事的人，可没有几个。"

"那臣就想不明白，慧亲王把怀王推出来，对他自己到底有什么意义？"

"朕也想不明白。难道老三是想先帮君临坐上皇位，然后再用倾城威胁让出皇位吗？"

"这……臣总感觉，不会这么简单，或者这么复杂。"

"老三的手里，肯定是握了一张谁都看不到的底牌。"

"陛下，需要臣对慧亲王动手吗？"

"不需要。这些年，朕之所以一直没有对老三动手，一是因为他懂得分寸，虽然暗地里搞了很多事情，但是却始终都没有越过叛国谋反的底线，包括这次绑了恪儿和闯儿。二是因为朕想把他留给朕的儿子，有他做磨刀石，那刀一定会被磨得非常锋利。"

"说起磨刀石，臣又不禁想起了怀王。"莫缺颇有感慨，"臣还记得，当初以偷税漏税的罪名抓怀王入狱，本来是想以他做饵，试试太子和武王的刀锋，可是没有想到，才短短半年多的时间，怀王就反客为主，逆转了局势。"

"或许，他从来都不是客，他从来都是主。"云挚道。

"陛下，武王已经疏远了云飞小王爷，并且和刘皇后走得越来越近。"

"那恪儿呢？"

"太子也疏远了那位苏姑娘。"

“她是否是君临的人？”

“她住在虫二院的后院，应该是怀王的人。”

“不错。看来君临的手里，有不少张牌啊。”

5

全天下的人都认为，白隐衣以云君临的身份回归皇族之后，齐国的朝局势必会掀起一阵狂风巨浪。可是万万没有想到，结果恰恰相反，出现了前所未有的风平浪静。之前只有云恪和云闯的时候，两个人还斗得你来我往，如今多了一个白隐衣，却谁都不斗了。

这就好像是三足鼎立，仿佛谁先动手，谁就会踩空脚下的平衡，坠落深渊。

不过，平衡终究是要打破的。那是江京城的第一场雪，云挚在早朝时，当着文武百官的面，突然咳血不止。后经太医院诊断，病情严重恶化，需要静心静养。于是云挚下旨，由太子云恪监国，由卫思辅、刘邦国和莫缺为辅政大臣，共商国是。

东华殿里，云恪神采奕奕，“外公，现在的局势对我们有利，这可是一个千载难逢的好机会啊，所以我们一定要把握住，将云闯彻底解决掉。”

“千万不要轻举妄动，越是到了这个时候，就越是要冷静，要做到步步为营才行。”卫思辅一脸思虑和谋算，沉稳道，“云闯是一定要解决的，但是，绝对不能师出无名。”

“外公说得对。不过，要想解决一个皇子，一般的‘名’，恐怕还不能出师啊。”

“其实，要想解决一个皇子，只有一种‘名’能够出师。”

“哪一种？”

“谋反之‘名’。”

“他会谋反吗？”

“如果他不谋反，就是坐以待毙。”

“外公的意思……”云恪不解。

“现在陛下病危，由你监国。如果陛下归天，那你就顺理成章地继承皇位。到了那个时候，他再做什么都没有意义了。所以，他一定会在那之前有所动作。”卫思辅解释道。

云恪明白过来，“这么说，不是我要解决他，而是他要解决我了？”

卫思辅回答：“从动手的先后顺序上看，的确是这样。”

云恪想了想，不禁有些担心，“外公，一旦走到了那一步，就是兵戎相见，是硬碰硬的战场厮杀，这可是他最擅长的啊。”

卫思辅考虑过这个问题，道：“虽然他在军中有威望，也有势力和实力，但那都是在边境兵营。而这里，是天子脚下的江京城，没有兵马可用，他只能有心无力，翻不起什么风浪。”

“禁军统领，马渊是他的人。”云恪还是不放心。

“城防军统领，顾小固是你太外公的门生。”卫思辅道。

云恪一听，面露喜色，“禁军只有两千人，而城防军却有八千人。”他心里非常清楚，这是一条无法回头重来的不归路，所以每个人每件事每个细节都要考虑周全。忽然，他面色一沉，“还有岳风和云岚，无论是在军还是在政，他们都是不能忽视的。”

“但是云闯已经忽视他们了。”卫思辅的嘴角扬起一抹嘲讽和冷笑，“因为云飞与岳一诺和白隐衣交好，所以云闯不再敢相信他们，有意疏远。其实，就算那三个小辈的感情再好，也不会影响那两个老家伙的立场。云闯这么做，完全是自断双臂。”

“那刘皇后呢？她会不会帮着从中周旋？”

“云雷在死之前，云岚曾经亲自登门求过刘皇后向陛下说情，可是她因为不想触怒龙颜，就拒绝了。而长公主云渺在出嫁前，就与她不和。所以，她应该不会帮云闯周旋他们。不过，那个女人，最近的性情，有很大的变化，最好还是要防一防。”

“那让我母亲去看住她。”

“你不要指望你母亲，在她心里，只有陛下一个人。”

“那怎么办？她贵为皇后，寻常人根本就近不了她的身。”

卫思辅沉思片刻，道：“没关系。她一个女人，又身在后宫，能做的事非常有限。而刘邦国也只是做学问，迂腐得很，根本就不足为惧。”

云恪觉得有些道理，微微地点了点头，犹豫道：“只有禁军的两千人，还远远不足以支撑谋反，我想云闯应该不会如此冒险，他一定会另想办法。”

“他唯一能想的办法就是调兵，但是从边境兵营调又不太可能。”

“那他会从哪里调？”

“向西两百里，有一座琅琊山，山里面有秘密训练的五千虎狼军。”

“虎狼军！那可是我齐国最骁勇善战的军队。”

“不错。其实，虎狼军是云雷一手建立起来的。虽然陛下处死了他，但是却留下了虎狼军，并且没有过多干涉，依然由原来的将领负责训练。”

“那将领是谁？”

“孟奔。”

“孟奔？我怎么没有印象。”

“因为这十年来，都没有需要虎狼军的战事，所以他一直在琅琊山里训练，从未出来过。”

“那云闯能说动他调动虎狼军吗？”

“如果是在平时，除了陛下的御旨，恐怕没有人能说动他调动虎狼军。”卫思辅的语气一转，又道，“不过，现在的局势特殊，要想说动他调动虎狼军，应该也不是什么难事。”

云恪一听，心里不自觉地“咯噔”一声，满是担心道：“那我们一定要想办法阻止云闯才行，不然五千虎狼军，完全可以扭转战局啊。”

卫思辅摇了摇头，否决道：“不。不要阻止。”

云恪很不解，“为什么？”

卫思辅回答：“因为只有这样，他的谋反之‘名’才会被证实。”

云恪沉默不语，虽然明白了他的用意，但是仍觉得危险，心里很不踏实，问道：“如果真让他说动了孟奔，那五千虎狼军，我们怎么对付？”

“哼！他能说动，那我也能说动。论军中的资历，还没有人会比你太外公更高。”

“有了虎狼军，那就万无一失了。”云恪终于放下心来。

卫一鸣在旁边默默听着，始终一言不发，这时忽然插嘴道：“那白隐衣呢？我这段时间一直在不断地回想和思考，总觉得在他进城之后发生的每一件事，都有他谋划的影子。我甚至觉得，暴露云君临的身份，也是他谋划的结果。这个人，不能不防啊。”

“虽然他确实是有些手段，并且还让人捉摸不透，但大家仍是高估了他的存在，因为他的根基在江湖，不在朝堂。他之前之所以能游刃有余，主要也是借助了朝堂的力量。可是现在，无论是恪儿还是云闯，都不会借助他任何力量。所以，他的处境和云闯一样，都是有心无力。不过，绝不能给他时间成长，不然后患无穷。”卫思辅道。

6

自从云恪监国之后，云闯就一直被针对和削弱。朝中有几个支持他的大臣，因为工作上的一点小疏忽，直接被革职替换。如果放在以往，最多只是罚俸而已。还有几个身居要职的官员，被明升暗降。虽然头上的官阶高了，但是手中的实权却没了，这让他苦不堪言。

下了朝后，云闯直接来到了淑德殿，道：“皇后，再这样下去，我的人就要被蚕食没了。”

刘皇后一副推心置腹的语气，道：“闯儿，现在的局势，远要比你看到的和想到的更加严峻和危急。说白了，你面对的，是一个死局。”

“死局？”云闯不解，问道：“是什么意思？”

“你被蚕食的不只是人，还是和云恪继续势均力敌争夺皇位的资本和资格。”刘皇后解释道，“如果陛下能醒过来，而你已经被蚕食殆尽，那你拿什么跟他争？如果陛下不能醒过来，他就会顺理成章地继承皇位，到时候你就更无法跟他争了。”

云闯一听，心中大惊，完全没了主意，他忽然怀念起了云飞，道：“那怎么办？”

刘皇后看着他，语重心长道：“闯儿，我和你是一条船上的，如果你沉了，那我也会被淹死。所以，我们一定要齐心协力，一起破了这个死局。”

“怎么破？”云闯问。

“鱼死网破。”刘皇后回答，满是决绝，“这是唯一的办法。”

“这是一条绝路啊，一旦走上去，就无法回头了。”云闯略有犹豫，神色凝重。

“不错。所以你必须要有破釜沉舟、不成功便成仁的觉悟和决心。”刘皇后道。

云闯低头沉思着，分析着，“在这江京城里，我只能调动两千禁军，而对方却能调动八千城防军。以两千对战八千，虽然不能说毫无胜算，但是胜算极其渺茫。”因为他经常出入战场，所以对兵马比较敏感，早就摸清了城防军和卫国公之间的关系。

“那就去江京城外调。”

“我的兵都在边境驻守，根本就无法悄无声息地调过来。”

“我说的城外不是边境，而是向西两百里的琅琊山。”

“你说的是虎狼军！”云闯眼睛一亮，仿佛看到了希望，可是很快又暗了下去，“虎狼军只听父皇一个人的御旨，恐怕我调不动。”

“那是在平时，现在局势特殊，要想调动虎狼军，其实并没有想象的那么难。”

“皇后有办法？”

“虎狼军的统领叫孟奔，曾经是云雷麾下的大将，他虽然忠于齐国，但是却不一定忠于陛下。相反，他或许是最希望陛下归天的那个人，因为这样就可以替云雷报仇了。”

云闯听完，又犹豫起来，“这么说，我只能以‘谋反’之名去调兵了？”

“只有这样，你才能调到兵。”刘皇后道。

云闯衡量着，最后一咬牙，打定了主意，“那好。我就亲自去一趟琅琊山。”随后转念一想，又道，“不过，既然我们能想到去调兵，那云恪自然也能想到，他一定会阻止我。”

“不。他不会阻止你。”

“为什么？”

“因为他要证实你的‘谋反’之名。”

“证实了又怎么样？他拿什么对付五千虎狼军？”

“他不需要对付，他只需要拉拢，也就是说，他也会去调兵。”

“他能调到吗？”

“以现在的局势，他又是监国太子，应该能调到，而且还名正言顺。”

“那……我们怎么办？”

“这就要看孟奔自己的选择了。”

“他会选择谁？”

“他并不在乎选择谁，他只在乎谁能让陛下死。可真实的情况是，你和云恪一旦兵戎相见，那不管结果谁胜谁败，陛下都无法继续活下去。所以，他会选择最终获胜的那个人。”

“他怎么可能知道谁会获胜？”云闯困惑道。

“他不知道，但他会判断和左右。”刘皇后略有停顿，稍后又道，“我猜测，就算云恪调来了虎狼军，也不敢轻易让他们进城，怕他们不受控制，反客为主。所以，虎狼军只会围在城外，听候命令。云恪调兵的主要目的，并不是要为自己所用，而是不为我们所用。”

云闯觉得有些道理，道：“那就又回到了两千禁军对战八千城防军的局面。”

刘皇后一副胸有成竹的模样，道：“如果在虎狼军兵临城下又被拒之城外的时候，我们突然打开城门，那孟奔会怎么想？怎么做？他一定会立即做出判断，进而左右战局。”

云闯点了点头，表示认同，“不过……话虽如此，但要想打开城门，谈何容易。”

刘皇后自信满满，“如果城门卫是我的人呢？”

云闯大吃一惊，没想到她竟然这么深藏不露，道：“那就不一样。可是，放五千虎狼军进城，他们真的不会反客为主吗？云城门卫恪的担心也不是没有道理。”

刘皇后慢步走到门口，然后抬起头望着阴沉的天空，喃喃道：“尽人事，听天命。”

/ 第十八章 /

成王败寇的决心

1

寒风呼啸，大雪纷飞，天地间一片茫茫白色。

虫二院的后院，几个人在追逐、嬉戏、滚雪球、堆雪人……非常热闹。白隐衣站在走廊里，虽然头顶的屋檐并不能完全遮挡住风雪，但是他并不在意。他看到院子里的人玩得很开心，尤其是清风和岳一诺，便情不自禁地露出笑容，仿佛比她们还要开心。

云飞拍了拍身上的雪，走到他身边，“君临，我要提醒你，我父亲对你的态度似乎过于热情和友善了，这很奇怪。所以，他的话，你不能完全当真，要有些防备才行。”

白隐衣望着他，微微地点了点头，心想能跟自己说出这样的话，其中感情不言而喻，语气里满是感激，“大飞，老爷子并不是一个心机阴沉的人，只是身在权力的染缸中，无法避免地沾染了一些颜色而已。或许，现在才是他的本真性情。”

“毕竟是我的父亲，我不便妄加揣测。总之，你要小心谨慎。”云飞道。

“我会的。”白隐衣道。

这时，阿虎从大门走进来，云飞看到后，有些疑惑，“你怎么来了？”

阿虎没有回答，站在旁边不说话，白隐衣笑了笑，“是我叫他来的。”

云飞更加疑惑了，“你叫的？”

“他是我三哥。”白隐衣解释道，“和这院子里的人一样，都是绝对可以相信的。”

“怪不得，我对他总是有些怀疑。”云飞恍然道。

“我怕你在云闯身边走得太远了，就让三哥保护你。”白隐衣道。

“你把监视说得这么好听，难道是怕我生气？”云飞笑着，完全不在意，“你能这样做，我也能放心了。看来，朝堂上下，你都做了安排。”

“安排只能自保，不能制胜。”白隐衣抬起手，弹掉落在肩上的雪，“而现在的局势是，如果不能制胜，那就不能自保。”

“有道理。”云飞又担心起来，分析道，“无论是谁，要想制胜，都必须要有兵。而江京城里的兵，只有禁军和城防军。禁军有两千人，统领马渊是云闯提拔上去的，城防军有八千人，统领顾小固是卫国公的门生。以两千对战八千，虽然有些悬殊，但是云闯擅战，在正面战场上，禁军的战力也要远强于城防军。所以，也算是势均力敌，很难说谁胜谁败。”

“为了增加胜算，他们一定会去调兵。”

“云闯的兵都在边境，应该是调不过来的。而云恪是正统太子，又在监国，虽然有权利调兵，但是要想合乎情理，就必须要在云闯谋反之后。况且，也只有这样，他才能做到真正的以兵制胜。不然，很可能会弄巧成拙，授人以柄，葬送了大好局势。”

“不错，按眼下的情况，云闯要是不想被蚕食而死，那就只能铤而走险，用谋反来博得一线生机。何况在他身边还有一个刘皇后，跟他同坐一条船，是共存共亡的关系。”

“那云闯会去哪里调兵？”

“城西两百里。”

“你是说……琅琊山里的虎狼军！”

“正是。”

“那云恪呢？”

“附近已经没有其他的兵马了，而远处的兵马，却是远水救不了近火。”白隐衣有意停顿，语气里满是坚定和肯定，“所以，云恪也会去调虎狼军。”

“那……他们谁会调到？”云飞惊讶道。

“这个就要看虎狼军统领孟奔自己的选择了。”

“虎狼军曾是二伯一手建立起来的，孟奔也曾是二伯麾下的大将，而我父亲与二伯一直交好，我可以请求父亲出面，亲自去调兵，为你。”

“那样的话，选择权还是在孟奔的手里。这是在尽人事，听天命，而我是从来都不会听天由命的。”白隐衣思索着，“还有，虎狼军的各种关系非常复杂和敏感，并不容易被掌控。很难说，会不会养虎为患、引狼入室。”

云飞见他一副气定神闲的模样，问：“你是否已经有了制胜的对策？”

白隐衣轻松一笑，“那就要看陛下是否想让我胜了。”

“陛下？”云飞心生疑虑，“据说他病得很严重，难道……”

“只要陛下还有一口气，那他就仍是齐国最有权力的那个人。”白隐衣加重语气，郑重道，“不管是禁军，还是城防军，又或者是虎狼军，说到底，他们都是陛下的人。”

2

琅琊山的历史很精彩，也很传奇。

早在三百年前，中原十六国纷争不断之时，这里就是众国的不争之地。说它不争，倒不是不想争，而是不敢争。因为山里面住着一群山贼，武功卓绝，智慧超群，再加上地利的缘故，以及众国相互为敌的局势，所以无论哪一国发兵去争，最终都会失败而归。

后来，这群山贼下了山，建立了一个组织，就是“十三众”。

再后来，他们统一了十六国，又建立了一个庞大的帝国，就是大楚。

不错，他们正是最初的萧氏和十二家卫。

不过，这是一个秘密，并没有多少人知道。

琅琊山易守难攻，进山只有一条路，而且还是在悬崖边上。这条路本来就凶险，再加上连日来的风雪不断，就更加凶险了。山脚下，只见一辆马车，在风雪中艰难而行，实在行不动了，便停下来，换乘由七八条大狗拉的雪橇，继续前行。

雪橇上，坐着两个老人，正是齐国的丞相卫思辅和枢密院的卫国公。

他们的头发、眉毛和胡须很快就覆盖了一层白雪，甚至还结上了一层冰碴，卫思辅给卫国公又披上一件貂皮大衣，来遮挡风雪和寒冷，道：“父亲，有您的亲笔书信就可以了，何必又要亲自走一趟呢，您老人家的身体，可吃不消啊。”

卫国公已有八十多岁的高龄，缩着身体，咳嗽了两声，道：“这或许是我能做的最后一件事了，就当是对他们母子当年的补偿吧。”

卫思辅道：“父亲，卫家之所以能有如此盛况，都是因为受您的荫庇啊。再说，他们母子当年受得委屈，说到底，也都是她自己的选择。”

卫国公道：“不管怎么说，还是我们亏欠了她。”

几条大狗拉着雪橇迎着风雪在盘山路上蜿蜒而行，大约行了一个时辰，终于进了山。他们活动了一下有些僵硬的身体，远远望去，只见虎狼军正在训练，有的赤裸上身，有的重甲加身，或单兵作战，或三五成队，或排兵布阵……不愧是虎狼之军，如狼似虎，非常勇猛。

正看得入神，几个哨兵就围了上来，喝道：“是什么人？”

卫思辅稳住声音中的颤抖，道："虎狼军统领孟奔接旨。"

哨兵一见这架势，知道是宫中来人，便不再多问，直接把他们请到了营帐里。孟奔神色漠然，不冷不热，不惊不喜，双手一拱，就算是行了礼，道："见过卫国公，卫丞相。"

卫思辅摆了摆手，示意他不必多礼，随后搀扶卫国公坐下。虽然他们已经进了营帐，但是仍感觉不到有多暖和，四周环视了一下，才明白是怎么回事，不禁问道："孟将军，这几日风雪不断，寒冷无比，你帐中为什么不生火啊？"

"这是虎狼军的传统，为了锻炼军中士兵的意志。"孟奔稍做停顿，又道，"不过，两位大人并不是我军中的士兵，倒可以不用遵守，我这就命人从厨房里拿个火盆过来。"

"不必了。"卫思辅阻止道，"既然来到了军中，那自然就该遵守军中的规矩，不然又怎能军令如山。"他不在乎孟奔是有意还是无意，也不在乎是传统还是刁难，他只是有些担心年迈的父亲，道，"孟将军，你们军中的士兵不会连热水都不喝吧。"

孟奔明白了他的意思，命人端来两杯热水。

卫思辅自己没有用，全都递给了卫国公，一杯喝，一杯放在怀中取暖。

"两位大人亲自前来，又是冒着风雪入山，不知是有什么重要的差遣？"孟奔道。

"不是差遣，而是生死存亡的国变。"卫思辅边说边拿出太子监国的信物，"武王云闯有不臣之心，意图谋反，到时候，还需要孟将军带领虎狼军护国。"

"卫丞相此言太过诛心了吧。"孟奔的态度很平淡，甚至还有些冷漠，"如果武王真的要谋反，那只有意图和决心是远远不够的，他一定还要有兵马才行。可是他的兵马都在边境的兵营里，根本就不可能悄无声息地调过来。"

"孟将军说得不错。云闯要想谋反，那就一定要有兵马。所以，他会来琅琊山调。"

"你什么意思？"

"孟将军，事到如今，我们明人不说暗话。无论是太子，还是武王，都需要你的虎狼军。"

"哼！需要我的时候就来找我，那你们可知道，我需要什么？"

"当然知道。不过，我只能装作不知道，不然就是大逆不道了。"卫思辅沉思着，望着他，认真道，"你需要的，一个是让活人死，一个是让死人活。"

"活着的人能死，但死了的人又怎么能活？"孟奔不解道。

"先洗冤，再正名，这样就算死了，也能活在人们的心中。"卫思辅道。

"关于我需要的，太子能给，武王也能给，那我为什么要选择你们？"孟奔问。

"一个是平乱的大功，一个是谋反的大罪，对你来说，应该很好选择。"卫思辅有些不放心，想了想，又道，“宣亲王所受谋反之冤，要想洗净冤屈，千古流芳，若是以同样谋反的手段，那岂不是掩耳盗铃？有多少人会信服呢？”

孟奔听着，沉默了好久，开口道：“卫丞相，我会慎重考虑的。”

自始至终，卫国公一句话都没有说，一直安静地坐在旁边。这时，只听“咣”的一声，他搂在怀中取暖的杯子掉到了地上，水湿了身前的衣服。卫思辅怕烫到他，连忙伸手去擦。可是只擦了两下，就发现，这水再也烫不到他了，因为他已经死了。

卫思辅强忍悲痛，从牙缝里挤出两个字：“父亲……”

孟奔愣在当场，有些措手不及，道：“卫丞相，请节哀。”

3

年关将至，年味渐浓。江京城里，到处都洋溢着热闹和喜庆。

第一楼的产业众多，很多生意都非常火热，尤其是贩卖烟花爆竹和糖果布匹的，更是供不应求。因为进货频繁，数量又多，再加上现在这个特殊的时间以及白隐衣特殊的身份，难免会引起云恪和云闯的关注和提防，所以对进出货物的检查极其严格，甚至苛刻，并且要求送完货之后，所有跟随而来的人员、马车都要一个不少地退出江京城。

对于这一切，白隐衣始终是视而不见、充耳不闻，没有任何举动和措施，就像不知道一样。事实上，这段时间里，他一直都在虫二院，一步都没有走出去过。但是，大家并不觉得他神秘，或者是在密谋着什么，因为他每天晚上都会在虫二院里招呼客人。

所以，很多人都认为，他这是在示弱，是在表明自己“不争”的态度和立场。

牛栏山以谈生意为由，在众目睽睽之下登门虫二院。他本来是想暗中过来，低调行事的，但是苏迎迎却说，现在的虫二院，早就已经布满了各种眼线监视，根本就不存在什么“暗中”，所以最好的办法就是“以明遮暗”，高调行事。

白隐衣亲自相迎，两个人相互客套寒暄了几句，就一起移步到二楼的雅间了。

关好门，坐下后，牛栏山道：“少主人，卫思辅回来了。”

白隐衣给他倒了一杯水，道：“那卫国公呢？”

“他也回来了。不过，据探子回报，似乎有些蹊跷。”

“什么蹊跷？”

“他没有和任何人接触，没有露面，也没有说话。”

白隐衣微微皱眉，沉思着，“算下来，卫国公已经有八十多岁的高龄了，而此去琅琊山又是路途颠簸，风雪寒冷，以他的身体，恐怕是难以支撑。”

牛栏山一怔，“少主人是怀疑……他死了？”

“很有可能。”

“那为什么要隐瞒呢？”

“卫国公是一座大山，不仅卫家的人要倚靠，太子党的人也要倚靠。他死了，就意味着山倒了。而山倒了，那些倚靠它的人难免会受到惊吓。眼下局势未定，瞬息万变，最忌讳的就是人心不安。所以，这个真相自然是不敢放到台面上来的。”

“死不发丧，不入葬，是不孝啊。”

“保不住卫家，更是不孝。”

牛栏山叹息一声，对权力产生了一种反感和畏惧，“云闯也去了，还没有回来。”

白隐衣的脸上露出一丝不忍，“快过年了，希望大家都能好好过去。”

“少主人，黄雀的身份，还是没有查出来。”牛栏山担心道。

“那就不要再查了。这种调查，太过被动，还容易被抓到把柄。”白隐衣道。

“那怎么办？”牛栏山没了主意。

“削弱敌人，永远不如强大自己。虽然我们无法做到必胜，但是却可以做到不败。而只要不败了，那不管黄雀是谁，也不管他有什么手段，都奈何不了我们。”白隐衣解释着，转而又道，“云恪和云闯能调兵，我也能调兵，想必他们已经快到了吧。”

4

白隐衣现在身为天机院的副院长，理应对天机院很了解，可是他发现，越是了解，就越是不了解。因为天机院就像是一片深海，永远都触摸不到它的底，不知道什么时候会出现吃人的怪鱼，也不知道什么地方隐藏着暗流和暗礁。

天机院的人，就像是幽灵一样，不仅潜伏在敌人的身边，还隐藏在自己人的身边。在齐国，无论是在军还是在政，只要是重要的人和岗位，那就一定会安插天机院的人。他们或许一辈子都不用执行一次任务，或许一辈子只执行一次任务。关于这些人，天机院是没有档案记载的，更没有名册，或者准确点说，名册只在院长莫缺一个人的脑袋里。

过了午夜，虫二院的客人散去后，冷剑秋就直接潜入了后院。因为他的职位关系，还有天机院的行事风格，所以就算被监视的眼线发现了，那也是在“合情合理”的范围之内，并不会引起太多的怀疑。白隐衣见到他后，有些意外，“你怎么来了？”

“我知道禁军统领是你的人，但是，我要提醒你，在禁军里，有天机院的人，是莫缺亲自安排的。”冷剑秋见他并不意外，又道，“你早就已经知道了？”

“不是知道，是猜到。”白隐衣道。

“还有什么是你猜不到的吗？”冷剑秋问。

“有。而且很多。比如云天真正的用意，我就一直都猜不到。”

“他是我的仇人吗？”

“是。”

“那我什么时候可以报仇？”

“应该快了。”

“整整六年了。”冷剑秋的胸腔沉闷而汹涌，满是复杂的情绪，“我还记得，当年你找到我，表明身份，说明缘由，送我《无师经》，让我进天机院的事情，真是历历在目啊。”

“是啊。你为了报仇，而我为了真相。我本来以为，这是一件事。可是现在看来，这是两件事，并且很有可能还是完全相背而行的两件事。”白隐衣道。

“什么意思？”冷剑秋不明白。

“关于青鸾别院的惨案……”白隐衣欲言又止，非常矛盾，但最后还是说了出来，“我母亲……可能不只是单纯的受害者，她可能……还是幕后的策划者。”

冷剑秋顿时怔住，沉默了好久，才开口说道：“如果这是真相，那你会阻止我报仇吗？”

白隐衣看着他，态度坚决，“虽然我不能肯定到时候会不会阻止你，但是我却可以肯定，我一定不会对你动手。”他语气稍转，又道，“不管怎么说，她毕竟是我的母亲。”

冷剑秋有一些触动，“我理解你。所以，也希望你理解我。”

白隐衣轻轻地点了点头，心生伤感，想了想，道：“或许，从最开始，我就做错了。我本不该去找你的，至少不该告诉你真相。你原本可以走一条健康的人生道路，可是我却把你拉进了这种病态的复仇深渊里。这些年，你为了潜伏在天机院，一定不情愿地做过很多肮脏的事情吧，你有没有良心不安？有没有唾弃过自己？有没有恨过我？”

“我不是圣人，没有那么干净。况且，报仇是我自己的选择。”

“我把那样的真相告诉你，你又能有什么选择？说到底，还是我替你做的选择。”

5

云闯从琅琊山回来之后，心里一直隐隐不安。倒不是因为虎狼军的无法掌控性，而是因为他要以“谋反”之名行“谋反”行事。其实，对于皇位，他本无意，也不执着，曾经在边境时，他手握兵权，都没有想过要争夺皇位。后来回到了江京城，不知道为什么，不知不觉就走上了这条路，仿佛背后有一双无形的手，在推着自己前行。

他不是一个聪明的人，所以从来都没有主动去想过答案。

当然，就算他想过，也未必能想到。

武王府里，按照齐国官方的标准配置，一共有两百府兵。这些人，都是云闯从边境兵营带过来的，个个身经百战，跟他出生入死，对他忠心耿耿。可以说，在整个江京城里，他真正能信任的，并且能以性命相托的，就只有这两百府兵。

云闯来到淑德殿，他见刘皇后很高兴，道：“皇后，看您气色这么好，是有什么喜事吗？”

刘皇后脸上的笑容越来越浓，“其实是一件丧事，但对我们来说，却是一件喜事。”

云闯面露不解，满是疑惑，“皇后，孩儿听不明白。”

刘皇后解释道：“卫国公死了。”

云闯瞬间怔住，缓了缓神，“此话当真？”

“千真万确。”

“那怎么没有听到发丧和入葬的消息？”

“因为根本就没有发丧，也没有入葬。”

云闯又是一怔，很快就明白了其中的原因，“他们是害怕别人知道！”

刘皇后轻轻点了点头，“不错。云恪身后有两座大山，一军一政。如今军山倒了，那山底下的人，难免会恐慌。而在这个关键又敏感的时期，任何动静，都有可能影响局势。”

云闯眼睛一亮，“皇后，这是一个好机会，我们一定要抓住。”

接下来的几天，卫国公的死讯就在朝中流传起来，不过，流传得非常隐秘，隐秘到每一个人都以为只有自己知道。可是，这“每一个人”，却是太极殿上的每一个文武官员。与此同时，太子党里有一些人沉不住气了，心里渐渐地出现了恐慌和不安，态度也变得犹豫不决和留有余地，尤其是在针对武王党的人和事的时候。

此消彼长，武王党的态度正好相反，特别是云闯，在朝堂上表现得非常强硬。

卫思辅见纸包不住火，而越是隐瞒，就越显得胆怯，于是便把消息公开，发丧，入葬。

自从云恪监国以来，云闯就一直被明里暗里的各种打压，胸间始终憋着一腔闷气，现在终于得以释放，心里那叫一个痛快，他兴高采烈地来到淑德殿，道："皇后，好消息，已经有五个大臣公开投向了我们，还有几个也在暗中表达了意愿。"

刘皇后一脸平静，满不在乎道："虽然都是一些见风倒的墙头草，没有什么实际作用。但是在人心上，在精神上，却还是有着很大的作用。"

云闯依然很亢奋，道："皇后，接下来该怎么办？"

"接下来……"刘皇后语气一转，道，"把投向我们的那五个大臣全都暗杀了。"

"暗杀！"云闯满脸惊讶，非常不解，困惑道，"为什么？"

"因为只有投向我们的人死了，才能让那些没有投向我们的人产生恐慌，以及对云恪产生猜疑。所以，他们死了，远要比活着对我们更加有作用。"刘皇后解释道。

"有道理。皇后真是高明啊。"云闯衷心的佩服，"可是，该如何暗杀他们呢？"

"说到暗杀，行事最干净利落的，莫过于天机院。"

"难道皇后在天机院也有人？"

"当然有。不过不是齐国的天机院，而是魏国的天机院。"

"魏国的天机院……"云闯紧皱着眉头，恍然道，"皇后说的可是九皇子？"

"正是。"刘皇后没有否认，"你以为我是怎么知道卫国公的死讯的？你以为城门卫为什么是我的人？"

云闯一脸不敢相信的神情，还带有些许恐惧，"皇后，这是通敌叛国啊。"

刘皇后淡淡一笑，"如果没有损害本国利益，那就不是通敌叛国，而是合作。"

"合作？他们有什么条件？"

"没有条件。或者说，合作本身就是条件。"

"什么意思？"

"第一，他们很希望你和云恪相斗；第二，他们更希望你能获胜，因为这样我们就欠了一个人情；第三，据我所知，九皇子在魏国的处境也不好过，所以非常需要这个功劳。"

"不管怎么说，都是和外敌私通，这是大罪啊。"

"谋反不是大罪吗？是罪是功，要看是成是败。"

云闯听完，沉思片刻，咬牙道："对，成王败寇。"

刘皇后满意地看着他，语重心长地说道："闯儿，你要明白，如今你的身后不仅有半个齐国，还有半个魏国，这是你最强的时候。而云恪正处失人失心，是最弱的时候。所以，你一定要在他重整人心之前，稳稳地坐上太极殿上的那把龙椅。"

云闯一脸坚定，满是决绝，"孩儿明白。"

6

一夜之间，公开投向云闯的那五个大臣全部都死于非命。

一时之间，朝堂震动，文武百官议论纷纷，众说纷纭，有恐慌，有愤怒，有很多矛头都指向了太子。不过，关于这一切，大家只是在私底下流传和猜测，还没有谁敢拿到台面上来说。但是，越是如此，就越是压抑，而越是压抑，就越是容易爆发。

云恪有苦难言，其实，他才是这些人里面最愤怒、最压抑的那个。他心里明明知道自己是被人算计了，也明明知道算计自己的人是谁，可是却只能假装不知道，甚至还要配合着演戏，比如命大理寺全力调查——这就像是贼喊捉贼、掩人耳目的拙劣伎俩。

卫思辅来到东华殿，安静地听他倒完苦水后，平稳说道："能被动摇的人，都是无足轻重的人。虽然会有一些心理上的影响，但是却起不了实际上的作用。所以，对于他们的这种损失，并不算是什么损失。而眼下的这种局势，你太外公早就预料到了，他称之为'示弱'。"

云恪一时没有反应过来，"为什么要'示弱'？"

卫思辅面色深沉，回答道："因为只有我们'示弱'了，他们才会'谋反'。"

云恪恍然大悟，面露喜色，"我明白了。"

短短几天时间，朝堂中对云恪质疑的声音越来越多，可是，却没有一个人敢再公开投向云闯。对于这个结果，无论是云恪，还是云闯，都比较合乎心意。而就在这看似"强弱"分明的时候，云闯给琅琊山写了一封密信，密信里只有两个字：除夕。

孟奔看完密信后，转手交给身边的侍卫，让他秘密送到卫思辅的丞相府。

虎狼军的副统领名叫付义，是孟奔一手提拔上来的，十多年前，他也曾跟随过宣亲王，是云雷的贴身侍卫。他有些不明白孟奔的用意，便问道："将军，我们到底帮谁？"

孟奔站在山顶，迎着风雪，眯着眼睛，望着江京城的方向，"我们谁也不帮。"

付义不解，满是疑惑道："既然谁也不帮，那我们为什么还要去趟这浑水？"

"为了摸鱼。"

"摸什么鱼？"

"整个齐国最大的那条鱼。"

"将军，如果我们要想浑水摸鱼，那就要先确定立场，不然是下不了水的。"

“放心吧，他们会让我们下水的。因为现在不是我们帮他们，而是他们帮我们。”

7

白天的流光巷非常冷清，和夜晚相比，简直就是两个完全不同的世界。放眼望去，从头到尾，整条巷子空空荡荡的，就像是坟地，没有一点活人的气息。虽然偶尔也能见到几个活人，但也不是来寻欢的客人，而是迷了路的行人。

杜平不是行人，当然，他也不是客人。他很清楚自己走进了流光巷，也很清楚自己敲响了虫二院的大门。开门的不是别人，正是白隐衣，他微微一笑，把杜平请进去，道：“看来江京城里最忙的人不是太子，也不是武王，而是你这个大理寺少卿。”

“因为有五个朝廷命官死于非命，凶手又逍遥法外，所以我自然要忙一些。”杜平道。

“那你来我这虫二院，是想忙里偷闲，放松一下吗？”白隐衣问。

“怀王，我来找你，是为了公事。”

“小杜大人，我似乎在成为怀王之后，就再也没有参与过什么公事吧。”

“成为怀王之后，任何事，都是公事。”

“这么说，就算我躲在虫二院里，足不出户，也是躲不过去了？”

“如果你能躲得过去，我就不来找你了。”

“说来说去，你们就是看不得我清静，想要把我拉下水。”白隐衣叹息了一声，显得非常无奈，“说说吧，你来找我这个怀王，到底是为了什么公事啊？”

“五个朝廷命官，五个死亡现场，没有一个留下蛛丝马迹，下手这么干净利落的，无论是在江湖还是在朝堂，都非常少见，而在这江京城里，就更是少之又少了。”杜平道。

“你怀疑我？”

“你有江湖背景，又有朝堂地位。我见识过朱婆婆和十一伯的手段，更见识过天机院的手段。而这些，可都是你的手段。”

“因为我有杀人的能力，所以就怀疑是我杀了人。”白隐衣摇头笑着，讽刺道：“难道这就是你们大理寺查案的逻辑吗？”

“不管怎么说，你值得怀疑。”杜平道。

“动机呢？”白隐衣问。

“太子和武王越是争斗，你就越是能从中获利。”杜平道。

"也对。"白隐衣点了点头，望着他，郑重道，"不过，如果我说，不是我，你信吗？"

"我信。"杜平回答得很干脆。

"你信？"白隐衣有些意外，上下打量着他，笑道，"如果你真的这么好打发，就不会来找我了，你有话就直说吧，来找我到底是为了什么？"

"如果杀人的人不是你，那你一定知道杀人的人是谁。"杜平语气很肯定。

"原来如此。"白隐衣明白了他的用意，对他又看重了几分，"其实在这种大事上，江湖人是不会主动参与的。而被动参与，很可能就像之前的七杀一样，会让雇主承担很多难以掌控的风险。所以，不是江湖人做的。"

"那就是朝堂里的人了？可是，朝堂里的人，除了天机院，还有谁能做到？"

"没有谁。"

"那还是天机院的人？"

"小杜大人，你要知道，朝堂不只齐国一个朝堂，天机院也不只齐国一个天机院。"

"你是说，魏国的天机院——九皇子？"

"据我所知，九皇子把潜伏在江京城里的所有暗谍，都交给了一个人。"

"是什么人？"

"是一个齐国人，代号叫黄雀。"

/ 第十九章 /

一群老妖精

1

自从云恪监国之后，云挚就一直在安神殿里休养。除了莫缺，他不见任何人，也不理会任何事，再加上有意让太医令透露出去的消息，大家都以为，他病得很严重。而事实上，他的病已经得到了控制，虽然没有明显的好转，但是也没有明显的恶化。

云挚推开窗户，向外望去，鞭炮轰鸣，烟花绚烂，还有漫天的白雪，或许是因为北风太过寒冷，让他忍不住地咳嗽了两声，道："好多年没有这么冷的天和这么大的雪了，记得先皇归天的时候，也是如此。看来，这是老天给朕的某种预兆啊。"

莫缺从房间里的阴影中走出来，道："陛下，今夜是除夕，您有很多事情要做。"

云挚迎着风雪，不惧寒冷，道："是他们有很多事情要做，朕要做的，只是旁观而已。"

按照齐魏两国的风俗，除夕之夜，不仅老百姓要一家人欢聚一堂一起吃团圆饭，帝王之家更要如此。这些事情，往年都是由刘皇后安排，今年也不例外。此时的淑德殿，已经来了不少人，有云恪和云闯，还有卫家人和刘家人，因为云渺的关系，岳家人也来了。

刘皇后坐在最高的主位上，旁边还有一个空位，是留给皇帝坐的。她举起酒杯，一副后宫之主、母仪天下的姿态，道："既然人都到齐了，那我们就开宴吧。"

卫贵妃坐的位置比她稍矮一些，也稍偏一些，道："姐姐，陛下还没有来，怎么能说人都到齐了呢？这样就开宴，也太没大没小没规矩了吧。"

"妹妹，你这是在指责我了？"刘皇后语气凌厉。

“妹妹不敢。”卫贵妃淡然一笑，毫不在意。

“哼！不敢就不要乱说话，省着闹笑话。”刘皇后轻蔑地望着她，“众所周知，陛下病重，需要休养，不宜辛劳。而除夕之夜的团圆饭，这些年一直都是由我来全权操办，也就是说，在这件事上，陛下都听我的安排，你凭什么不听？”

“哟！姐姐这是生气了？”卫贵妃阴阳怪气道。

“你还没有让我生气的资格。”刘皇后一脸嘲讽，“既然你不想吃，那就不要吃了。”她把目光移开，望向其他人，“还有人不想吃的吗？”停顿了片刻，见无人回应，又道，“如果没有，那就开宴。”说完，她一仰头，便把杯中的酒饮尽。

刘家人紧随其后，接着是岳家人，卫家人略有犹豫，但还是把酒喝了。

卫贵妃有些尴尬，她没有想到刘皇后会是这样一个认真到较真的态度。她望着桌子上的酒杯，喝也不是，不喝也不是，她心一横，牙一咬，直接撕破脸道：“你不要欺人太甚。”

刘皇后皮笑肉不笑，冷声道：“没大没小没规矩。来人，把她给我赶出淑德殿。”

几个侍卫应声走进来，云恪见他们并不是普通的侍卫，而是禁军，连忙挺身而出，挡在卫贵妃的身前，厉声道：“我看谁敢？”他的话音刚落，又有几个侍卫走进来，也不是普通的侍卫，而是江京城的城防军。就这样，双方都拿出兵器，当堂对质。

刘皇后认出了城防军的统领，大声质问道：“顾大人，你不在城墙上好好把守，却私自带兵闯进皇宫里来，难道你是想造反吗？”

顾小固恭敬行礼，道：“回皇后，臣是奉命行事。”

“奉谁的命？”刘皇后问。

“陛下病重休养，由太子监国，自然是奉太子的命。”顾小固回答。

“这么说，是太子想造反了？”刘皇后道。

“哈哈哈，皇后，你是在说笑话吗？”云恪冷笑了几声，“今夜是除夕家宴，而父皇不在，那你就是一家之主。所以，无论你说什么，我都不会跟你争辩和计较。这是我作为晚辈，对你最起码的尊重。”他稍有停顿，语气一转，“不过，等到明天早朝，我会当着文武百官的面，来跟你好好争辩和计较一下造反的事情。”

刘皇后一时语滞，她没有想到云恪竟然能如此隐忍，不为所动。而云闯见云恪有意退让，以为他是害怕，底气不足，于是便趁机发难，道：“来人，太子忤逆犯上，欲要加害皇后，快把他拿下。”随后马渊就带着大队的禁军冲了进来，紧接着，大队的城防军也冲了进来。

整个淑德殿，瞬间就站满了人。

户部尚书刘承志和兵部尚书岳风相视一眼，彼此轻轻摇了摇头，默不作声。

刘皇后回过神来，她借着云闯的话继续说道：“太子，你果然包藏祸心，不然为什么要调动城防军夜闯我淑德殿？要知道，引外军入宫，那可是死罪！”

“皇后，你不要太危言耸听了。”云恪满不在乎，“既然父皇命我监国，那我就有权力调动城防军。况且，城防军并不是外军，而是我齐国的最后一道防线。还有，如果我不调动城防军入宫，那我现在就不只是你说的死罪，更是一具死尸。”

就在这针锋相对、一触即发的时刻，白隐衣和云飞从外面走进来，他们看到眼前的情景，不禁怔住。岳一诺连忙迎过去，低声道：“表哥，小表哥，你们怎么来了？”

“今夜是除夕，我们理应过来和大家一起吃团圆饭啊。”白隐衣道。

可能是因为白隐衣最近的行事太过低调了，也可能是因为云恪和云闯最近的争斗太过高调了，结果导致大家都忘记了白隐衣是云君临这件事——或者，大家根本就没有忘记，只是没有把他当回事而已。所以，除夕之夜的团圆饭，并没有请他。

至于云飞，因为云岚的缘故，虽然每年都会派人去请，但是每年都不会来。

2

除夕之夜，虽然天上没有星星和月亮，但是并不黑暗。因为城内有无数烟花绽放，城外有五千火把照亮。那正是从琅琊山一路奔袭而来的五千虎狼军，他们列队在城墙之下，站得整整齐齐。旗帜上绣着一只虎头狼身的异兽，屹立在风雪之中，猎猎作响。

城墙上站着的是城防军的副统领，姓王名军，和顾小固是拜把子的兄弟，有着过命的交情。他看到来势汹汹、兵临城下的虎狼军之后，立即下令：关紧城门。而城墙下赶来的付义见城门关了，又见孟奔止步不前，便开口问道：“将军，要攻城吗？”

“不要。”孟奔回答。

“那要喊话让他们开门吗？”

“也不要。”

“那我们要做什么？”

“我们什么都不要做，只要站在这里等。”

“等什么？”

“等门自己开，请我们进去。”

虎狼军的消息很快就传进了皇宫里，但是，云恪和云闯对此都没有什么反应，也没有什么态度。不过，云挚却突然改变了本来“旁观”的想法，道：“老东西，随朕过去吧。”

莫缺微微一怔，道："陛下，现在过去，有些早吧。"

云挚道："朕就是想早点过去，看看他们当着朕的面，还会有怎样的胆量和底线。"

淑德殿里的局势虽然愈演愈烈，但是却始终都没有大打出手，因为他们都在等。云恪在等对方先动手，这样他就能真正判定对方的"谋反"之罪；而云闯在等外面的虎狼军进来之后再动手，这样他就能有一战而胜的把握。

可是，他们都没有等到自己想要等的，他们只等到了一句"皇上驾到"。

就这简简单单的四个字，从殿外传进来，顿时让所有人的脸色都沉了下来，而且还带着或多或少的畏惧，他们立即俯首跪地而拜，恭敬道："恭迎陛下。"

没有"平身"，也没有其他任何回应，因此大家的畏惧越来越重。

过了一小会儿，听到莫缺阴冷的声音："陛下不便说话，你们自行起来吧。"

众人缓缓抬起头，看到莫缺推着轮椅走进来，停在最显眼的位置。而云挚就坐在轮椅上，闭着眼睛，不知道是睡着了，还是在昏迷。云恪率先开口，语气里满是担心，道："院长，我父皇的身体怎么样了？是否已经好转了？"

"太医刚刚看过，说陛下可能熬不过今晚。"莫缺道。

"陛下……"众人再跪，发出悲痛的哭嚎声。

"今夜是除夕，是一家人相聚的日子。所以，外人就先退出去吧。"莫缺道。

顾小固和马渊分别望了一眼云恪和云闯，见两个人微微点头，便带着城防军和禁军退出了淑德殿。莫缺接着说道："之前陛下嘱咐过，要和大家一起吃顿团圆饭，因为以后恐怕就再也吃不到了。还有，陛下今晚想看看，到底谁有能力和资格坐上那把龙椅。"

这句话，就像咬破了敌人的喉咙，满嘴弥漫着血腥味儿！

白隐衣心里一疼，这就是帝王之家，竟然把自己的亲生儿子往绝路上逼。

3

虎狼军真的就像它的名字一样，如狼似虎一般。他们动起来，有着虎狼捕杀猎物时的速度和凶猛，而他们停下来，又有着虎狼守候猎物时的耐心和隐忍。整整五千兵马，点着五千火把，在这风雪中，在这黑夜里，就像是五千只明亮的眼睛，散发着饥饿的光芒。

大约过了有一个时辰，每个人的身上，都覆盖了一层厚厚的积雪。这时，只听前面的城墙下传来一阵被拉长的"咯吱"声，原来是城门开了。付义一惊，连忙侧脸望向孟奔，只见他一直在闭目养神，突然睁开了眼睛，号令全军：“进城。有阻拦者，杀。”

全军随之喝道：“进城。有阻拦者，杀。”

城墙上的王军听到杀声四起，又看到五千虎狼军迅速涌进城里，心里顿时充满了恐惧，脸色也瞬间变得铁青。他顾不上弄清事情的原委，直接下令：不准阻拦。

城门卫一共有十个人，但现在有八个已经变成了死人，还剩下的两个活人正弓着身子站在城门口，对着孟奔行礼道：“武王殿下恭请孟将军进城。”

虎狼军进城的消息很快就传进了淑德殿里，云恪非常意外，心里有一些惊怕，他强作镇定，喝道：“云闯，你真是好大的胆子，竟然敢勾结虎狼军来谋反。”

也许是因为云挚就在面前，也许是因为虎狼军的无法掌控性，总之是让云闯没那么有底气了，所以他并没有承认，而是反驳道：“云恪，你不要忘了，城防军可是你的人。而你的人放虎狼军进城，却说是与我勾结，这是什么道理？”

云恪神色一滞，竟无言以对。其实，他有想过城防军里可能会有云闯的人，但是，他却没有想过云闯会放虎狼军进城。要知道，这个举动，无异于是把包括自己在内的所有皇室血脉，甚至还有整个齐国江山，都如鱼肉般放在砧板上，任人宰割。

云闯是带过兵打过仗的人，怎么可能不明白这其中的忌讳和利害关系？

云恪忽然想到了一个人，把目光望向刘皇后。对，一定是她。这种事，也只有她这种疯女人才能干得出来。弃皇室血脉于不顾，弃齐国安危于不顾，只顾自己的小心思。

云恪咬着牙，愤怒道：“你们越过了底线。”

云闯心中有愧，无言以对，刘皇后道：“哼！胜者为王，败者为寇。”

“你以为你胜了？”云恪质问。

“至少你没有胜。”刘皇后道。

虎狼军先进城，再进宫，虽然在路上遇见了很多城防军和禁军，但是却无一阻拦，统统避让。孟奔看着眼前的情景，心里没有兴奋，也没有窃喜，只有悲哀。难道这就是将士们拼了性命在保卫的齐国吗？真的是太让人失望了。

孟奔让兵马守在外面，自己一个人走进淑德殿，他站在门口，把每个人都认真地看了一遍，眼睛里满是轻蔑，然后又一步一步地走进去，站在云挚的面前，毫无惧色，他盯着轮椅上昏睡不醒的云挚，沉声道：“十年了，我终于进来了。”

不管是云恪还是云闯，对孟奔的态度都是即害怕又期盼，害怕他反，期盼他帮。云恪的心思要比云闯敏捷得多，于是抢占先机，开口道：“孟将军，父皇病重昏迷，现在由本太子监国，武王云闯意图谋反，我命你将其拿下，这可是大功一件。”

孟奔没有理会，而是偏过脸望向云闯，等他说话。

云闯心里非常忐忑，一时犹豫不决，也不知道该说些什么。高处的刘皇后看着着急，厉声道："孟将军，你不要忘了，你答应过武王的事。"

"哈哈哈，可是你也不要忘了，你答应过我的事。"孟奔放肆地大声笑着，望着坐在轮椅上的云挚，又道："你们谁帮我杀了皇帝，我就帮谁坐上皇位。"

面对如此大逆不道之言，大家竟然都选择了沉默。过了一会儿，卫贵妃走过来，她先走到云挚的身边，双手轻抚着他的脸，满是爱意。随后又走到孟奔的面前，一句话也不说，直接一巴掌扇过去。孟奔没有任何回应，她又扇了第二下，第三下……

孟奔终于有了回应，抓住了她的手，云恪担心自己的母亲，失声道："孟将军……"

孟奔完全不去理会，斜着眼睛，望着众人，道："你们还不如一个女人。"

4

白隐衣觉得事情有些奇怪，因为像岳风、刘承志、刘邦国、卫思辅这些老臣，都是有骨气有原则的人，绝不会贪生怕死，他们在朝中身居高位要职，甚至还是皇亲国戚，可是面对孟奔对一国之君的不敬，怎么连一句话都不说？这太有背他们的性格和行事作风了。

不过，白隐衣很快就想明白了，他们之所以不说话，就是想把话留给云恪和云闯说。

但是，以现在的局势来看，说什么都是错，做什么都是输，这根本就是一个死局。

"小表哥，他为什么要杀陛下？"岳一诺小声道。

"这个问题问得好。"白隐衣提高了声音，对孟奔道，"孟将军，你为什么要杀陛下？"

"不是我要杀，而是他们要杀。"孟奔说着，望向云恪和云闯。

"孟将军，你应该明白，如果陛下死了，对你可没有任何好处。换句话说，就是不管你帮谁坐上了皇位，只要有弑君杀父这件事横在中间，那你就不会有好下场。"

"我的下场并不重要，重要的是能给宣亲王报仇。"

"如果你真的是想给宣亲王报仇，那就更不能杀陛下了。因为那样的话，宣亲王将会永远背负着'谋反'的罪名，永远死不瞑目。所以，你需要的是给他平反。"

"杀了皇帝，一样能给宣亲王平反。"

"不错，只要我坐上皇位，一定会给二皇叔平反。"云恪突然拔剑而起，刺向云挚，大声叫道，"孟将军，你不要忘了刚才说的话。"

“你疯了！”云闯冲过去，挡在云挚身前，单手抓住云恪的剑，鲜血直流。

瞬息之间，接连变故，让所有人都大惊失色。白隐衣深深叹息了一声，摇头道：“弑君杀父的人，是没有资格给任何人平反的。”他望着孟奔，神色一变，又道，“你根本就没有指望他们，也不想帮他们坐上皇位，你只是想看他们兄弟相争父子相残的笑话。”

“是又如何？”孟奔道。

“你是带兵的将军，曾经还跟随过宣亲王打过仗。所以，就算你对陛下仇恨，对太子和武王失望，甚至对齐国失去了忠心，但是你也不会做出亡国之事。”

“你到底想说什么？”

“我想说，该叫你背后的人出来了。”

此言一出，众人惊疑，都把目光望过来。

孟奔认真地看着白隐衣，仔细地打量着他，道：“你就是云君临？”

“正是。”白隐衣回答。

“不错，你比那两个小子都有出息。不过，或许只是因为没有沾染权力而已。”

“孟将军，既然你没有忘记我的身份，那也不要忘记自己的身份。如果你忘记了，我现在提醒你，如果你没忘记，那就应该知道，你根本没有资格评论我。”

孟奔盯着他，眼睛里满是愤怒和杀意，道：“你真是好大的胆子，竟然敢跟我这么说话。”

白隐衣对他完全无视，轻蔑一笑，不屑道：“这句话，应该由我来说。”他说完，缓缓转过身，大声对着殿外喊道，“四皇叔，你还不出来吗？”

这一声“四皇叔”，又引来大家惊疑的目光。只见一个人走进来，正是壮亲王云岚。云飞看到后，一脸不敢相信的神色，上前道：“父亲，怎么会是你……”

云岚不仅没有理会他，还有意和他拉开距离。其实，云岚早就知道他心里的真实想法，而和虎狼军合作，也是为了给他保驾护航。只是没有想到，半路突然杀出来了一个云君临，更没有想到，他竟然因此彻底打消了本来的念头。

云岚走到白隐衣面前，问道：“大侄儿，为什么不是老三，而是我？”

白隐衣回答：“因为三皇叔和虎狼军根本就不在一条船上。”

5

随着一声轻咳，坐在轮椅上的云挚慢慢地睁开了眼睛。他的脸上虽然还有一些病态，但是却不怒而威，让人望而生畏。大家看到后，除了云岚、莫缺、孟奔和刘皇后之外，其他人都统统跪了下去。他缓缓说道："都下去吧，朕要和老四单独说说话。"

大部分人直接应声而退，小部分人略有犹豫，孟奔是听云岚的，刘皇后是心有不甘，卫贵妃是心有不安……但不管怎么说，最终都退了出去。留下来的人，除了云挚和云岚，还有莫缺。他就像是一个死人，或者说，他根本就不是人，只是安静地站在轮椅后面。

"恪儿，闯儿，君临，你们三个留下来旁听。"云挚叫住他们。

云恪的心里满是后悔和害怕，"扑通"一声跪在地上，道："父皇，儿臣错了。"

云挚的语气很平淡，听不出来冷热高低，道："你哪里错了？"

"儿臣挥剑刺您，是大错！"

"不，你挥剑刺朕并没有错。但你错在当着众人的面挥剑刺朕，你错在被人利用了挥剑刺朕，你错在挥剑刺了朕之后，不仅得不到你想要的，还失去了本来拥有的。你错的不是心狠手辣、大逆不道，你错的是愚蠢，是没有脑子。"

"儿臣——错了。"云恪磕头，痛哭流涕，他现在终于意识到，自己不仅错了，还败了。他不是败给了云闯，也不是败给了孟奔，他是败给了自己。

"父皇，儿臣也错了。"云闯也跪了下来。

"你又哪里错了？"云挚道。

"儿臣错在引虎狼军进城。"

"确切地说，你是错在你根本就掌控不了虎狼军，却又引他们进城。朕知道，你这是在赌，朕也允许你赌。只是，你要明白，赌输的代价，你是否能承受得起？你将皇室血脉和齐国江山放在别人的屠刀之下，若是输了，可不只是你一个人输了，而是皇室输了，更是齐国输了。换句话说，你不是有错，你是有罪，而且还是大罪。"

"儿臣——领罪。"云闯现在想起来，心里满是后怕和悔恨。

"都先起来吧，是错是罪，待事后再论处。"云挚道。

"谢父皇。"云恪和云闯站起身。

白隐衣再一次见识到了皇家的冷血和无情，他的心里有些悲哀，也有些愤怒，但是却无法言语，又无处发泄。他见云挚正望向自己，以为是有话说，结果没有想到，云挚直接跳过了他，对云岚道："老四，轮到我们了，今天，朕就陪你说个痛快。"

"好。那我先问你，先皇……是不是你害死的？"云岚开门见山道。

"是。"云挚承认，随后又否认，"也不是。"

"是就是，不是就不是，什么叫是也不是？"

"当年是先皇召见朕的。"云挚眯着眼睛，回忆起来，"朕记得，那是一个漆黑的夜晚，天很冷，风很大，雪也很大，就和今晚一样。先皇在朕到了之后，便让所有的太监和宫女都退了出去，并命令，没有召见，不得擅入。先皇跟朕说了一些皇位继承的事情，说到中间，他突然病发，而药就在旁边的抽屉里，他拿不到，朕能拿到，可是朕拿到了，却没有给他，最后就那么眼睁睁地看着他在朕的面前咽下了最后一口气。”

“这么说，先皇就是你害死的，哪来的不是？”

“先皇病发之时，虽然全身不能动弹，但是嘴巴却能说话。可是，那么多的太监和宫女就守在外面，他竟然宁愿忍着疼痛，也不愿叫他们进来。”

“你是什么意思？”

“这是先皇的意思，不是朕的意思。所以，你如果不能自己理解，那朕也不能替他解释。”

“放屁。放屁。完全是狗屁不通。”云岚怒骂道。

云挚没有做出任何理会，只是安静地等着他发泄完，道：“你还有什么要问朕的？”

云岚冷静下来，道：“二哥的死，是怎么回事？”

“这个问题不用朕回答，就是你们想得那么回事。”

“云挚！”云岚大叫，满是愤怒，指着他骂道，“你为了皇位，弑父；你为了权力，杀弟，你根本就不配做齐国的皇帝。”

“不。朕或许不配做父皇的儿子，不配做你们的兄长，但是，朕却配做这个皇帝。”云挚的语气依然平淡，只是平淡里依然有着不容置疑的强硬，“你没有坐在朕的位置上，所以永远体会不了坐在这个位置上的代价是什么。你们只看到朕得到的，却看不到朕失去的……”

“弑父杀弟，你还有什么好狡辩的？”云岚打断他道。

“朕不是狡辩，朕只是在说事实。”云挚稍有停顿，又道，“老四，你可知道，当年先皇病发时，朕为什么拿到了药，却没有给他？”

“不管是为什么，都改变不了你弑父的事实。”

“因为先皇说，要由你来继承皇位。”

“由我？不可能。我们兄弟四人，就数我最不争气。”

“先皇说，你的性情好，又和老二交好，由你来当皇帝，朕和老三都会平安。不过，选你是迫不得已，先皇最想选的，还是朕。只是，先皇怕朕压不住老二，和你又没有太深的交情，和老三虽然走得近，但是他和朕却不是一条心。”

“为什么偏偏是我和你？而不是二哥和老三？”

“老三为人太过阴沉，行事又偏爱诡计，这不是为政为君之道。”

“哼！我看你也不比他好多少。”

“你还要不要听朕说？”

“你说。”

“至于老二，他是将才，不是帅才。”

“那我就更不是帅才了。”

“但你也不是将才。”

“你什么意思？”

“你非帅非将，为人行事又都很中庸，而这样的你做了皇帝，就算于国无功，也不会于国有过。所以，只要有贤臣辅佐，那齐国一样会是盛世。不过将才当帅，往往会以为将之力一意孤行，那样若是行错了方向，可是会祸国殃民的。”

云岚沉思着，觉得他说得有些道理，便道：“这么说，真的是因为我才让你害死了先皇？”

云挚望着他，认真道：“还是那句话——是，也不是。”他稍做停顿，随后又道，“先皇在归天之前，虽然一直忍受着病发的疼痛，没有叫外面的太监和宫女进来，但是却一直在和朕说话。你可知道，他和朕说的话是什么？”

“哼！先皇肯定是在骂你。”

“恰恰相反。先皇做了决定，由朕来继承皇位。因为朕的所作所为，让他看到了朕的另一面。而这一面，是可以压倒老二，对付老三，治理齐国的。”

“云挚，你真是太不要脸了，竟然把二哥的死推给了先皇。”

“老四，不管你相不相信，这就是朕坐在这个位置上的代价。如果你也要坐上来，那最好先问问自己，你是否能够承受得起？”

“哼！我对你的位置一点兴趣都没有，我只是要给二哥讨个公道。”

“你要怎么讨？”

“我要你给二哥平反。”

“朕不会给他平反。”

“为什么？难道让你认个错，就这么难吗？”

“皇帝是不会有错的，所以也不会认错。”

“可是你明明有错。”

“那就让新皇帝来纠正。”

“你什么意思？”

“错，是朕的，罪，也是朕的。只有这样，在新皇帝继位之后，对和功都是他的。这就当作是朕送给新皇帝和齐国臣民的一个礼物吧。”

云岚听了这段话，心里有些感触，道：“那青鸾别院的惨案呢？是不是你做的？”

“不是。”

“那是谁做的？”

“朕也不知道，这些年，朕一直在查，可是却始终都查不到真相。”

“是我做的。”一个人从外面走进来，正是慧亲王云天。在他身边，还有一个女人，正是昔日的萧倾城，今日的霍红颜。她的小腹已经明显隆起，看样子是怀有数月的身孕了。

虽然过去了整整十年，但是霍红颜那不老的容貌，还是会让人一眼就认出来。白隐衣百感交集，慢慢地迎上前，嘴唇颤抖，道：“母亲……”

霍红颜看着他，心里有千言万语，可是说出来却只有一句：“君临，你长大了。”

/ 第二十章 /

黄雀在后的后

1

十年前，云天让心腹手下白王孙带着人血洗了青鸾别院，同时，他自己又带着人救出了萧倾城母子，并且还找来了一对身材和年纪都相仿的母子做了她们的替死鬼。他这么做，一是为了得到萧倾城的信任，进而得到楚国的宝藏。二是为了陷害云雷，进而让云挚和云雷之间的矛盾升级。可是他万万没有想到，云挚竟然会那么决绝，直接灭了云雷满门。

不过，这并不影响云天谋划的结果，因为云雷的死，让朝中的权势格局发生了剧变，各种争斗、动荡、矛盾都愈演愈烈。但是，云挚不仅没有因此变得疲惫和慌乱，反而还更加有精神和冷静。他把多年前亲自打入冷宫的一个女人接了出来，封为贵妃，同时又把女人在冷宫里生下的孩子立为太子——只是这一招，就轻松化解了一切，扭转了局势。

云岚听云天诉说完当年事情的来龙去脉之后，暴怒而起，指着他的鼻子，咬牙切齿地大声骂道："老三，我们可是亲兄弟啊，你怎么能如此狠毒？"

"四弟，你要明白，我们不是普通百姓家的亲兄弟，而是天子之家的亲兄弟。所以，对于皇位的继承，我们不仅有权力，更有责任。也就是说，如果自己当不上皇帝，那就要让其他兄弟当上皇帝。但是，这个'让'却不是'拱手相让'，而是'当仁不让'。"云天没有一丝愧疚，继续说道，"要么做一把天子刀，要么做一块能让天子刀更加锋利的磨刀石。"

"简直是一派胡言。"云岚怒道。

“如果是胡言，我又怎么能见识到大哥那么厉害的手段？”

“哼！你们两个，半斤八两，没一个好东西。”

“老三，这就是真相吗？”云挚在旁边开口道。

“回大哥，这只是我以为的真相。”云天答道。

“那真正的真相是什么？”云挚似乎并不意外。

“真正的真相……除了我利用了别人，还有别人利用了我。”云天道。

“你这种老奸巨猾的恶人，谁能利用得了你？”云岚插嘴道。

“这就是恶人自有恶人磨，聪明反被聪明误。”云天自嘲一笑，然后侧过身认真地望着面前的霍红颜，对她说道，“血洗青鸾别院，分别救出你们母子，我以为，这就是我的一步棋。但是万万没有想到，其实这一切，甚至包括我在内，都是你的一步棋。”

“你果然是知道了。”霍红颜淡淡道。

“我走的每一步，都是在你的算计之内。或者说，都是在你无形地诱导之下走出去的。”

“你是什么时候知道的？”

“在那之后不久，你就把宝藏交给了我，然后我用宝藏创建了第一楼，由白王孙经营。再之后不久，第一楼发生了一次事故，白王孙被火烧毁容，从此便戴上了面具。又之后不久，我才发觉，面具下的白王孙，已经不是原来的白王孙了。”

“你是如何发觉的？”

“有一次我和他吃饭，桌子上有一道菜，名为宫保鸡丁。”

“我调查过，他吃那道菜。”

“那你调查得还不够仔细。”

“怎么？”

“他的确是吃那道菜，但是他却不吃那道菜里面的花生，因为他对花生过敏。这是一个秘密，在当今世上，只有我和他才知道的秘密。而在知道了他不是我的人之后，我很快又知道了他是你的人。慢慢地，我就知道的越来越多。”

“原来，在那么早的时候，你就知道了。”

“对我来说，已经不算早了。”

“可是，你既然知道了，在那之后的事情，为什么还要按照我的意愿去做？”

“在那之前的事情，我也以为是按照我的意愿去做的。”

“你是说……你在利用我对你的诱导反过来诱导我？”

“不错。因为只有这样，才不会被你发觉。”

“这不合乎逻辑，尤其是你对君临的安排。难道你不是想先帮他坐上皇位，然后再用我威胁他让出皇位吗？”

“当然不是。至少不全是。”

“那你真正的意愿到底是什么？”

“就是帮他坐上皇位，没有然后对他的威胁。”

“那就更不合乎逻辑了。”

“之前君临也问过我类似的话。”

“我记得，你当时说，要想合乎逻辑，一句话就能解释清楚。”白隐衣在旁边道。

“不错。而且我还说过，要等到你查明了十年前的真相之后再告诉你。”云天道。

白隐衣望着他，满是期待，“现在正是时候。”

云天也望着他，语气严肃，“其实，我才是你的父亲。”

2

这一句话，的确合乎了全部的逻辑，解释了所有的一切。不过，在此时此刻，又是当着众人的面说出来，似乎又有些不合乎逻辑了。因为云天的目的就是想把白隐衣推上皇位，可是现在把他的真实身世曝光，就等于葬送了他继承皇位的资格。

无论是十年前的云君临，还是十年后的白隐衣，云挚都以为他是自己的亲生儿子，可是如今突然知道了不是的真相，竟然没有表现出任何多余的情绪和态度，就好像根本没有区别一样，只是略有疑惑道：“老三，你到底想不想让君临当皇帝？”

“回大哥，不是我想不想，而是君临想不想。”云天语气深沉，并且把握十足，“如果他想，没有人能拦得住。如果他不想，这正是一个很好的理由。”

云挚望向白隐衣，道：“君临，朕问你，你想不想当皇帝？”

“一直以来，你们每个人都在给我做决定，从来没有问过我想不想。”白隐衣心里生出一种莫名的抵触情绪，“所以，我的想法没有任何意义。”

“这一次，朕会尊重你的想法。”云挚道。

“既然会尊重我的想法，那就不该问，因为我不想让你们知道。”白隐衣抵触的情绪越来越强烈，“我只想让你们知道，不管我是谁的儿子，我首先是我自己。”

这一次对孟奔而言，完全是孤注一掷，没有任何退路。他守在殿外，担心迟则生变，便带着虎狼军直接冲进殿里。而禁军和城防军看到后，也立即跟了上来。孟奔大步走到云岚身边，声如洪钟，道：“王爷，不能再拖了，免得夜长梦多。”

“今夜已经足够长了，梦也足够多了。”云岚感叹着，沉思片刻，接着说道，“就不要再多生是非了，到此为止吧。”

“王爷，你这是什么意思？”孟奔吃惊道。

“孟将军，你带着虎狼军回琅琊山吧，我保你们周全，就当是为二哥留点香火。”

“王爷，我带着虎狼军过来，是为了保你当上皇帝的，怎么能半途而废？”

“我从来都没有想过要当皇帝，也根本就不适合当皇帝。”

孟奔神色变冷，语气变硬，道：“王爷，如果你执意如此，那就不要怪末将无礼了。”

云岚看着他，怒道：“哼！我倒要看看，你敢对我怎么无礼。”

“我会杀光其他皇室，到时候，你就只能当皇帝了。”

“你真的以为那五千虎狼军是无敌的？禁军和城防军加起来一共有一万人，如果是在战场上，施展出全部的战力，或许会势如破竹。但是在皇宫里，很多东西是无法完全施展出来的。到最后，双方拼的就是单纯的人数和力气。”

“即便如此，我也要试一试。”

说话间，虎狼军、城防军和禁军一直在不停地涌进来，简直把淑德殿里里外外挤得是水泄不通。白隐衣见双方对峙，局势紧张，又无人说话，便上前道：“孟将军，在我看来，你只不过是虚张声势而已，因为你根本连试一试的资格都没有。”

“你不信？”孟奔道。

“说实话，这和信不信无关。你应该明白，蛇无头不行，而你顶多算是蛇的七寸，并不是蛇头。也就是说，如果四皇叔不做这个蛇头，那虎狼军就不会动。”白隐衣一语切中关键的要害，继续说道，“不然，无论胜败，他们都是乱臣贼子。尽管他们已经抛去生死，誓为宣亲王报仇。可是，那真的是报仇吗？到头来，不仅仇报不了，还亲手葬送了宣亲王和虎狼军的一世英名。”他稍做停顿，加重语气，“要知道，军人，最注重的就是荣誉。”

孟奔听完这段话，如梦惊醒，心冷如冰。他怎么会不明白这个道理？他当然明白，他只是冲得太快太急，忘了明白。他转眼望向那数千虎狼军，只见个个眼眸闪烁，飘忽不定。他深深地叹了一口气，仰天而望，就像是在望云雷的在天之灵，悲痛欲绝道：“宣亲王……”

3

就在虎狼军放下兵器之后，刚刚和禁军与城防军一起退出淑德殿不久，外面突然来人禀报，说有很多人闯进了皇宫。虽然他们全都是普通百姓的打扮，但是却个个手持刀枪，步伐矫健，行动迅速而有序，毫不混乱。说话间，那些人就已经来到了淑德殿。

领头的不是别人，正是外境五族的侯爷。云挚一见是他，非常意外，还没有开口问话，就见他向白隐衣走去，很恭敬地行礼道："少主人，三万精兵，全数入宫。"

云挚一见这情形，一听这称呼和人数，除了意外，还有震惊。要知道，那可是整整三万人啊，怎么可能神不知鬼不觉地靠近江京城？并且还神不知鬼不觉地进入了江京城。原来早在两个月之前，白隐衣就开始筹划了，他先是利用第一楼的商队做掩护，前后共分了数十次把人从外境五族带入齐国，最后再利用慧亲王府里的秘道进入江京城。

"侯爷，一路辛苦了。先让你的人退出皇宫，在城外安营扎寨吧。"白隐衣道。

侯爷微微皱眉，略显迟疑，他环视了一下周围的局势，心里有了一个大概的判断，然后一句话都没有问，直接让那三万精兵退了出去。有二十多个人留了下来，其中包括清风、明月、苏迎迎、十一伯、十二婆、孟婆婆、冷剑秋以及习落花那十七个人。

白隐衣望着冷剑秋和习落花他们，心里涌现出从未有过的沉重和纠结。他犹豫着，挣扎着，最终还是开口说道："我这次来江京城，有两个目的。一个是想找到有可能和我一样还活着的母亲，一个是想查明青鸾别院惨案的真相报仇。而事到如今，母亲找到了，真相也查明了，可是仇却无法报了。因为我没有资格，因为我和我母亲都活着，因为我母亲就是这场惨案幕后的策划者……"他越说越激动，难以自制，"但是，他们却有资格。因为他们的父亲不是为了保护我们母子英勇战死的，而是被我们母子用阴谋害死的。"

习落花等十七人听得是泪流满面，泣不成声。

白隐衣走到冷剑秋身边，动情说道："他的弟弟，是代我而死。他的母亲，是代我母亲而死。这可都是不共戴天的血海深仇啊，怎么能不报？"

"你母亲虽然也有份，但是毕竟没有动手，所以我可以不杀她。"冷剑秋这么说，一是不想让白隐衣为难，二是想还他人情。他话音刚落，就拔剑而起，直接刺向云天。

白隐衣似乎早有预料，动作极快，瞬间就挡在云天的身前，用身体挡下了这一剑。冷剑秋已经很快反应收剑了，但还是刺中了他的要害，不过好在刺得并不深，不会伤及性命。

冷剑秋又惊又怒，道："你这是干什么？"

白隐衣扬起嘴角，苦笑道："我也是刚刚才知道，他才是我的父亲。"

明月立即飞身而来，先是打落冷剑秋手中的长剑，再是点穴止血，然后又抽出自己腰中的软剑，护在白隐衣身边。清风也连忙跑了过来，拿出药要给他敷上，结果却被他挥手阻止了：“清风，明月，你们都下去。没有我的命令，任何人都不准再上前。”

“少爷……”清风和明月叫道。

“下去。”白隐衣大声吼道。

云天从他身后走出来，道：“君临，我从未对你尽过做父亲的责任，而你刚才替我挡下的那一剑，算是对我尽过做儿子的责任了。所以，接下来的仇，就让他们来找我报吧。”

白隐衣上前一步，依然站在他的身前，语气里不但没有父子亲情，反而还有一种冷漠和厌恶，“你还是省省吧，我可不想再为任何人向任何人报仇了。”他低身捡起剑，慢慢地走过去，然后把剑放到冷剑秋手里，“再来。”

冷剑秋望着他，心里有跟他一样的沉重和纠结，他也在犹豫，在挣扎，在回想多年前他找到自己时的情景……历历在目。他咬了咬牙，道：“我报仇的剑刚刚已经刺出去了。从此江湖路远，你我不必再见。”说完，直接转身走出人群，没有停顿，也没有回头。

白隐衣目送走了冷剑秋之后，又转眼望向习落花他们，道：“你们替父报仇，我替父还债，这两件事都是天公地道，天经地义。所以，请动手吧。”他等着他们动手，却迟迟没有人动手，便又开口说道，“如果你们对我实在心存不忍，又不想愧对先父，那就每人刺我一剑，是生是死，都由天定，都由各位先父的在天之灵来定。如何？”

没有人回应，或者说，没有人能下得了这个决定。

十一伯和十二婆很是担心，暗地里偷偷望了霍红颜一眼，只见她微微摇头，示意他们不要出手妄动。岳一诺害怕得哭出声来，“小表哥……”云飞也开口道：“君临，你心里应该很清楚，如果你没有活过来，那今天很可能就是我的死期。”

“大飞，现在已经真相大白，相信你以后不会再做傻事了。”白隐衣道。

“可是，我真的不希望你死，也不接受你死。”云飞痛苦道。

“我来第一剑。”习落花举剑刺向白隐衣，直接穿过了他的脖颈之间。其实，这一剑并不算快，但是却太过突然，所以所有人都没有反应过来。

剑上没有沾血，因为根本就没有刺到白隐衣，只是割断了他颈后的一缕头发。习落花的这第一剑，是帮大家做了一个决定，同时也表明了一个态度。

“我来第二剑。”剑上还是没有沾血，只是割断了衣袖。

“我来第三剑。”剑上虽有沾血，却是伤在肩膀，无碍性命。

“……我来第十七剑。”白隐衣身上穿的白衣，已经全被鲜血染红，无一处见白。

不过，虽然看上去有好多伤口，也确实流了好多血，但是实际上都巧妙地避开了要害，只是皮肉伤。

就在大家以为一切都尘埃落定的时候，白隐衣又开口道：“十年前，青鸾别院的惨案，共枉死一百三十八人，除去你们十八人，还有一百二十人……”

“噗……”苏迎迎听到他说出这句话之后，突然胸腔一阵澎湃，一口鲜血便喷涌而出。

“苏姐姐，你怎么了？”清风连忙过来搀扶。

苏迎迎没有回答，只是痴痴地望着白隐衣。而此时白隐衣也正望着她，满眼深情，没有一丝担心，只是会心一笑，痴痴说道：“迎迎，你还记得仙姑的批命之言吗？”

“我记得。”苏迎迎点了点头，心有灵犀地回以一笑。

“噗……”白隐衣吐出一口鲜血，同时身体里面持续传出来沉闷的响声——那是骨骼碎裂和筋脉尽断的响声——那是他用内功真气硬生生震坏的，不多不少，一共一百二十响。等最后一响结束后，他就像是一条没有筋骨的虫子，瘫软在地，不省人事。

4

白隐衣奇迹般地捡回了一条性命。

不过，虽然他还活着，但是却和死了没有太大区别。因为他不能言语，也不能动弹，每天只是躺在床上昏睡。所以，简单点说，他仅仅就是一息尚存而已。

除夕之后，云挚的病情越来越严重，没有一点好转的迹象，整个太医院都束手无策。但好在有霍红颜相伴，日子过得并不算难熬。他没有再理会朝政，依然由太子监国。可是，云恪是真的受到了惊吓，他坐在龙椅上，如坐针毡，每天都战战兢兢，惶惶度日。

云岚亲自来为孟奔求情，云挚只说了一句话：“老四，朕说过，朕欠你的人情，朕会还。”

在这期间，还发生了一件事，就是大理寺少卿杜平来向太子复命。

他查到了杀害五个朝廷命官的凶手，也查到了幕后的指使者。而这查案的过程，远要比他想象得顺利和容易。那是在除夕之夜，他受白隐衣线索的指引，来到了城门口。结果正赶上城门大开，因此目睹了一切。于是便毫不费力地抓到了两个城门卫，然后又毫不费力地审出了幕后的指使，最后他们还主动交代了刘皇后和魏国九皇子之间的合作关系。

原来，白隐衣说的那个人，不是黄雀，而是金凤。

原来，九皇子根本就不在乎帮谁，也不在乎谁胜谁败，从头到尾，他只是要参与，因为这样他在魏国就依然显得有分量。

云恪并没有结案，也没有提审刘皇后，更没有借机打压，他只是把卷宗送到安神殿。而刘皇后一直在淑德殿里等着废后的圣旨，可是却一直迟迟等不来。

云挚又一次咳出了血，霍红颜帮他擦净，给他喂药，缓缓说道：“陛下，你该下旨了。”

云挚一边看着她，一边轻轻地抚摸着她高高隆起的肚子，道：“这就是你谋的天子吗？”

“陛下，我谋的不是天子，而是天下。”

“那你谋的这个天下，会改国号吗？”

“会。但不是前楚，而是大楚。”

云挚微微一惊，道：“你是说，你要吞并魏国，统一中原？”

霍红颜语气坚定，道：“不错。因为这才是我要谋的天下，在那之前，绝不改国号。”

云挚沉思着，冷静下来，道：“如果……你生下来的是女孩儿呢？”

霍红颜邪魅一笑，道：“我生下来的，一定是男孩儿。”

云挚先是一怔，随后心领神会，道：“朕不明白，你为什么偏偏要选择一条最艰难的路？”

霍红颜回答：“陛下，在最开始的时候，我选择的可是一条最容易的路。”

云挚知道她所指，剧烈地咳嗽着，有些哀怨道：“这么说，你还是没有爱过朕。”

5

二月二，龙抬头。

云挚重临太极殿，他坐在高位的龙椅上，俯视着底下的文武百官，颁布了一道圣旨，先废太子云恪，再废皇后刘氏，后立皇后霍红颜，又立她肚子里未出生的孩子为太子。并待太子出生后，即刻登基皇位，到时由太后摄政，由慧亲王辅政。

半个月后，霍红颜临盆，顺利诞下龙种。

云挚抱着婴儿，赐接生婆毒酒，然后含笑而终。

6

三月是最好的时节，柳如烟，花似锦，莺声燕语，满城春色。

白隐衣之所以能捡回一条性命，是因为他修炼的《无师经》。虽然他的骨骼碎裂、筋脉尽断，但是体内的真气却依然在流转。而真气的流转，竟然把他身体里面曾经摧毁掉的一切逐渐地修复和接续。两个月的时间，他已经恢复了意识，并且还能说话了。

不过，这件事除了苏迎迎之外，没有任何人知道，甚至包括清风和明月。

“迎迎，我们来江京城整整有一年了，也是时候该离开了。”白隐衣轻声道。

“是啊。那你想去哪？”苏迎迎问。

“我不能动，所以你带我去哪，我就去哪，全都由你来做主。”白隐衣笑道。

“那我可要认真地好好想一想了。”苏迎迎嫣然一笑，百媚众生，她沉默了一会儿，然后语气一转，“这里的事情，你真的能放下吗？”

“自始至终，我都没有拿起来过，所以根本就谈不上什么放下。”

“那你母亲呢？你放心吗？”

“她本来就不需要任何人的担心，何况以她现在的权势和地位，就更不需要了。”

“或许就是因为现在的权势和地位，她才需要。”苏迎迎深情地望着他，“你应该清楚，刘皇后并不是黄雀。”

“黄雀就是黄雀，当然不会是金凤。而黄雀是永远躲在后面的，自然也没有站在前面的道理。”白隐衣虽然对这一切都了然于心，但是却不想再去理会了，于是轻松说道，“我的那个妹妹啊，假以时日，肯定会和我母亲过得很精彩。”

“你真的放下了？”

“她们有她们的人生，我们有我们的人生，这样才是芸芸众生。”

7

缥缈山横跨齐、魏两国，山中共有一千三百六十八峰，峰峰云雾萦绕，犹如仙境。各峰的露水和雨水流往低处，汇聚成了一个湖，湖本无名，却被人叫成知心湖。而在湖边，盛开着一种花，这花也是无名，却被人称做解语花——这一切，只因为湖中玲珑小筑的主人。

一年之前，这里常常会有各种人特意来拜访，但是自从主人离开之后，就再也没有人来过了。而一年之后，却有两个年轻人专程过来，一男一女，正泛舟湖上。

苏迎迎慢慢移开捂住白隐衣眼睛的手，道：“这里你可满意？”

白隐衣看得如痴如醉，道：“以后我们便隐居于此，不再过问江湖与朝堂。”

谋天子
MOU TIANZI

图书在版编目（CIP）数据

谋天子 / 林千羽著. -- 武汉 : 长江出版社，
2018.4
ISBN 978-7-5492-5691-4

Ⅰ. ①谋… Ⅱ. ①林… Ⅲ. ①长篇小说 - 中国 - 当代
Ⅳ. ①I247.5

中国版本图书馆CIP数据核字(2018)第071076号

谋天子 / 林千羽 著

出　　版	长江出版社 （武汉市解放大道1863号 邮政编码：430010）
出　　品	漫工厂 （湖北省武汉市洪山区南湖城投瀚城311 邮政编码：430079）
出 版 人	赵 冕
选题策划	漫工厂产品部
市场发行	长江出版社发行部
网　　址	http://www.cjpress.com.cn
责任编辑	梁 琰
特约编辑	耿 婷
装帧设计	八荒客 棱角视觉
印　　刷	深圳市福圣印刷有限公司
版　　次	2018年4月第1版
印　　次	2018年5月第1次印刷
开　　本	787mm × 1092mm　1/16
印　　张	16
字　　数	303千字
书　　号	ISBN 978-7-5492-5691-4
定　　价	32.80元

电话：027-82926557（总编室）027-82926806（市场营销部）